KNAUR

SVEN KOCH

SCHWARZER FJORD

PSYCHOTHRILLER

KNAUR

Besuchen Sie uns im Internet:
www.knaur.de

Aus Verantwortung für die Umwelt hat sich die Verlagsgruppe Droemer Knaur zu einer nachhaltigen Buchproduktion verpflichtet. Der bewusste Umgang mit unseren Ressourcen, der Schutz unseres Klimas und der Natur gehören zu unseren obersten Unternehmenszielen. Gemeinsam mit unseren Partnern und Lieferanten setzen wir uns für eine klimaneutrale Buchproduktion ein, die den Erwerb von Klimazertifikaten zur Kompensation des CO2-Ausstoßes einschließt. Weitere Informationen finden Sie unter: www.klimaneutralerverlag.de

MIX
Papier aus verantwortungsvollen Quellen
FSC® C083411
FSC www.fsc.org

Originalausgabe März 2020
Knaur Taschenbuch
Ein Imprint der Verlagsgruppe
Droemer Knaur GmbH & Co. KG, München

Redaktion: Regine Weisbrod
Covergestaltung: ZERO Werbeagentur, München
Coverabbildung: Collage unter Verwendung von Motiven von Emma Early/EyeEm/gettyimages und Frank Bach/Shutterstock.com
Satz: Adobe InDesign im Verlag
Druck und Bindung: CPI books GmbH, Leck
ISBN 978-3-426-52349-0

2 4 5 3 1

1.

Mein Mörder hat kein Glück gehabt.
Ich lebe noch.

Ich atme tief ein und aus. Die Luft ist abgestanden und warm. Es riecht nach Menschen und Krankenhaus. Aber es ist Luft. Sie füllt meine Lungen aus. Ich kann atmen – und was das bedeutet, versteht man erst, wenn einem die Luft zum Atmen genommen wurde.

Mein Kopf schmerzt trotz der Medikamente, aber es ist auszuhalten. Ich komme klar. Es ist mehr ein dumpfes Dröhnen, eher ein Hintergrundrauschen als ein präsentes Pochen und Hämmern. Gemessen an dem, was mir widerfahren ist, sollte ich mich nicht darüber beschweren. Immerhin *habe* ich noch einen Kopf.

Trotzdem will ich im Moment nicht wissen, wie ich im Gesicht aussehe. Ich brauche bloß Arme und Beine anzuschauen. Die Kratzer und die Blutergüsse sind noch frisch und werden erst in den nächsten Tagen ihre volle Farbenpracht entfalten. Folglich kann ich mir den Rest denken und erspare mir den Anblick. Zum Glück ist der Spiegel ein paar Meter von meinem Bett entfernt. Ich werde bestimmt nicht aufstehen und mich inspizieren. Ich werde auch nicht hinschauen, falls ich auf dem Weg zur Toilette daran vorbeigehen muss.

Eigentlich will ich sowieso nicht aufstehen. Mir reicht es völlig aus, einfach hier zu liegen in diesen frischen, weißen Laken, an die ebenfalls weißen Wände zu starren und das

Leben zu spüren. Denn ich bin noch da, obwohl ich hätte tot sein sollen, und ich erlebe die Welt mit allen Details intensiver als zuvor. Zumindest kommt es mir so vor. Vielleicht ist es auch nur ein vorübergehender Zustand und eine normale Reaktion, wenn man schon an der Schwelle zum Tod gestanden hat wie ich. Eine Art Hypersensibilität, die man mitbringt, wenn man mit einem Fuß auf der anderen Seite war. Vielleicht verschwindet sie wieder wie Flecken auf der Netzhaut, die man bekommt, wenn man zu lange ins Licht geschaut hat.

In diesem Augenblick zum Beispiel kann ich das Webmuster der Fäden erkennen, aus denen der Kopfkissenbezug hergestellt worden ist. Ich empfinde ein tiefes Glück über diese Banalität und darüber, dass es möglich ist, so etwas Feines überhaupt herzustellen. Ich stelle mir die vielen Menschen vor, die an dem Prozess beteiligt gewesen sind, meinen Kopfkissenbezug zu produzieren, und frage mich, in welchen Teilen der Welt sie leben und wie sie leben, unter welchen Umständen sie in den Fabriken arbeiten. Kurz freue ich mich darüber, dass dank diesem Kopfkissenbezug ihre Familien ein Essen auf dem Tisch haben – selbst wenn man sie in den Fabriken dafür ausbeutet. Bei dem Gedanken daran finde ich es jedoch plötzlich entsetzlich, auf solchen Laken zu liegen, und ich überlege, wie gut es mir doch eigentlich geht. Trotz allem Schrecklichen, das mir widerfahren ist.

Ich drehe mich zur Seite und stoße einen angestrengten Laut durch die Nase aus, weil sich die Platzwunde an meinem Schädel meldet. Sie ist mit mehreren Stichen genäht worden. Aber nicht nur die schmerzen. Alles schmerzt. Hinter dem dicken Vorhang aus Ibuprofen, Novalgin und was weiß ich was fühlt es sich an, als hätte ich einen Triathlon absolviert, weswegen ich mich so wenig wie möglich bewege.

Aber ich sehe es positiv. Der Schmerz ist ein Anzeichen dafür, dass es mich noch gibt. Ich kann fühlen. Schmerz ist Leben. Leben ist Schmerz. Für einen Moment schließe ich die Augen und lausche den leisen Geräuschen, die vom Klinikflur in mein Einzelzimmer dringen. Murmelnde Stimmen. Schritte. Das Klappern von Metall.

Ich öffne die Augen wieder und betrachte das Spiel der Sonne in dem mit einer klaren Flüssigkeit gefüllten Plastikbeutel. Er hängt an einer Art Stativ und ist über einen feinen Schlauch direkt mit meinem Handgelenk verbunden. Das Licht bricht sich in dem Material wie in einem Kaleidoskop. Es sieht wunderschön aus. Durch den Kunststoff betrachtet, wirken der blaue Frühlingshimmel und die daraufgetupften Wolken milchig. Wie durch einen Weichzeichner, der die Welt romantischer erscheinen lässt, als sie ist. Weniger hart. Die Glocke einer Kirchturmuhr schlägt. Es ist elf Uhr. Elf Uhr morgens drei Tage danach. Und ich bin noch da.

Ich.

Bin.

Noch.

Da.

2.

Liv? Geht es Ihnen gut?«

Ich drehe den Kopf und sehe Knud Nissen und Tine Kjær an. Sie sind von der für Mittel- und Westjütland zuständigen Kriminalpolizei aus Holstebro und damit verantwortlich für den Bezirk Ringkøbing-Skjern. Sie tragen ihre Dienstausweise an Kordeln um den Hals und sitzen vor mir auf Besucherstühlen, die ziemlich ungemütlich aussehen. Hinter ihnen steht ein schlichter weißer Tisch, der vollkommen leer ist.

Knud Nissen schätze ich auf Mitte fünfzig. Sein Haar ist licht und müsste wieder mal geschnitten werden. Sein Pullover hat eine undefinierbare Farbe zwischen Braun und Oliv. Wenn er lächelt, was eher selten passiert, stechen seine von geplatzten Äderchen geröteten Wangen hervor wie bei einer Kasperlefigur. Er wirkt auf den ersten Blick sympathisch, aber ich mag ihn nicht. Er hat etwas an sich, das ich verabscheue. Sein Blick, seine Art – ich kann es nicht festmachen, aber sobald ich ihn ansehe, fühle ich mich unwohl. Außerdem habe ich das Gefühl, dass er mich ebenfalls nicht mag. Er klickt mit seinem Kugelschreiber, wenn er nachdenkt, oder tippt mit ihm auf den Spiralblock, der auf seinem Schoß liegt. Ich bin mir sicher, dass das Geräusch manche Leute zum Ausrasten bringen kann. Vielleicht macht er es genau deswegen. Vielleicht ist es auch nur eine nervöse Angewohnheit.

Ich zum Beispiel wippe oft mit dem Fuß, was mir selbst kaum auffällt. Frederik, mein Ex-Freund, hat mich einmal grinsend gefragt, ob ich an einem Restless-Leg-Syndrom leide. Ich fand die Bemerkung überhaupt nicht witzig, weil ich das Gefühl hatte, dass er noch etwas hinzufügen wollte, sich aber nicht getraut hat, nämlich, dass das eine Nebenwirkung der Pillen sein könnte, die ich gelegentlich nehme. Das ist aber Blödsinn. Ich habe das schon als Kind getan. Das mit den Beinen. Die Pillen kamen erst später.

Tine Kjær dürfte mindestens zehn Jahre jünger sein als ihr Kollege und an die dreißig Kilo leichter. Sie trägt einen engen schwarzen Rolli, bestimmt Kaschmir, unter dem sich eine gertenschlanke Figur abzeichnet. Ich sehe ein paar lose blonde Haare auf der Wolle. Tine streicht sich häufig eine widerspenstige Strähne hinters Ohr, die einfach nicht hinter dem Brillenbügel stecken bleiben will. Sie trägt ein schwarzes, eckiges Kunststoffmodell, das ihre kühlen, wasserblauen Augen regelrecht einrahmt.

Tine hat ebenfalls einen Schreibblock sowie ein Aufnahmegerät. Ich vermute, es ist ein digitales. Sie hat mich vorher gefragt, ob es okay sei, wenn sie die Unterhaltung aufnimmt, und außerdem verdeutlicht, dass es sich bei dem Gespräch nur um eine Zeugenbefragung handele und um keine offizielle Vernehmung, zu der man mich vorladen müsse und zu der ich auch einen Anwalt mitbringen könne. Aber ich bin ja im Krankenhaus, von daher könnte ich ja von der Polizei gerade sowieso nicht vorgeladen werden, und Tine und Knud wollen nach ihren eigenen Worten erst mal nur verstehen, was in den vergangenen Tagen genau geschehen ist, weil es ihnen bei den Ermittlungen weiterhelfen könnte.

»Liv«, sagt Tine, »wir müssen jetzt Ihre Personalien aufnehmen.«

»Natürlich«, antworte ich, obwohl ich meine, dass die beiden schon alles über mich wissen müssten. Wir haben uns schließlich vorher schon unterhalten, bloß ohne Aufnahmegerät. »Noch mal?«, frage ich daher.

»Ja, noch mal«, bestätigt Tine.

Und dann frage ich: »Wo bin ich eigentlich genau?«

Knud Nissen hört auf, mit dem Kugelschreiber zu klicken, und sieht mich ausdruckslos an.

»Im Krankenhaus, Liv. Ist Ihnen das nicht klar?«, fragt Tine. Sie macht eine Pause und fragt dann: »Geht es Ihnen wirklich gut? Sollen wir jemanden kommen lassen?«

»Ja«, höre ich mich erwidern. »Nein. Ich meine: Nein, es muss niemand kommen. Und: Ja, es geht mir gut, und ich weiß, dass ich im Krankenhaus bin, logisch, aber …«

»Sie sind in der Klinik in Holstebro«, kürzt Knud Nissen ab. »Dorthin wurden Sie vor drei Tagen gebracht. Sie waren ohne Bewusstsein. Erst hier sind Sie wieder zu sich gekommen, waren bis zum Aufwachen auf der Intensivstation.«

Ich nicke schwach. Ja, natürlich erinnere ich mich. Also: teilweise. An einiges sehr klar. An anderes überhaupt nicht. Mein Schädel brummt. Aber ich weiß, dass ich mich jetzt zusammenreißen sollte und mich konzentrieren muss, was mir alles andere als leichtfällt.

»Wir möchten das noch einmal aufnehmen, Liv«, wiederholt Tine und sagt laut auf, was sie sich bereits notiert hat und was wir schon durchgekaut haben. »Liv Solberg, selbstständige Architektin, geboren am 18. Februar 1978 in Helsingør, wohnhaft in Kopenhagen in der Johan Semps Gade 11 – das ist in Christianshavn, sagten Sie?«

»Ja.«

Und dann kommt alles Weitere. Nicht verheiratet, keine Kinder, in keiner festen Beziehung lebend, meine Haare sind aschblond und lang, aber nicht zu lang. Meine Augen sind grüngrau. Ich wiege knapp sechzig Kilogramm, bin eins sechsundsiebzig groß …

Und wenn Tine noch weiterfragen würde, könnte ich antworten, dass ich sportlich bin, jeden Morgen jogge und gelegentlich Fitness mache, aber nicht Mitglied in einem Klub bin, sondern auf Zehnerkarten vertraue, und trotzdem gelegentlich mal eine Zigarette oder eine ganze Packung rauche. Dass ich meine BHs in 75B kaufe, meine Schuhe in Größe 38 und für mein Leben gern italienisch essen gehe, was ich mir allerdings nicht immer leisten kann, weil meine Aufträge überschaubar und nicht so irre gut bezahlt sind und mich, seitdem ich mit Frederik Schluss gemacht habe, selten jemand einlädt – wobei ich keine Ahnung habe, warum ich überhaupt noch Single bin, denn eigentlich finde ich mich ganz hübsch und erträglich.

Ich bin einigermaßen gebildet, spreche fließend Englisch, kleide mich modisch und bin ganz umgänglich sowie selten zickig – nehme ich jedenfalls an. Ich mag frische Blumen, Andalusien im Sommer, barfuß am Strand zu laufen und im Winter am knisternden Kamin Bücher zu lesen und dabei zuzusehen, wie es schneit und Kopenhagen sich in eine weiße Decke mummelt.

Und ich leide an Höhenangst.

Akrophobie nennt man das. Schon ein paar Meter können ausreichen, um mich in Panik zu versetzen. Also: nicht immer. Wie stark es ist, hat mit den allgemeinen Umständen und meiner Verfassung und Stimmung zu tun. Es gibt Tage, an denen komme ich gut klar. Es gibt andere Tage, an denen wird mir schon schwindelig, wenn ich die Treppe hinabgehe. Es fühlt sich an, als würde mich die Tiefe ansaugen und mich eine unsichtbare Kraft dazu zwingen wollen, in einen Abgrund zu springen. Ich bekomme Beklemmungen, Herzrasen, Schwindel, Atemnot. Im Englischen und Französischen gibt es jeweils einen Terminus dafür, der das Gefühl viel besser trifft als das deutsche »Höhenangst«. Es heißt »call of the void« oder »l'appel du vide«, was so viel wie *Lockruf der Tiefe* bedeutet. Tatsächlich scheint irgendetwas Dunkles dort im Abgrund zu lauern und zu flüstern: *»Na komm, spring. Wie es sich wohl anfühlt? Probier es aus. Mach schon. Komm zu mir.«*

In der Therapie habe ich gelernt, dass meine Höhenangst nichts mit Selbstmordgedanken zu tun hat, sondern mit Zwangsgedanken, Kontrollverlust und Angst vor dem sprichwörtlichen Sich-fallen-Lassen. Flugangst habe ich merkwürdigerweise nicht. In meinem Beruf ist das manchmal natürlich schwierig. Man muss auf Gerüste klettern und all solche Dinge, aber ich habe einige Vermeidungsstrategien entwickelt, um mich aus der Affäre zu ziehen. Ich behaupte dann, dass ich mir den Knöchel verknackst habe, oder ich erkläre, dass ich gerade noch etwas besprechen oder telefonieren muss. Inzwischen bin ich darin ziemlich überzeugend.

Höhenangst ist angeboren oder durch ein traumatisches Ereignis erlernt. Und so viel ist mal klar: Meine ist nicht angeboren. Aber sie ist nach meiner Meinung auch nicht erlernt. Ich habe als Kind etwas Entsetzliches erlebt, und ich finde daher, dass sie mir aufgezwungen wurde. Außerdem hat das nichts damit zu tun, dass ich getötet werden sollte. Überhaupt nicht.

Tine und Knud haben mir vorhin ein paar Haare abgeschnitten, womit ich einverstanden war, sowie wegen der DNA eine Speichelprobe gezogen. Mit einem mobilen Scanner haben sie mir außerdem die Fingerabdrücke abgenommen und sie irgendwohin gesendet. Tine hat mir erklärt, dies alles müsse sein, um meine Spuren von allen anderen unterscheiden zu können. Meine Daten würden in jedem Fall wieder gelöscht, wenn man sie nicht mehr brauche. Von mir aus können sie auch gerne noch meine Zehen- und Zahnabdrücke haben und eine Urinprobe obendrauf. Tine will ihre Arbeit so gut wie möglich machen, Knud ebenfalls, und das liegt absolut in meinem sehr persönlichen Interesse. Immerhin bin ich beinahe ermordet worden.

»Wie ist es genau dazu gekommen?«, fragt Knud jetzt.

Ich blinzle, verstehe nicht, worauf er hinauswill. Also antworte ich mit Gegenfragen: »Aber ... Das wissen Sie doch? Sie waren doch außerdem vor Ort?«

»Waren wir?« Knud sieht mich mit einer Miene an, die alles und nichts bedeuten kann. Jetzt klickt er wieder mit dem Kugelschreiber.

»Ja? Oder etwa nicht? Keine Ahnung, aber ich habe es so verstanden. Ich meine: Ich habe das alles nicht mitbekommen, ich kam ja erst hier wieder zu mir, und ... ehrlich gesagt, verstehe ich Ihre Frage nicht. Wir haben eben doch schon darüber gesprochen ... Und was vorher alles passiert ist, das wissen Sie doch auch?«

Knud nickt. Er tippt mit dem Kuli auf eine dicke, rote Akte. Sie ist mit einem Namen beschriftet, den ich gut lesen kann, obwohl die Buchstaben auf dem Kopf stehen, weil ich ihn so gut kenne. Mein Name.

»Es wäre schön, wenn wir alles noch einmal rekapitulieren könnten. Schritt für Schritt. Eins nach dem anderen«, sagt Knud, klickt erneut mit seinem Kugelschreiber und nickt in Richtung des Aufnahmegerätes.

Langsam, aber sicher regt der Kerl mich auf.

Ich schaue zu Tine. Sie rutscht näher mit ihrem Stuhl zu mir, räuspert sich und sagt: »Liv, wissen Sie: Für uns ist jedes Detail wichtig. Manchmal vergisst man etwas. Manchmal fällt einem etwas wieder ein, wenn man es ein zweites Mal erzählt. Es sind sehr schlimme Dinge passiert, die müssen wir lückenlos aufklären. Außerdem haben Sie eine Gehirnerschütterung, sicherlich auch einen Schock erlitten und daher manches auf Anhieb nicht mehr so präsent. Deswegen fragen wir erneut nach, und wenn man erst einmal ins Erzählen kommt, fügen sich auf einmal Dinge zusammen, die vorher keinen Sinn ergaben, aber jetzt – nach allem, was geschehen ist – durchaus für Sie und für uns Sinn ergeben können.«

»Das gilt für den Abend selbst. Das gilt auch für die Zeit davor«, ergänzt Knud.

Tine nickt. »Wir müssen den Abend genau rekonstruieren. Und wir müssen verstehen, wie es aus Ihrer Sicht dazu gekommen ist.«

Sicher, das ist mir klar. Fraglos müssen sie alles akribisch aufarbeiten, denn natürlich wird das später in einer Gerichtsverhandlung gegen das Schwein, das mich umbringen wollte, wichtig sein.

Ich frage: »Was sagt er denn dazu?«

Tine und Knud wechseln einen Blick. »Wie meinen Sie das?«, fragt Tine.

»Wie er es darstellt, will ich wissen. Ich kann mir sehr gut vorstellen, wie er sich herausredet, um Ihnen alles zu erklären.«

»Wir sind hier«, sagt Knud, »weil wir es von Ihnen hören wollen. Alles andere ist im Moment nicht relevant.«

»Für mich schon. Er wollte mich umbringen. Ist Ihnen klar, wie man sich da fühlt?«

Knud schweigt, also rede ich weiter. »Ich habe überlebt, und ich bin verdammt glücklich darüber. Ich will, dass der Mistkerl für immer in den Knast wandert.«

Tine und Knud sagen nichts.

Mir wird eiskalt. Ich habe die schreckliche Ahnung, dass sie ihn nicht verhaftet haben könnten. Der Gedanke war mir bislang noch gar nicht gekommen. Der Gedanke, dass er draußen herumläuft und ich nach wie vor in großer Gefahr schwebe und er es vollenden will.

Er, mein Mörder.

Aber vielleicht weiß er nicht, dass ich überlebt habe. Er hat möglicherweise an dem Abend am Fjord angenommen, dass er erfolgreich war und ich tot bin, und ist dann geflohen. Oder er wollte mich zum Sterben zurücklassen, zum Verrecken.

Tatsächlich bin ich ja erst im Krankenwagen gestorben, hat man mir erzählt. Das Herz setzte aus. Sie haben mich zurückgeholt, aber für einige Sekunden war ich definitiv tot. Wäre der Krankenwagen fünf Minuten später gekommen, dann wohl für immer. Es ist sehr erschreckend, das zu wissen.

Ich frage leise: »Er … Er sitzt doch im Gefängnis? Sie haben ihn doch verhaftet? Ist er auf der Flucht?«

Knud und Tine werfen sich wieder einen Blick zu.

»Wir dürfen im Moment nicht darüber sprechen«, sagt Knud.

»Wie bitte?«, frage ich.

Tine beugt sich etwas zu mir. »Es ist ein schwebendes Verfahren, und Sie sind die Hauptzeugin. Wir dürfen Ihnen zum gegenwärtigen Zeitpunkt keine Details über bestimmte Umstände geben. Das ist gewiss schwer zu verstehen, aber es hat rechtliche und formelle sowie ermittlungstaktische Gründe. Ich kann Ihnen jedoch versichern, dass Sie keine Angst vor ihm haben müssen.«

»Wirklich nicht?«

»Nein.«

»Ich brauche …«

»Es kann Ihnen nichts passieren. Wir haben außerdem eine Beamtin vor der Tür Ihres Zimmers postiert.« Tine wechselt erneut einen Blick mit Knud, der stumm bleibt und sich einige Notizen macht. Dann sagt sie: »Liv, Sie müssen uns jetzt bitte noch einmal alles ganz genau erzählen.«

»Alles?«

»Ja, alles.«

»Sie meinen: Nur über den Abend – soll ich das wiederholen? Oder von Anfang an?«

»Von Anfang an.«

Ich atme tief durch und schließe die Augen. Ich hab gehofft, der Albtraum sei ein für alle Mal vorüber. Aber so einfach ist es wohl nicht.

Ich höre Tines Stimme: »Wenn Sie sich nicht wohlfühlen, brechen wir ab oder machen eine Pause, Liv. Wir können auch jederzeit eine Schwester oder einen Arzt rufen und uns später weiter unterhalten. Aber wir müssen in dieser Sache vorankommen.«

»Es geht schon«, sage ich leise. »Es geht schon.«

Ich öffne die Augen wieder und betrachte die Farbmuster in dem Infusionsbeutel. »Es ist etwa drei Wochen her«, beginne ich. »Ich erinnere mich noch gut an die Fahrt zum Fjord …«

3.

Ich war ziemlich schnell unterwegs, deutlich schneller als erlaubt, und war die ganze Zeit über in Gedanken versunken. Dann wollte ich unbedingt eine rauchen. Ich rauche nicht im Auto, deswegen fuhr ich in eine Haltebucht an der Straße, die mich von der Autobahn aus in Richtung Ringkøbing geführt hatte, und stieg aus. Ich blickte auf den Fjord – wobei man bei dem Begriff »Fjord« für gewöhnlich an die tiefen Schluchten im Norden Skandinaviens denkt, die das Gletscherwasser nach der Eiszeit in die Felsen gefressen hat. Am Ringkøbing-Fjord ist hingegen alles flach und der Fjord selbst eher ein Binnengewässer, lediglich durch eine schmale Nehrung von der Nordsee getrennt. Ich meine mich zu erinnern, dass der Fjord sowohl mit Salzwasser als auch mit Süßwasser von Flüssen wie dem Skjern gespeist wird, was seine Flora und Fauna recht besonders macht.

Jedenfalls gibt es überall kleine Fischerhütten und bunte Holzboote, die kieloben am Ufer liegen, denn der Fjord ist ein Paradies für Hobbyangler und Surfer. Wenn er zugefroren ist, kann man auf ihm sogar Schlittschuh laufen oder Eishockey spielen.

Ich atmete tief durch und konnte das Meer riechen, bevor ich mir eine ansteckte, tief inhalierte und den Rauch in die Luft blies. Der kalte Wind von der Küste strich durch das hohe Riedgras an den Ufern und zerrte an meinen Haaren. Die untergehende Sonne tauchte das Land und die riesige Wasserfläche in Pastellfarben. Ich lehnte mich an den Kotflügel, stützte mich auf der noch warmen Motorhaube ab und sog die Leere in mich ein. Um mich herum gab es nur flache

Landschaft. Die einzigen Zeichen von Zivilisation waren die Straße, die Boote und eine einzelne Fischerhütte, die einige Hundert Meter entfernt direkt am Ufer lag und aussah wie ein kleines Hexenhäuschen – aus fast schwarzem Holz gebaut und mit einem einzelnen, strahlend weißen Fensterkreuz versehen. In seiner Nähe waren Bündel von Riedgras gestapelt, mit denen später einmal die Dächer von Reethäusern eingedeckt werden würden. Ich erinnerte mich an meine Kindheit, sah mich selbst mit langen Zöpfen und meiner besten Freundin mit Blumen im Haar um eine sehr ähnliche Hütte herumhüpfen.

Im nächsten Moment zog ein Vogelschwarm darüber hinweg. Vom Himmel her gellte das Zwitschern und Krächzen der Stare aus Tausenden von Vogelkehlen. Jetzt im Frühjahr rasteten hier ebenso wie im Herbst unzählige Exemplare. Irgendwo hatte ich gelesen, dass Stare in der Mythologie als Botschafter aus der Gegenwelt gelten. Ich glaube eigentlich nicht an solche Dinge, habe mit Esoterik oder ähnlichen Dingen absolut nichts am Hut; dazu bin ich viel zu rational. Ich glaube an alles, was messbar ist, was man wiegen, analysieren, berechnen und kategorisieren kann. Doch an diesem Tag zu dieser Stunde und in dieser Situation kamen mir die Stare vor wie die unheimlichen Überbringer einer Todesnachricht. Ich vermute, dass sich meine Ängste und unbewussten Gedanken in einer solchen Vorahnung manifestierten.

Jedenfalls lief mir ein Schauder den Rücken hinab. Mir wurde eiskalt, mein Herz verkrampfte sich in einer Panikattacke. Zwar war der Moment bald vorbei, doch sein Echo dauerte an.

Ich zog an der Zigarette und pumpte Nikotin in die Lungen. Mit jedem Zug ging es mir besser. Ich starrte auf meine

Schuhspitzen, blickte wieder zum Himmel. Der Vogelschwarm war verschwunden. Ich steckte mir eine zweite Zigarette an, um mich noch etwas zu sammeln, damit ich auf der Fahrt zur Küste nicht noch einen Unfall baute. Es war nicht mehr weit bis zum Haus meiner besten Freundin Vigga.

Vigga war spurlos verschwunden.

Deswegen war ich hier.

4.

Die ersten Mails von Magnus waren einige Tage zuvor bei mir angekommen. Ob ich etwas von Vigga gehört oder eine Ahnung habe, wo sie stecken könnte. Ob sie vielleicht bei mir sei oder sich gemeldet habe. Natürlich war nichts davon der Fall gewesen.

Magnus' Fragen hatten mich irritiert, denn woher sollte ausgerechnet ich etwas über seine Ehefrau wissen? Der Kontakt zwischen Vigga und mir war in der letzten Zeit nicht mehr sonderlich intensiv gewesen. Ich ging davon aus, dass Magnus das mit der Funkstille wusste. Es war nichts allzu Schlimmes zwischen Vigga und mir vorgefallen, und es beunruhigte mich auch nicht, dass unser Verhältnis zurzeit eher im Winterschlaf lag. Das war eben manchmal so, und dafür gab es ein Füllhorn von Gründen – vor allem diese eine Sache. Abgesehen davon hatte mein Umzug nach Kopenhagen die Distanz zwischen uns vergrößert. Vigga hatte Magnus geheiratet, und sie und ich hatten neue Jobs begonnen, die uns jeweils sehr in Anspruch nahmen. Unter dem Strich hatten wir uns also immer weniger gesehen und immer seltener miteinander geredet und einander geschrieben. Trotzdem bedauerte ich es, wenn ich darüber nachdachte, dass der Kontakt abbrach, weil wir uns nie ausgesprochen hatten.

Dabei ist es keineswegs so, dass ich keine anderen sozialen Beziehungen pflegen würde. Ich habe meine Freunde, gute Kollegen, und ich komme auch mit meinem Ex Frederik und seinem Vorgänger immer noch prima aus. Aber das ist etwas anderes. Vigga und ich sind durch dick und dünn gegangen, und, ehrlich gesagt: Ich vermisste das. Ich vermisste jemanden, der mich intuitiv verstand und dem ich alles anvertrauen konnte, weil er mich mein Leben lang noch nicht ernsthaft enttäuscht hatte. So wie Vigga.

Vigga und ich waren schon im Alter von fünf Jahren Freundinnen gewesen. Ich sehe uns noch, wie wir uns auf dem Hof der alten Dorfschule zum ersten Mal trafen – ich total verschüchtert, weil ich niemanden kannte. Vigga nahm mich bei der Hand, sagte, dass ich neben ihr sitzen solle, und fragte nach meinem Namen.

Schon nachmittags spielten wir an der alten Fischerhütte Prinzessinnen im Schloss. Als Kinder sind wir sogar oft für Schwestern gehalten worden, für Zwillinge, weil wir uns so ähnlich sahen. Die Haarfarbe natürlich nicht, ihre sind schwarz, und vom Wesen her unterschieden wir uns auch sehr. Aber rein optisch schon, die Gesichtszüge, die Körpergröße. Manchmal hatten wir uns einen Spaß daraus gemacht und sogar die gleichen Sachen angezogen. Und vielleicht war Vigga tatsächlich die Schwester, die ich nie hatte, und ich war dasselbe für sie. Tja, am Ende ist man immer klüger und merkt, dass einem wichtige Abschnitte im Leben wie Sand durch die Finger geglitten sind, ohne dass man es bewusst bemerkt hätte, dachte ich später.

Bei ihrem letzten Besuch in Kopenhagen war gerade eine meiner Beziehungen vor die Wand gefahren, und es ging mir überhaupt nicht gut. Außerdem bekam ich Torschlusspanik und alles – mit Mitte dreißig plötzlich wieder Single, die biologische Uhr tickte unüberhörbar, wie das eben manchmal so ist. Alles bricht über einem zusammen. Man sieht keinen Ausweg mehr. Und schließlich geht es dann doch irgendwie weiter, weil es ja immer irgendwie weitergeht. Etwas später im selben Jahr trafen wir uns dann noch einmal, aber nur auf ein Abendessen, als ich ihr Frederik vorstellte – meine neue Beziehung. Und, na ja, danach … Ich weiß nicht, wahrscheinlich lag es nur an mir, dass ich ihr anschließend etwas übel nahm. Es war ja auch nichts wirklich Schlimmes passiert, gar nicht. Nur zwei, drei Bemerkungen, mehr nicht, aber …

Aber ich schweife ab. Jedenfalls war ich einerseits alarmiert, anderseits auch irritiert, weil es absolut nicht Viggas Art ist, sich nicht abzumelden. Einfach von der Bildfläche verschwinden? Nein, das war nicht Vigga, überhaupt nicht.

Vigga ist ein Kontrollfreak. Das war sie früher in der Schule schon. Sie beschriftete ihre Hefte äußerst akkurat in klaren, kleinen Buchstaben. Ihr Kinderzimmer war im Gegensatz zu meinem stets aufgeräumt, ihre Bücher und Spielsachen ordentlich sortiert. Darum kümmerte sie sich ohne Aufforderung – einfach, weil sie es so am liebsten hatte. An den Wänden hingen gerahmte Spiegel in allen möglichen Größen, in denen sie sich selbst betrachten und überprüfen konnte. Sie führte mit Leidenschaft Listen, zum Beispiel über ihre Bücher und CDs oder Filme, die sie gesehen hatte. Ihre Tage plante sie gerne mittels Fotokopien von Stundenplänen minutiös durch und wich selten davon ab. In späteren Jahren war die Erfindung des Filofax-Kalenders für sie eine der größten Entdeckungen des zwanzigsten Jahrhunderts, bis dieser von digitalen Kalendern und Excel-Listen abgelöst wurde.

Das klingt vielleicht alles ein bisschen neurotisch, autistisch oder streberhaft oder nach so einem Typen wie in der Fernsehserie »Monk«, aber sie war eigentlich ziemlich normal, immer meine beste Freundin und neben ihren Ordnungsmarotten herzlich, liebenswert, betörend witzig sowie absolut verlässlich. Und sie war großzügig und tolerant. Also: nie böse oder eingeschnappt darüber, dass andere Menschen nicht so waren wie sie.

Vigga nahm es einfach hin, dass manche Zimmer, zum Beispiel meines, nicht so aussahen wie ihres. Wenn sie mich zum Spielen besuchen kam, dann stand sie da wie ein Leuchtturm und blickte sich langsam um, aber mit der Art von Blick, die mir kein schlechtes Gefühl vermittelte. Trotzdem wusste ich natürlich, was sie dachte, und dann war mir meine Unordnung etwas peinlich. Aber Vigga hat nie eine Bemerkung über das Chaos gemacht. Nachdem sie es gescannt hatte, stürzte sie sich vor Freude kreischend mitten hinein und machte noch mehr Chaos.

Das war auch so, als wir älter wurden. Also: nicht das mit der Unordnung. Ich meine ihre monkische Marie-Kondo-Art – ja, mit der kann man sie gut vergleichen. Marie Kondo, diese Aufräum- und Ordnungsqueen mit ihrer eigenen Serie auf Netflix, die ihre Slips faltet wie Liebesbriefe und sich beim Haus bedankt, bevor sie es aufräumt, lächelnd jedes Chaos um sich herum ignoriert und den hilflosen Messies mit einem Lächeln einfach sagt, sie sollen lediglich behalten, was sie glücklich macht – und das dann bitte dritteln und hochkant in die Schubladen stellen.

Meine Jugendbude wirkte auf Außenstehende meist, als sei eine Rohrbombe im Kleiderschrank explodiert und habe den Inhalt über den gesamten Raum verstreut, in dem sich außerdem jede Menge leere Kartons, Tüten, Sprudelflaschen, Tassen, Teller und Verpackungen befanden. Im Studium hatte ich ein kleines Zimmer – Vigga und ich hatten kurz überlegt, uns gemeinsam eine Wohnung zu nehmen, kamen dann aber zu dem Schluss, dass das keine gute Idee wäre. Früher oder später wären uns unsere unterschiedlichen Ordnungssysteme um die Ohren geflogen, und wir hätten uns zerstritten. Wir hatten uns also tief in die Augen geschaut, und ich hatte gesagt: »Vielleicht sollten wir den Gedanken doch lieber verwerfen«, und Vigga hatte nur genickt.

In Kopenhagen waren dann zu meinem Klamotten-Chaos noch Berge von Büchern und Papier hinzugekommen, was es nicht besser machte. Und auch das hatte Vigga nie kommentiert – das heißt: Ein einziges Mal hatte sie es getan. Sie stand in meinem Zimmer, sah mich an und sagte: »Ich glaube, du studierst Architektur, weil du eigentlich Ordnung und Struktur liebst und sie wenigstens in deinem Kopf haben willst.« Da war sicherlich etwas dran. Aber Vorwürfe hat sie mir trotzdem nie gemacht.

Ähnlich verhielt sie sich, wenn andere Verabredungen vergaßen oder sich verspäteten. In Viggas Augen konnte das eben passieren. So war die Welt. Sie regte sich darüber nicht auf, sondern nahm lediglich zur Kenntnis, dass andere Menschen nicht so waren wie sie selbst. Vigga verpasste nie eine Verabredung und erschien fast immer auf die Minute genau.

Auch in späteren Jahren war diese außerordentliche Pünktlichkeit typisch für sie. Kam ich zu spät, saß sie einfach da an einem Kaffeetisch, perfekt gekleidet und geschminkt, musterte mich kurz, fuhr sich mit den Fingern durch die rabenschwarzen Haare und spülte jedes schlechte Gewissen mit einem Lächeln hinweg. Wie … Ja, wie eine Königin.

Wenn sie selbst es hingegen mal nicht rechtzeitig in ein Café schaffte, durfte ich zu hundert Prozent damit rechnen, dass sie anrief und mir dann Sachen erklärte wie: »Ich parke gerade erst ein. Es tut mir wirklich leid, aber ich werde vermutlich vier Minuten später da sein.«

Ich meine: Hallo? Vier Minuten? Für mich ist innerhalb des akademischen Viertels jede Verspätung hinnehmbar. Aber für Vigga war es selbstverständlich, Bescheid zu geben. Sie meinte: »Wo ist das Problem? Wozu gibt es Mobiltelefone? Wenn man 19 Uhr sagt, dann meint man doch 19 Uhr und nicht 19.05 Uhr oder 18.55 Uhr? Sonst würde man ja sagen: Ich komme um fünf vor sieben oder um fünf nach sieben. Man gibt kurz Bescheid, und jeder weiß, woran er ist. Ich erwarte das von niemand anderem, aber ich erwarte es von mir selbst.«

Insofern konnte ich mir einfach nicht vorstellen, dass Vigga Magnus nicht hinterlassen würde, wo sie war und wie man sie erreichen konnte. Das war nicht ihr Stil.

Und drittens irritierte mich, dass Magnus' Mails implizierten, dass irgendetwas mit Vigga los sein musste. Vigga und verschwunden? Wohin denn und warum denn, du meine Güte?

Deswegen machte ich mir Sorgen. Vielleicht war ihr etwas passiert. Aber was sollte das sein? Wahrscheinlicher erschien mir, dass etwas mit Magnus und ihr nicht in Ordnung war – ein Monsterstreit, wenngleich er davon nichts erwähnt hatte. In meinen Augen waren die beiden ein Traumpaar, aber das musste nichts heißen. Und Vigga war seit jeher der Typ, der Kummer mit sich allein ausmachte. Man sah ihn ihr nicht einmal an der Nasenspitze an, wenn man sie nicht so gut kannte wie ich. Von daher wäre es grundsätzlich nicht untypisch, wenn sie keine Freundin anrief, um ihre persönlichen und vielleicht intimen Befindlichkeiten mitzuteilen. Solche Sachen musste man förmlich aus ihr herausquetschen und präzise hinhören.

Also hatte ich auf einen ernsten Streit getippt – und mich erst mal lieber aus der Sache rausgehalten. Aber trotzdem schickte ich Vigga WhatsApps. Es kam keine Antwort. Dann rief ich sie an. Ihr Handy war ausgeschaltet. Nicht einmal die Mailbox war aktiv. Ja, und so wurden meine Bedenken größer.

Schließlich rief mich Magnus an, und das Telefonat beunruhigte mich dann noch sehr viel mehr.

»Ihr Handy ist immer noch ausgeschaltet«, sagte er. »Ich erreiche sie nicht telefonisch, nicht per Mail oder WhatsApp. Ich habe bei allen Bekannten und Verwandten gefragt, wo sie sein könnte, aber niemand weiß es. Sie hat sich bei keinem gemeldet, auch nicht bei ihren Eltern.«

Diese waren vor einigen Jahren nach Kanada ausgewandert.

Magnus sagte: »Sie ist einfach fort.«

»Aber warum? Und wohin?«

»Ich weiß es nicht. Seit drei Tagen ist sie wie vom Erdboden verschluckt.«

»Ist sie spontan verreist? Vielleicht ist sie ja zu ihren Eltern, und …«

»Nein. Ihre Eltern waren beunruhigt, aber ich habe gesagt, dass bestimmt alles okay sei, und gelogen, dass wir uns gestritten hätten. Aber sie kann nicht dort sein. Es fehlt nichts. Alle ihre Sachen sind noch da. Ihr Auto. Ihr Schlüssel. Ihr Ausweis. Der Reisepass. Sie hat keine Tasche gepackt, gar nichts fehlt – bis auf das, was sie morgens anhatte, und ihr Handy und ihre Jacke.«

»Magnus, ist zwischen euch etwas vorgefallen?«

»Nein. Alles war wie immer. Wie ich dir erzählt habe: Wir haben gefrühstückt. Wir haben uns verabschiedet. Ich bin zur Arbeit gefahren. Als ich zurückkam, war sie fort. Keine Nachricht. Nichts.«

»Habt ihr euch gestritten?«

»Nein.«

»Aber das ist überhaupt nicht ihre Art. Vigga ist nicht der Typ …«

»Ich weiß, wie sie ist. Deswegen ja.«

»Irgendeinen Grund muss es doch geben.«

»Ich weiß es nicht«, sagte er leise und mit erstickter Stimme. »Ich weiß es einfach nicht.«

»Magnus – Vigga verschwindet nicht einfach so und taucht ab. Ist wirklich nichts vorgefallen?«

»Nein! Und das macht mich verrückt. Ich stehe kurz vor dem Durchdrehen, Liv. Ich schlafe nicht mehr, ich esse nicht mehr …«

»Hast du die Polizei angerufen?«

»Das werde ich gleich tun.«

Ich wunderte mich etwas, dass er das nicht schon sofort gemacht hatte, also: nach einer Nacht. Ich wäre an seiner Stelle die Wände hochgegangen. Drei Tage schienen mir doch etwas lang zu sein. Nach meiner Meinung sprach sein Abwarten dafür, dass zwischen den beiden *doch* etwas vorgefallen sein musste. Magnus schien Vigga Zeit geben zu wollen, und wenn man das tut, dann mit einem triftigen Grund. Schließlich war ihm diese Zeit zu lang geworden, und die Hoffnung, dass sie wieder zur Besinnung kommen würde, war der Sorge um sie gewichen. So stellte ich es mir jedenfalls vor.

Ich hörte ihn tief seufzen. Weinte er? Meine Kehle schnürte sich zusammen, und ich spürte, wie mir selbst das Wasser in die Augen schoss. Ich konnte verstehen, wie sich Magnus fühlen musste – ich fühlte all das ja selbst: Verwirrung, Verzweiflung, Machtlosigkeit, Furcht, Selbstvorwürfe, Einsamkeit …

»Hoffentlich ist nichts passiert«, sagte er.

»Was soll denn passiert sein?«

»Ich weiß nicht. Ein Unfall. Keine Ahnung.«

»Kann ich irgendetwas tun? Ist irgendjemand bei dir und für dich da? Soll ich … Soll ich kommen?«

»Ich bin mir nicht sicher, Liv. Es macht dir sicher Umstände und …«

»Es macht keine. Ich kann sofort kommen.«

Magnus seufzte wieder. Er wirkte unentschlossen.

»Ich bin ihre Freundin, Magnus. Vielleicht gibt es irgendetwas, das ich tun kann oder das mir einfällt. Oder auffällt.«

»Okay«, sagte er leise. »Wenn du meinst.«

»Ich komme.«

Also hatte ich rasch ein paar Sachen zusammengepackt und war losgefahren. Und hier war ich nun.

Meine beste Freundin war verschwunden, und ich hatte keine Ahnung, was ich tun könnte – aber ich wollte in jedem Fall da sein. Da sein für Magnus. Da sein für Vigga und Teil dessen, was nach der Vermisstenmeldung folgen würde – was auch immer das sein mochte.

Doch ich hatte fürchterliche Angst, genau wie Magnus. Vorher war es nur unterschwellig gewesen. Aber indem er es laut ausgesprochen hatte, hatte er mich infiziert. Ich hatte schreckliche Angst davor, dass ihr etwas zugestoßen sein könnte.

5.

Ich blieb noch einige Momente am Fjord stehen, rauchte die zweite Zigarette auf und trat die Kippe aus. Ich warf einen letzten Blick zur Fischerhütte, dachte an früher und sah zwei Prinzessinnen kreischend um ihr Schloss herumlaufen. Dann stieg ich ins Auto und fuhr weiter.

Vigga und Magnus wohnten nicht weit entfernt. Ich bog von der Hauptstraße in einen schmalen Weg ab, der in die weitläufige Dünenlandschaft unweit des Fjords führte. Zunächst war die Straße noch asphaltiert. Dann wurde sie zur Kiespiste und verwandelte sich später wieder in eine feste Oberfläche, die schwarz und neu aussah und wohl bereits zum Grundstück gehörte.

Das Haus war kein gewöhnliches, beileibe nicht. Wenn ich drei Wünsche frei hätte, dann stünde in jedem Fall auf der Liste: Ich möchte gern, dass ein Bauherr zu mir kommt und mir freie Hand in der Gestaltung in einer derartigen Lage lässt, und außerdem, dass alle beteiligten Behörden den Bauantrag anstandslos genehmigen. So etwas schien hier passiert zu sein. Der Bau war zeitlos, so elegant wie modern, und orientierte sich eindeutig an Frank Lloyd Wrights klassischen Ideen von der Symbiose aus zeitgenössischer Architektur und Umwelt sowie frühen Bauhaus-Konzepten. Außerdem wirkte er mit seinen strengen, klaren Formen sehr nordisch.

Es gab drei Baukörper. Im Sockelgeschoss befanden sich zwei aus naturbelassenem Beton, die mit einem rundum verglasten Durchgang verbunden waren. Hier war der Treppenaufgang. Quer darübergesetzt war das Obergeschoss – ein weißer Kubus, der sehr filigran wirkte, weil wesentliche Teile der Fronten von oben bis unten verglast waren, damit man Himmel, Landschaft, Fjord und Meer jederzeit sehen konnte, das Haus von der Natur durchdrungen war und es sich durch seine Transparenz außerdem gut in die Umgebung einfügte. Magnus und Vigga hatten ziemliches Glück gehabt, das Haus kaufen zu können.

Ich erinnere mich noch an den Tag, an dem Vigga mir das Exposé der Immobilie gemailt hatte, um mich nach meiner Einschätzung zu fragen. Mir waren fast die Augen aus dem Kopf gefallen, und ich hatte am Telefon lediglich »Kaufen« gekeucht, »sofort kaufen!«. Der Vorbesitzer war verstorben und hatte das Haus an seine Frau vererbt, die dort aber nicht mehr leben mochte. Der Kredit, den sie dafür aufgenommen hatte, war noch nicht vollends getilgt. Also hatte sie sich an die Bank gewandt, für die Vigga arbeitete. Sie hatte der Erbin vorgeschlagen, die laufenden Verträge und Kredite zu übernehmen, und ein paar Dinge geregelt, obwohl es eigentlich nicht ganz sauber war, Privates und Dienstliches miteinander zu verquicken.

Jedenfalls hätte das Haus auf dem freien Markt gewiss weitaus mehr eingebracht, als Magnus und Vigga am Ende dafür bezahlt hatten. Natürlich kostete es dennoch einen Batzen Geld, aber darüber verfügte Magnus dank seinem Software-Unternehmen, in das Vigga zudem ihr betriebswirtschaftliches Know-how einbrachte.

Während ich den auf einen Pfahl gepflockten amerikanischen Briefkasten passierte, musste ich an einen Leuchtturm denken. Es dämmerte, und in den meisten Zimmern war das Licht eingeschaltet. Dank der großen Fensterfronten wirkte es so, als strahle das von Dünen umgebene Gebäude von innen heraus – wie um Vigga den Weg nach Hause zu weisen.

Ihr Wagen war vor der Garage geparkt: ein Cabrio von Saab. Daneben stand der Mercedes-SUV von Magnus. Alles in allem hätte man annehmen sollen, dass hier ein sehr wohlhabendes, sehr stilvolles und sehr glückliches Paar wohnte. Das war ja auch der Fall.

Vielleicht aber auch nicht, dachte ich beim Einparken. Vielleicht war alles nur Fassade, und Glück lässt sich wohl nur in den seltensten Fällen an Oberflächen ablesen.

Magnus musste meinen Wagen gehört haben, oder ihm war das aufblitzende Abblendlicht von draußen aufgefallen. Er stand bereits in der offenen Tür und wartete auf mich. Ich nahm meinen Weekender aus dem Kofferraum, ging zu ihm hin, und wir umarmten uns. Er wirkte verzweifelt, und wir mussten beide erst mal weinen – so lange, bis wir es schrecklich fanden und fast darüber lachen mussten.

»Danke, dass du gekommen bist«, sagte er.

»Gibt es etwas Neues?«

Magnus schüttelte den Kopf, löste die Umarmung und bat mich hinein.

Ich war nicht oft hier gewesen. Man kann es an einer Hand abzählen. Das erste Mal hatte ich das Haus in Augenschein genommen, um Vigga eine Expertise über den Gebäudezustand zu geben und weil sie einige kleine bauliche Änderungen vornehmen wollte, was statische Fragen aufwarf. Dann kam ich noch einmal, um ebendiese Arbeiten zu begutachten. Schließlich zur Einweihungsparty und danach zu Viggas Geburtstag. Mein letzter Besuch musste ungefähr vier Jahre her sein.

Seither hatte sich nicht viel verändert. Die Einrichtung war dieselbe, für meinen Geschmack eine Spur zu modern, aber es passte natürlich zum Stil des Hauses: jede Menge Weiß, viel Schwarz, Bauhaus-Sessel, eine große und antiseptisch wirkende Küche, die in ein Esszimmer mit Eames-Stühlen und ein weitläufiges Wohnzimmer überging. Darauf fiel Licht aus in der Decke eingelassenen LED-Lampen. An den Wänden hingen Drucke von modernen Künstlern, um allem etwas Farbe zu verleihen. Der Boden bestand aus grauem Estrich, auf den Teppiche gelegt waren. Eine Treppe mit verchromten Handläufen führte nach oben zu einer Galerie und den übrigen Räumen – ich hatte den Grundriss noch im Kopf.

Es war ein merkwürdiges Gefühl, in Viggas Reich einzudringen, ohne dass die Herrscherin da war. Seltsam, ja, aber genau so kam ich mir vor: wie ein Eindringling.

Etwas später saßen Magnus und ich am Tisch, tranken eine Flasche Wein und gingen noch einmal alles durch. Ich machte eine Liste, systematisch angelegt wie ein Bauantrag, und wir hakten ab: wo Vigga sein könnte, wer etwas wissen würde, warum sie vielleicht verschwunden war. Mit dem Ergebnis, dass weder mir noch Magnus etwas dazu einfiel. Magnus hatte bereits alle Personen kontaktiert, die ihm in den Sinn gekommen waren und die etwas über Vigga wissen könnten. Zumindest hatte er das so gesagt.

Ich merkte, dass ich langsam betrunken wurde. Ich hatte kaum etwas gegessen, dann die lange Fahrt, das viele Reden …

»Ich hoffe«, sagte ich, »dass die Polizei etwas herausfinden wird.«

»Das glaube ich eher nicht«, sagte Magnus.

»Warum nicht? Du hast Vigga doch als vermisst gemeldet?«

»Schon, aber die Polizei sieht es nicht als Vermisstenfall an.«

»Wie bitte?«

Magnus schüttelte den Kopf, als könne er es selbst nicht fassen. »Die Polizei hat einige Dinge überprüft und mir gesagt, sie sähen keine Anhaltspunkte dafür, dass Vigga das Opfer einer Straftat geworden sein könnte oder in einen Unfall verwickelt gewesen sein könnte. Auch spräche nichts für Selbstmord. Vigga sei auch nicht gefährdet – also: Sie nimmt keine Medikamente, auf die sie angewiesen ist. Man hat mir erklärt, dass eine erwachsene Frau sehr wohl das Recht hat, ihren Aufenthaltsort frei zu wählen, ohne es jemandem mitzuteilen. Falls es also keine Gefahr für Leib und Leben gibt, wird die Polizei nicht tätig. Und falls sie doch tätig wird, nimmt sie lediglich eine Aufenthaltsermittlung vor. Das heißt: Die Polizei würde zum Beispiel den Aufenthaltsort von Vigga feststellen und sie dann fragen, ob sie damit einverstanden wäre, dass die Polizei den Angehörigen Bescheid sagt. Damit hat es sich dann, falls die gesuchte Person wohlauf ist und keine strafbaren Handlungen begangen hat. Kurz: Wenn Vigga nicht will, dass ich erfahre, wo sie ist, dann werde ich es auch niemals erfahren – zumindest nicht von der Polizei.«

Ich konnte nicht glauben, was ich da hörte. »Du … du meinst, die werden nichts unternehmen?«

»Die Polizei hat ja schon ein bisschen was getan – Krankenhäuser abtelefoniert zum Beispiel. Aber ich bin mir nicht sicher, ob es weit darüber hinausgehen wird. Ich meine: Auf den ersten Blick sieht es schlicht und ergreifend so aus, als ob sie mich einfach verlassen hat.« Magnus zuckte unter seinen eigenen Worten zusammen, als habe ihm jemand in den Magen geboxt. »Und in diesem Fall wird die Polizei kaum etwas unternehmen. Selbst wenn sie Vigga finden würden, dann … Also, sie hätte ja in der Zwischenzeit ein Lebenszeichen von sich geben können. Hat sie aber nicht. Dann wird es ihr wohl auch in Zukunft egal sein.«

Ich fasste nach Magnus' Hand und drückte sie. »Glaubst du denn, dass sie aus eurem Leben ausbrechen wollte?«

»Nein. Aber ... Ich weiß es nicht. Ich muss mich wohl den Fakten stellen. Vielleicht habe ich die Vorzeichen nicht erkannt oder nicht erkennen wollen, und sie ist auf diese Weise gegangen, weil es für sie so am einfachsten war.«

»Möglich«, antwortete ich.

Einerseits konnte ich es mir einfach nicht vorstellen, das war nicht Viggas Stil. Andererseits, wenn es um eine intime, emotionale Krise ging – wer wusste das schon? In meiner Erinnerung hat sie nie eine Konfrontation gescheut, hat sich beispielsweise auch immer mit Lehrern angelegt. Ich war nie so mutig wie sie gewesen. Doch wenn es um ihre persönlichen Angelegenheiten ging, war sie meist stumm wie ein Fisch. Sie drehte sich einfach um und ging, wenn man mit ihr derlei Probleme diskutieren wollte.

»Aber«, sagte Magnus, »sie müsste es dann ja von langer Hand geplant haben. Sie braucht doch Geld, Klamotten, ein Auto, ein ... Meine Güte, ein Flugticket und Ausweise – aber es ist ja noch alles da?«

»Man kann Ersatzdokumente beantragen«, sagte ich. Was ich wusste, weil ich am Flughafen mal meinen Pass vergessen hatte. Dort kann man sich für die Dauer einer Reise einen Ausweis ausstellen lassen, der fast überall innerhalb von Europa gilt.

Magnus zuckte wieder schwach mit den Schultern.

Ich massierte mir die Augen, weil ich vor Müdigkeit und vom Wein schon Doppelbilder sah.

»Ich muss schlafen«, sagte ich. Dann ging ich zum Gästezimmer, das neben der Küche und unter der Galerie lag. Ich drehte mich noch einmal um und bekam einen Kloß im Hals, als ich Magnus alleine und verloren an dem großen Tisch sitzen sah.

»Ich glaube, dass alles gut wird, Magnus.«

Er nickte schwach.

Dabei würde überhaupt nichts gut werden.

Nie mehr wieder.

Ich hatte ihn aufmuntern wollen, wobei ich es bereits in dem Moment blöd fand, in dem ich es aussprach, weil ich selbst nicht daran glaubte. Rückblickend könnte ich behaupten, dass es eine Art Vorahnung war. Aber ich hätte mir beim besten Willen nicht ausmalen können, dass es die erste Nacht in dem Haus sein würde, in dem ich getötet werden sollte.

6.

Können Sie uns dieses Gefühl etwas näher beschreiben?«, fragt Tine. »Diese Vorahnung, dass Vigga etwas geschehen sein könnte. Woran haben Sie diesen Eindruck festgemacht?«

Ich höre das Klappern von Wagen, die auf dem Klinikflur hin- und hergeschoben werden. Dazwischen Lachen, als ob die Krankenschwestern miteinander oder mit einem Arzt oder Besucher scherzen würden.

»Ich kann es nicht sagen«, antworte ich. »Und wie erwähnt – eine echte Vorahnung war das nicht. Mehr so ein Gefühl.«

»Woher kam das?«

»Na ja, die ganzen Umstände. Im Grunde kamen nur zwei Ursachen für Viggas Verschwinden in Betracht. Entweder hatte sie Magnus verlassen. Oder ihr war etwas zugestoßen. Ich hatte einfach Angst. Das Gefühl wurde stärker und präsenter, je mehr Zeit verstrich und je intensiver ich mir Gedanken machte.«

»Was haben Sie zu dem Zeitpunkt für am wahrscheinlichsten gehalten?«

»Dass sie tot in irgendeinem Straßengraben liegt und angefahren wurde. Dass sie im Wald liegt, weil jemand sie vergewaltigt und ermordet hat.«

»Selbstmord kam nicht infrage?«

»Nein.«

»Warum nicht?«

Ich zucke mit den Schultern. »Weil Vigga sich nicht umbringt. Ganz einfach. Wenn sie verzweifelt wäre, würde sie sich mit der Situation konfrontieren und die Sache lösen, aber nicht davor fliehen. Wenn sie eine schlimme Diagnose bekommen hätte, würde sie vielleicht mit niemandem darüber reden. Aber sie würde um ihr Leben kämpfen.«

Tine nickt wie eine Ärztin, die genau solche schlimmen Diagnosen stellt. »Würden Sie sagen, dass Sie und Magnus einander gut gekannt haben?«

»Schon, ja.«

»Seit wann?«

Meine Gedanken wandern zurück an die Uni in Kopenhagen. Ich sehe mich selbst, fast fünfzehn Jahre jünger, auf dem Campus mit einem langhaarigen Nerd im Schlepptau, der mit einem Kumpel eine Garagenfirma betrieb und irgendetwas mit Computern und Programmieren studierte, von dem ich kein Wort verstand, obwohl er es mir drei Tage zuvor bei einer Party ausgiebig erklärt hatte. Vielleicht hatte ich auch nicht richtig zugehört, weil mich seine klaren Augen und das kleine Grübchen am Kinn deutlich mehr faszinierten. Aber wenn ich sage »Nerd«, erweckt das ein falsches Bild, obwohl er damals absolut einer war – er konnte aus »Star Wars« und »Star Trek« zitieren und trug Motto-Shirts, deren Botschaften nur von seinesgleichen verstanden wurden.

Optisch allerdings wirkte Magnus damals wie jemand, der aus einem Katalog für Surfzubehör gefallen war. Passenderweise kam er auch immer mit einem Longboard zur Uni gerollt, was unendlich cool aussah. Und er hatte dieses »Leck mich, ich bin besser als du«-Grinsen, das arrogant wirken kann, es in seinem Fall aber nicht tat. Kurz und gut: Als ich ihn Vigga vorstellte, die im vierten Semester Betriebswirtschaft studierte, verliebte sie sich schlagartig in ihn. Das schwor sie zumindest immer, und Magnus schwor wiederum, dass es bei ihm ebenso gewesen war. Man sagt, dass in vielen

Fällen nur Sekunden über Sympathie entscheiden. Warum also soll es keine Liebe auf den ersten Blick geben?

»Seit der Uni«, antworte ich Tine und blicke an meinem Infusionsbeutel vorbei aus dem Fenster. »Ich habe ihn Vigga damals vorgestellt. Schon am nächsten Tag waren sie ein Paar.«

»Hatten Sie eine Beziehung mit ihm?«

»Sie meinen – damals?«

Tine zuckte mit den Schultern. »Wann auch immer.«

»Ich habe doch gerade erklärt, dass er und Vigga von Anfang an ein Paar waren.«

»Das haben Sie«, sagt Knud. »Das beantwortet die Frage nicht.«

»Nein«, sage ich also, »ich hatte keine Beziehung mit Magnus.«

Tine macht sich Notizen. Knud schaut mich wieder so ausdruckslos an, als beobachtete er eine Parkuhr. Dann fragt er mit Blick auf seinen Block: »Sie und Vigga sind seit der Kindheit Freundinnen, haben Sie gesagt. Sie sind beide in einem kleinen Dorf aufgewachsen. In Fjellerup an der Ostsee. Geboren sind Sie in Helsingør und kamen dann im Alter von fünf Jahren zu Ihrer Pflegefamilie.«

Ich nicke.

Fjellerup liegt nordöstlich von Århus. Es ist ein wirklich kleines Dorf und Fjellerup Strand vorgelagert, wo weitaus mehr Gebäude stehen als im Ort selbst. So ziemlich jede Ferienhauskette hat dort ihren Claim abgesteckt. Im Sommer ist alles voller Touristen, im Herbst und Winter hingegen verlassen und einsam. Meine Pflegefamilie, das waren Birthe und Henner. Die beiden Sozialpädagogen hatten ihre Jobs verloren und arbeiteten seither beide bei einer Ferienhausvermietung. Am Anfang war Birthe noch zusätzlich im Kindergarten beschäftigt, wohin sie mich jeden Morgen mitnahm. Das hatte den Vorteil, dass sie mich und meine Entwicklung stets im Blick hatte und man niemand Außenstehenden, zum Beispiel die Mitarbeiterin einer anderen Kita, wegen meiner Vergangenheit zusätzlich mit ins Boot nehmen musste. Beide waren ziemliche Ökos, was mir später ziemlich auf den Geist ging. Sie fuhren jedes Jahr zum Roskilde-Festival, um dort zu helfen, und nahmen mich mit dorthin, was mir wiederum sehr gut gefallen hat.

Überhaupt hatte ich alles in allem eine schöne Kindheit und erinnere mich sehr gut an die heißen Sommer im Garten des kleinen Reetdachhauses am Strandvej und am Meer. Allerdings erinnere ich mich auch an die vielen Albträume und die Nächte, die ich zwischen Birthe und Henner im Bett verbracht habe. Wir haben noch einen sehr guten Kontakt miteinander, zwar nicht regelmäßig, aber immer wieder – so wie bei jeder anderen erwachsenen Tochter auch, nehme ich an, und wenn ich von den beiden spreche, dann nenne ich sie stets *meine Eltern*. Denn das sind sie, das haben sie sich verdient – und ich habe keine Lust, immer wieder schwierige Erklärungen abzugeben, wenn ich jemandem von ihnen erzähle.

Etwa ein Jahr nachdem ich nach Fjellerup gekommen war, habe ich Vigga in der Folkeskole kennengelernt. Birthe und Henner und die mich betreuenden Behörden hatten zuerst über eine Privatschule nachgedacht, um mich besser abzuschirmen und im Blick zu behalten. Aber es ist wohl einerseits an der Finanzierung gescheitert, weil es kein staatliches Budget für mich gab, um die Kosten zu tragen. Außerdem fanden Henner und Birthe es auch grundsätzlich besser, wenn ich auf eine ganz normale Schule gehen würde, weil ich Dinge abseits der Normalität schon ausreichend erlebt hätte und diese für immer und ewig mit meinem Leben verknüpft seien. Vom ersten Schultag an habe ich jedenfalls neben Vigga gesessen, nachdem sie sich auf dem Schulhof meiner angenommen hatte. Wir haben festgestellt, dass wir beide nur eine Straße auseinander wohnen – und seit diesem Tag waren wir so gut wie unzertrennlich. Wie zwei Schwestern, die wir beide jeweils niemals hatten.

»Ist es jemals zwischen Ihnen und Vigga und Magnus Thema gewesen, warum Sie in einer Pflegefamilie aufwuchsen?«, fragt Knud.

Die Treppe.

Blut.

Es ist klebrig wie Sirup und stinkt.

Die Treppe wird immer steiler, höher.

Jemand weint.

Ich blinzle und zucke mit den Achseln. »Ich kann mich nicht erinnern.«

»Sie haben mit Ihrer besten Freundin niemals darüber gesprochen?«

»Ich kann mich ja selbst kaum erinnern, wie das damals alles war. Natürlich weiß ich mittlerweile Bescheid. Aber ich war gerade mal fünf Jahre alt. Es gibt einzelne Bilder …«

Die Treppe ist hoch wie ein Berg.

Meine Füße sind rot.

Meine Hände.

Alles ist still.

Bis auf das leise Weinen.

»… die mir durch den Kopf blitzen. Aber ich weiß nicht, ob das wirklich meine sind und was das für eine Rolle spielen soll?«

»Sie haben es vor Vigga geheim gehalten?«

»Nein, es war kein Geheimnis, aber auch kein Thema zwischen uns. Natürlich habe ich einmal mit Vigga darüber gesprochen – allerdings nur mit ihr und niemand anderem. Das war später, als ich die Gründe kannte …«

»Eben haben Sie gesagt, Sie können sich nicht erinnern, ob Sie es ihr jemals erzählt haben.«

Knud geht mir auf die Nerven. Ich sage: »Jetzt kann ich es aber wieder.«

»Okay«, erwidert Knud. »Also war es kein Geheimnis?«

»Nein, meine Güte. Was passiert war, war eine Zeit lang geheim, um mich zu schützen. Als ich selbst mehr wissen wollte, war es nicht mehr geheim und …« Ich streiche mir unwirsch durch die Haare und spüre, wie der Schlauch in meinem Arm spannt und zwickt. »Manche Sachen macht man lieber mit sich alleine aus.«

»So wie Vigga?«

»Wie meinen Sie das?«

»Sie haben gesagt, es sei für Vigga typisch, manche Dinge mit sich alleine auszumachen. Sie seien da anders.«

»Ja. Na und? Ist das nicht egal?«

Knud sagt: »Ich erkläre es gern erneut: Wir sind in keiner Vernehmung. Wir unterhalten uns bloß mit Ihnen als Zeugin. Sie stehen zudem unter Medikamenteneinwirkung. Mit allem, was Sie sagen, können wir offiziell nichts anfangen. Es hilft uns aber bei den Ermittlungen, wenn …«

»Ich denke«, unterbreche ich Knuds Redefluss, »meine Kindheit hat kaum eine Relevanz dafür, dass ich umgebracht werden sollte, oder?«

»Alles kann relevant für das sein, was passiert ist«, sagt Knud.

»Liv.« Tine scheint zu spüren, dass ich mich aufrege. »Lassen Sie uns über etwas anderes sprechen. Wie ging es in Magnus' Haus weiter?«

7.

Ich erinnere mich nur vage daran, was am anderen Tag geschah. Mein Blick wandert nach links, und ich überlege, was genau ich den beiden Polizisten davon erzählen soll beziehungsweise, was sie hören wollen. Ich weiß zum Beispiel nicht mehr, ob ich in der Nacht überhaupt geschlafen hatte. Aber ich erinnere mich daran, dass am anderen Morgen ziemlich viel los war.

Es gab einige Dinge zu klären.

Magnus bekam Besuch von Johann, den ich bislang nur vom Hörensagen kannte. Johann war Magnus' Geschäftspartner. Die beiden führten ihr Softwareunternehmen gemeinsam, Tekksolv, und waren auch recht gut miteinander befreundet. Ihr Unternehmen machte irgendetwas mit Sicherheitssystemen für digitalen Zahlungsverkehr, Codierungen und Verschlüsselungen und so weiter. Weder Vigga noch ich haben uns jemals gut mit Computern ausgekannt. Ich kann sie bedienen, damit hat es sich dann aber auch schon, und, ehrlich gesagt, das reicht mir völlig. Wenn ich Probleme mit dem Computer oder dem Laptop habe, rufe ich meist Frederik an, meinen Ex, der ebenfalls Architekt ist und dankenswerterweise den laufenden Auftrag von mir übernommen hatte, damit ich an den Fjord fahren konnte.

Ich kam gerade mit feuchten Haaren aus dem Bad, als ich Magnus mit einem etwa gleichaltrigen Mann in der Küche stehen sah. Ich ahnte sofort, dass es sich um seinen Geschäftspartner handelte. Sie waren intensiv in ein Gespräch vertieft. Es schien ernst zu sein, kein Geplauder. Johann war schon fast kahl, was ihm jedoch gut stand. Er sah aus wie eine schlankere und jüngere Version von Bruce Willis, nur nicht so grobschlächtig. Jedenfalls schien er regelmäßiger Gast im Fitnessklub zu sein. Er steckte in einem teuer aussehenden, knallblauen Anzug mit offenem Hemdkragen zu hellbraunen Schuhen. Sein Gesicht war jedoch mindestens so grau wie das von Magnus. Viggas Verschwinden schien ihn ebenfalls mitzunehmen.

»Johann, Liv – Liv, Johann«, stellte Magnus uns vor. Seine Stimme klang matt. Er wirkte, als habe er die ganze Nacht über kein Auge zugetan.

Johann begrüßte mich per Handschlag. Sein Griff war nicht sehr fest und sein Gesichtsausdruck ernst. »Ich wünschte«, sagte er, »wir würden uns unter anderen Umständen kennenlernen.«

»Ich ebenfalls. Trotzdem freue ich mich«, erwiderte ich und ging zum Kaffeeautomaten.

Magnus sagte: »Johann und ich müssen in der Firma ein paar Dinge regeln, die ich vom Homeoffice aus nicht klären kann. Wir fahren gleich dorthin, nach Århus. Ist es okay für dich, wenn du ein paar Stunden hier alleine im Haus bist?«

»Natürlich.« Ich stellte den Automaten an, der die Kaffeebohnen mit einem lauten Surren zermalmte und kurz darauf als starke, schwarze Brühe in meine Tasse spuckte.

»The show must go on«, sagte Johann im Ausatmen und zuckte wie zur Entschuldigung mit den Achseln. Ich war etwas überrascht, dass sie mich alleine ließen. Ich hatte gedacht, ich helfe bei der Suche, aber ganz offensichtlich gab es ein paar wichtige Dinge, die sie gemeinsam regeln mussten – und zwar ohne mich. Sie wirkten – wie soll ich sagen? Sie wirkten wie eine kompakte Einheit auf mich, aber … Aber irgendwie auch nicht. Ich weiß natürlich nicht, wie ihr Verhältnis vor Viggas Verschwinden war. Jetzt erschienen sie wie zusammengeschweißt, aber man konnte die Schweißnaht sehen. Bedeutung habe ich dem damals nicht zugemessen.

Ein paar Minuten später waren sie mit Johanns Auto verschwunden – einem dunklen SUV von Mercedes. Dasselbe Modell, das Magnus fuhr. Nicht gerade preiswert.

Ich ging mit meinem Kaffeebecher ins Wohnzimmer und blickte aus dem großen Panoramafenster. Der Himmel war hellgrau. Es war windig und die Luft klar, was die eintönige Dünenlandschaft konturscharf hervortreten ließ. Durch die riesigen Scheiben wirkte es, als stehe man mittendrin, aber innen war alles still. Gelegentlich ließ ein Windstoß das Glas in seiner Verankerung knacken. Ich wusste, dass es sich um verstärkte Scheiben handelte – alles eine Frage der Statik, und es gibt Normen für die Windlast pro Quadratmeter, die hier fraglos erfüllt waren, denn so nah am Meer musste man mit Sturmböen der Stärke zehn oder mehr rechnen.

Es war befremdlich, so ganz alleine in Viggas Reich zu sein. Ich durchquerte das Wohnzimmer, ging zurück in die Küche, holte mir einen weiteren Kaffee und stieg dann die Treppe hinauf zur Galerie, wobei ich den Handlauf fest umklammerte und die Stufen langsam nahm, den Blick immer nach vorne gerichtet, auf einen Punkt knapp vor mir. Auf diese Weise gelingt es ganz gut, die Höhenunterschiede auszublenden, die mich auch bei Treppen nervös machen.

Insbesondere bei Treppen.

Schließlich erreichte ich die Galerie, die etwa drei Meter oberhalb des Wohnzimmers schwebte. Dort gab es ein Schlafzimmer, das große Bad und Magnus' Arbeitszimmer. Unterhalb der Decke der Galerie konnte man eine Leiter ausklappen, die auf einen Dachboden führte. Dieser diente als Stauraum, weil das Haus nur teilweise unterkellert war, im Wesentlichen mit Räumen für die Haustechnik.

Warum ich zuerst ins Bad ging, kann ich nicht genau sagen. Die Reihenfolge der Räume spielte eigentlich keine Rolle, aber hinterher war sie vielleicht doch wichtig – für den »stream of consciousness«, so nennt man das, nicht? Eine Assoziationskette, an deren Ende mir schließlich einfallen sollte, dass ich auf dem Dachboden nachsehen musste.

Jedenfalls hätte ich mich nach einer Sekunde im Bad am liebsten wieder auf den Hacken umgedreht und wäre zurück in die Küche gegangen. Es fühlte sich absolut nicht richtig an, in die Privatsphäre von Magnus und Vigga einzudringen und herumzuschnüffeln – aber schließlich hatte ich einen guten Grund dafür, und im Bad war sie mir plötzlich wieder ganz nah. Es duftete nach ihrem Parfüm, ihrer Lotion. Sie benutzte offenbar immer noch die gleichen Produkte. In der Mitte des Raumes blieb ich stehen.

Das Bad war groß. Es gab zwei Waschbecken, eine geräumige Duschkabine und eine Eckwanne mit eingelassenen Massagedüsen, sodass sie auch als Whirlpool zu benutzen war. Die Wand über den Waschbecken war komplett verspiegelt, und als ich zu dem Becken hinsah, bekam ich einen Schreck. Für einen Moment dachte ich, ich hätte Vigga gesehen. Aber das war nur ich selbst im Spiegel, und hinter mir an der Wand hing ihr weißer Bademantel. Alles sah so aus, als habe sie gerade erst das Haus verlassen. Mein Blick glitt über ihre Schminkutensilien, ihre Zahnbürste, ihre Cremes, Haarfärbemittel.

Ich öffnete die Klapptüren des Unterschranks an dem Waschbecken, das ich als ihres identifiziert hatte. Dort lagen ordentlich zusammengefaltete Handtücher und weitere Toilettenartikel. Ich sah nichts, was man dort nicht vermuten würde.

Ich ging zurück auf den Flur und trank im Gehen einen Schluck von meinem Kaffee. Die Tür zum Schlafzimmer stand etwas offen. Ich sah durch den Spalt hinein – und war damit ja gewissermaßen fast schon drinnen. Mit den Fingerspitzen schob ich dir Tür weiter auf und betrat den Raum, der von einem riesigen weißen Boxspringbett dominiert wurde. Es stand auf einem hellgrauen Teppich, der so dick und flauschig war, dass ich meine eigenen Schritte darauf nicht hören konnte.

Das Zimmer sah ziemlich chaotisch aus. Vor Viggas Kleiderschrank – ich nahm an, es sei ihrer – türmten sich Wäscheberge und stapelten sich Kartons. An einer Kommode waren alle Schubladen aufgerissen und zum Teil leer, die Inhalte ausgekippt oder auf der Kommode gestapelt. Magnus schien alles durchsucht zu haben.

Im ersten Moment wunderte ich mich darüber, dass beide Bettdecken und Kopfkissen zerknautscht aussahen. Im zweiten war es mir peinlich, denn ich dachte mir, dass Magnus in seiner Verzweiflung und Sehnsucht in der Nacht das Gesicht in Viggas Kissen vergrub und vielleicht auch ihre Decke benutzte.

Ich musste schlucken und spürte, dass mir Tränen in die Augen stiegen. Ich gab mir einen Moment, um mich zu sammeln, bewegte mich weiter in den Raum hinein und trat an das Chaos vor dem Schrank und der Kommode heran. Instinktiv hätte ich Viggas Kleidung am liebsten ordentlich sortiert und zurück in den Schrank gehängt, weil ich wusste, dass ihr ein solches Chaos zuwider war. Aber dann hätte Magnus erkannt, dass ich herumgeschnüffelt habe. Also ließ ich die Finger davon.

Einige ihrer Sachen kannte ich. Das galt auch für den Schmuck, den Magnus auf der Kommode gestapelt hatte. An der Wand darüber hingen Schwarz-Weiß-Fotos, die Vigga als Kind zeigten, und einige Aufnahmen aus unserem alten Dorf.

Antike Aufnahmen auf Postkarten und andere, die aus einer Zeit zu stammen schienen, in der noch analog fotografiert wurde. Die Straße, der Strand, sogar die alte Fischerhütte waren darauf abgebildet.

Eine Schublade lag auf dem Boden. Ich hob sie an, drehte sie um und betrachtete den Boden. Früher war das ein probates Versteck für heimliche Liebesbriefe und andere Schätze gewesen: Man hatte einfach einen Briefumschlag unter eine Schublade geklebt und dann alles hineingesteckt, das niemand sehen sollte. Ich hatte ein solches Versteck gehabt, Vigga ebenfalls. Aber einen Umschlag gab es hier nicht.

Überhaupt, dachte ich, hatte Magnus sicherlich schon alles auf den Kopf gestellt und hätte ein derartiges Versteck gefunden – und wo er nichts gefunden hatte, würde ich wohl auch nichts entdecken.

Als Nächstes warf ich einen Blick ins Büro. Mir fiel nichts Besonderes auf. Es war Magnus' Homeoffice. Auf dem Schreibtisch standen zwei externe Festplatten und ein riesiger PC-Monitor sowie ein gerahmtes Hochzeitsbild, das mir wiederum einen Stich ins Herz versetzte. Einige Mappen und Ausdrucke lagen herum. Arbeit, die mich nichts anging – so wie mich hier alles nichts anging.

Ich verließ das Büro, trat auf den Flur, und dann fiel mir wieder ein, was ich damals in meinem Briefumschlag unter der Kommodenschublade versteckt hielt: Es war ein kurzes Briefchen von meiner Mutter, in dem stand, wie lieb sie mich hatte. Außerdem die kleine Kette mit dem Kreuz, die sie immer getragen hatte. Meine größten Schätze. Alles, was mir von ihr geblieben war, weil ich es an mich geklammert und die Kette mit dem zusammengefalteten Zettel in meine Faust gepresst und nicht losgelassen hatte, als die Polizei mich damals aus dem Haus brachte, schreiend und blutüberströmt.

Aus dem Kinderzimmer in Fjellerup war die Kommode auf den Dachboden gewandert, als sich mein Raum in einen für eine Jugendliche verwandelte. Der Briefumschlag befand sich wohl nach wie vor unter der Schublade, falls die alte Kommode immer noch auf dem Speicher meiner Pflegeeltern stand.

Ich warf einen Blick an die Decke und sah die Aussparung für das Klappfach, an dem sich die Trittleiter befinden musste. Man musste sie mit einem Haken herabziehen. Dann würde sich die Leiter wie eine Ziehharmonika entfalten, und man konnte hinaufsteigen. Aber ich sah keinen solchen Haken. Während ich mich danach umsah, hörte ich den Klingelton meines Handys. Es steckte in meiner Umhängetasche, die am Stuhl in der Küche hing.

Ich ging mit raschen Schritten über den Flur zur Treppe, spürte vor der ersten Stufe das typische Engegefühl in der Brust und dieses Ziehen im Leib, so ähnlich, wie wenn sich ein Fahrstuhl ruckartig in Bewegung setzt. Ein vertrautes Gefühl, das ich mit dem Umfassen des Handlaufs und dem Starren auf meinen Lieblingspunkt vor den Schuhspitzen unter Kontrolle brachte. Etwa eine Minute später war ich am Telefon.

Frederik rief aus Kopenhagen an. Er hatte einige Nachfragen wegen des Auftrags, den er von mir übernommen hatte. Es war nichts Großes, nur die Erweiterung einer Lagerhalle für gekühlte Lebensmittel, aber die Zeit drängte. Ich hätte sowieso einen Statiker hinzuziehen müssen, und in Frederiks Büro gab es einen solchen.

Gerne, das gebe ich zu, habe ich Frederik nicht um Unterstützung gebeten. Es ist nicht gerade so, dass ich mit Aufträgen überhäuft werde, und von irgendetwas muss ich schließlich die Miete bezahlen. Aber natürlich war es mir wichtiger, bei Magnus zu sein und bei der Suche nach Vigga zu helfen, und so sehr viel Geld warf der Job ohnehin nicht ab. Frederik machte da weiter, wo ich hatte aufhören müssen, und wenn ich wieder zurückkam, würde ich den Auftrag zu Ende bringen. Er hatte sicher gehofft, ich würde mich mit einer Einladung zum Essen erkenntlich zeigen. Aber das wollte ich nicht, sondern hatte ihm vorgeschlagen, ihm eine gewisse Summe zu bezahlen, und er hatte etwas davon gemurmelt, dass man das dann ja noch sehen könne.

Frederik gab »also wieder mal den Pausenclown« für mich, um ihn zu zitieren, und wenn er ironische oder sarkastische Bemerkungen über sein »tristes Dasein als Lückenfüller« macht, dann meint er das eigentlich gar nicht ironisch oder sarkastisch, sondern ganz ernst. Wir haben uns in Freundschaft getrennt. Wobei ich glaube, dieses »in Freundschaft« ging mehr von mir aus. Als ich ihn Vigga vorgestellt hatte, war sie davon überzeugt gewesen, dass er der Mr Right für mich wäre – ein ziemlich ruhiger, eher souveräner Typ, verständnisvoll, gut aussehend und mit einem Hipsterbart sowie modisch geschnittenen, strohblonden Haaren. Und ich habe es ihr an der Nasenspitze angesehen, dass sie wenigstens für einen Moment gedacht hat: »Oh, das könnte ja auch ein Mr Right für mich sein?« Sie hat versucht, das zu unterdrücken, was es irgendwie noch deutlicher gemacht hat. Und ich habe auch versucht, es mir nicht anmerken zu lassen, um nicht wie eine eifersüchtige Ziege dazustehen. Stand ich dann später allerdings wohl doch.

Aber ich habe mich ja auch gefreut, dass ihr Frederik als mein neuer Freund gut gefiel. Ich hatte ebenfalls angenommen, dass es richtig gut mit ihm und mir laufen würde, was es eine ganze Zeit lang tat. Doch dann spürte ich mehr und mehr, dass mir etwas fehlte. Ich kann nicht einmal sagen, was. Und ich habe das Gefühl, dass Frederik der Trennung in der

Hoffnung zugestimmt hatte, dass ich früher oder später zu ihm zurückkehre.

Jedenfalls fragte er am Telefon nach den Maßen für irgendwelche Kühlaggregate, und ich antwortete, dass er die in einer Cloud finden könne, und nannte ihm das Kennwort.

»Wie geht es dir?«, fragte er dann. Er wusste, warum ich hier war.

»Wie soll es mir schon gehen«, erwiderte ich und trank einen großen Schluck Kaffee. »Schlecht. Meine beste Freundin ist verschwunden, Magnus ist am Boden zerstört, und ich habe ein ziemlich schlechtes Gefühl bei der Sache.«

»Gibt es immer noch keine Anhaltspunkte, wo Vigga stecken könnte?«

»Nein. Niemand hat sie gesehen oder etwas von ihr gehört.«

»Vielleicht stimmt das ja nicht.«

Ich trank noch etwas Kaffee. Mein Magen zog sich zusammen. »Wie meinst du das?«

»Es könnte ja sein, dass sie nicht gefunden werden will, und jemand lügt für sie.«

»Ich weiß nicht.«

»Vielleicht hat sie eine Affäre.«

»Dafür ist sie nicht der Typ.«

»Du kennst sie besser, aber es wäre doch möglich?«

»Vieles ist möglich. Bei ihr und Magnus war jedenfalls alles in Ordnung.«

»Wenn jemand einfach so verschwindet, ist eher nicht alles in Ordnung, würde ich sagen. Vielleicht hatten sie Probleme oder haben sich gestritten. Er erzählt es dir aber nicht.«

»Warum sollte er das denn verheimlichen? Das wäre doch dumm, denn dann wäre ja klar, was der Grund für ihr Verschwinden wäre.«

»Es könnte ja sein, dass er denkt, dass er für ihr Verschwinden verantwortlich ist – und, keine Ahnung, falls etwas Schlimmes passiert ist, dann will er dafür nicht verantwortlich sein. Ich wollte nur hören, ob alles okay ist.«

»Du musst dir keine Sorgen um mich machen.«

Frederik kommentierte das nicht.

»Echt nicht«, ergänzte ich.

»Mache ich aber. Ich habe Angst, dass es … dass du wieder einen Zusammenbruch erleidest«, sagte er, und natürlich wusste ich, worauf er anspielte.

8.

Worauf hat er denn angespielt?«, fragt Tine und blickt von ihrem Block auf.

Ich betrachte meine Finger. Zwei Nägel sind abgebrochen. Draußen auf dem Flur klappert es wieder. Wahrscheinlich fährt eine Schwester einen Rollwagen mit Essen vorbei. Ich merke, dass ich hungrig bin, und wende mich etwas zur Seite. Auf dem kleinen Tisch an meinem Bett steht eine Flasche Wasser, daneben ein Teller mit Keksen. Ich nehme einen, klemme ihn zwischen die Zähne und schraube die Wasserflasche auf. Dann beiße ich ein Stück ab und spüle mit dem Wasser nach, bevor ich mich wieder zu den Polizisten wende, die mich aufmerksam ansehen.

Ausnahmsweise habe ich nun eine Ahnung davon, was Tine und Knud gerade denken, denn sie kennen natürlich meine Vergangenheit und wissen, was mit mir los ist.

»Ich war für eine längere Zeit in psychologischer Betreuung«, erkläre ich. »Schon als Kind. Das sollte mir helfen, alles zu verarbeiten und möglichst wenige Schäden davonzutragen.«

Ich spreche das Wort *Schäden* spöttisch aus, wie mir selbst auffällt. Schäden klingt nach Sachbeschädigung. Ich bin aber keine Sache.

»Als Jugendliche war ich ebenfalls in psychologischer Betreuung. Später war es dann nicht mehr erforderlich. Ich hatte sozusagen mein Handwerk gelernt. Dachte ich jedenfalls. Aber während ich mit Frederik zusammen war, erlitt ich einen Zusammenbruch. Er erschrak damals sehr und hat seither Angst, dass es wieder geschehen kann.«

»Kann es wieder passieren?«, fragt Tine.

»Kann ein Vulkan ausbrechen? Ein Meteor einschlagen?«, frage ich zurück.

Tine nickt. »Natürlich, ich verstehe, entschuldigen Sie bitte. Was hatte den Zusammenbruch damals ausgelöst?«

Wenn ich das mal so genau wüsste. Ich vermute, es war eine Mischung aus verschiedenen Ursachen. Ich stand total unter Stress, ernährte mich schlecht und war der Meinung, meine Tabletten reduzieren zu können, ich hatte keine Therapeutin an meiner Seite, und *der* Tag jährte sich zum fünfundzwanzigsten Mal. Silberjubiläum! Außerdem wurde *er* aus dem Gefängnis entlassen. *Er*, der die Schuld an allem trägt und daran, dass mein Leben total verpfuscht ist. Das war, zusammengerechnet, einfach zu viel für mich und führte zu dem Zusammenbruch.

Tine sagt, sie könne das gut nachvollziehen.

Ich frage: »Wozu soll das wichtig sein?«

Knud sagte zum gefühlt hundertsten Mal: »Alles kann wichtig sein.«

»Liv«, fragt Tine, »in der Zeit, die Sie bei Magnus verbracht haben, ging es Ihnen da gut? Oder haben Sie gedacht, dass Sie erneut einen Zusammenbruch erleiden könnten, weil Ihnen alles zu viel wurde?«

»Wegen Vigga ging es mir nicht gut. Aber ich bin stabil gewesen.«

»Sie nehmen Ihre Tabletten?«

»Ich nehme sie immer dann, wenn ich das Gefühl habe, dass ich sie brauche und sie helfen.«

»Welche sind das?«

»Seit einigen Jahren Xanax gegen Angst- und Panikattacken. Man soll es nicht dauerhaft nehmen, weil es süchtig macht.«

»Haben Sie in der letzten Zeit welche genommen?«

»Ja. Vor allem seit dem Tag, an dem Viggas Sachen gefunden wurden und ich Sie und Ihren Kollegen kennengelernt habe.«

Ich schaue zu Knud. Knud blickt zurück. Sein Blick ist leer und verrät absolut nichts darüber, was er gerade über mich und die gesamte Sache denkt.

»Erzählen Sie uns«, sagt er, »wie der Tag aus Ihrer Sicht verlaufen ist.«

9.

Ich nicke. Atme einige Male tief durch. Dann erkläre ich: »Was ich unterbewusst befürchtet hatte, traf ein. Es war, als ob einem jemand mit einem Hammer vor die Stirn schlägt. Als die Polizei vor der Tür stand, wusste ich Bescheid.«

»Worüber genau?«

»Darüber, dass Vigga etwas Schreckliches zugestoßen ist.«

»Wir wissen bis heute nicht, ob das der Fall ist«, bemerkt Knud. »Wir haben immer noch keine Leiche gefunden. Nur ihre Sachen.«

Ihre Sachen. Es hört sich so kalt an, wenn man dieses Wort benutzt. *Sachen.*

Die Polizisten, die am nächsten Tag vor der Haustür erschienen, waren Knud und Tine. Sie stellten sich vor, ich hörte es aus dem Flur mit an. Sie sagten Magnus, dass jemand Kleidungsstücke gefunden habe, die zu einer Frau passten und mit der Beschreibung der Bekleidung übereinstimmten, die Vigga zuletzt getragen habe. Sie baten Magnus, mit ihnen zu kommen und die Kleidungsstücke zu identifizieren. Außerdem fragten sie, wer ich sei. Magnus erklärte es ihnen, dann fuhren sie zusammen weg. Nach einer gefühlten Ewigkeit kam er zurück. Er war völlig aufgelöst.

»Es sind ihre Sachen«, sagte er. »Sie waren blutig. Ein Mitarbeiter der Müllabfuhr hat sie in einem Abfalleimer an einer Haltebucht gefunden, etwa zehn Kilometer von hier entfernt.«

Ich fand keine Worte.

»Sie haben mich befragt. Ich musste ihnen erklären, wo ich in den letzten Tagen gewesen bin und ob das jemand bezeugen könne – alles Mögliche musste ich ihnen erklären. Liv, sie werden eine Ermittlungskommission einrichten. Sie werden sicherlich auch mit dir reden wollen.«

»Mein Gott, Magnus, was glaubt die Polizei denn?«

»Sie glauben«, sagte Magnus, »dass Vigga ermordet worden ist.«

10.

Wie haben Sie darauf reagiert?«, fragt Tine.

»Ich war am Boden zerstört und gleichzeitig in heller Aufregung. Geschockt. Mir gingen tausend Gedanken durch den Kopf, und Magnus und ich mussten beide weinen. Es war schrecklich. Magnus hat in der Firma angerufen und gesagt, dass er in den nächsten Tagen nicht kommen werde. Kurz darauf traf Johann ein, um Magnus zu unterstützen, der ein sehr schweres Telefonat mit Viggas Eltern in Kanada zu führen hatte. Ich selbst rief bei Frederik an, um ihm zu sagen, dass ich meinen Aufenthalt verlängern würde. Er war entsetzt über die neusten Entwicklungen. Später sind Johann, Magnus und ich dann noch mal alles durchgegangen und haben an dem Abend sehr viel getrunken, aber keine Antworten gefunden.«

»Welche Ideen hatten Sie denn?«, fragt Tine.

Ich massiere meine Schläfen, langsam, aber sicher werde ich müde und bekomme trotz der Medikamente Kopfschmerzen. Vielleicht brauche ich eine Pause. Hunger habe ich auch.

»Wir haben darüber geredet, dass sie vielleicht von einem Vergewaltiger angegriffen worden ist. Es war unlogisch, dass ihr Auto noch da war, obwohl sie zur Arbeit fahren wollte. Entweder muss sie also das Haus verlassen haben, um draußen etwas zu erledigen oder noch einen Spaziergang zu machen. Sie ist früher gerne und oft spazieren gegangen. Oder jemand hat an der Tür geklingelt und sie dann überwältigt und verschleppt. Diese Überlegungen habe ich Ihnen dann ja auch geschildert, als Sie am nächsten Tag vorbeikamen, um mit mir zu reden, sich im Haus umzusehen, DNA von Vigga mitzunehmen, Fotos …«

»Ich erinnere mich«, sagt Tine.

Knud nickt wie ein Wackeldackel.

Tine fragt: »Diese Ideen, die Sie zu Viggas Verschwinden entwickelt hatten – für wie realistisch hielten Sie es denn, dass Vigga das Opfer von einem Angreifer geworden sein könnte?«

»Ich fand es schwer vorstellbar. Aber mir fiel zu dem Zeitpunkt auch nichts anderes ein. An dem Tag, an dem Vigga verschwand, war Magnus ja den ganzen Tag in der Firma in Århus. Dort hat man ihn ja auch gesehen. Wobei Johann nicht vor Ort war, der hatte Termine außer Haus. Aber …«

»Aber?«

Und dann sage ich es. Spreche es laut aus. Das, was ich zu fürchten begann. »Aber ich habe Magnus nicht geglaubt.«

»Sofort nicht – oder erst später nicht?«

»Am Anfang war es nur eine Ahnung. Ich vermutete, dass irgendetwas zwischen ihm und Vigga vorgefallen sein musste, worüber er nicht sprechen wollte. Zu einer Gewissheit wurde es später, als ich gute Gründe dafür fand.«

»Was haben Sie sich am Anfang denn vorgestellt?«, fragt Tine.

»Ich habe vermutet, dass es doch einen heftigen Streit gegeben haben musste und Magnus mir nichts davon erzählte, um nicht mit Viggas Verschwinden in Verbindung gebracht zu werden. Vigga hatte vielleicht wutschnaubend das Haus verlassen und einen Unfall gehabt. Ich … Ich habe gedacht, dass Magnus vielleicht etwas mit diesem Unfall zu tun haben könnte. Für mich passten einige Dinge einfach nicht zusammen. Aber das muss Ihnen doch genauso gegangen sein, oder?«

Tine kommentiert das nicht, Knud ebenfalls nicht.

Mein Kopf brummt, und mir wird schwindelig. »Ich meine, diese Widersprüche müssen doch der Polizei aufgefallen sein?«

»Uns sind unterschiedliche Dinge aufgefallen«, sagt Tine, was alles und nichts heißen kann.

Knud schaltet sich ein und schlägt ein Bein über das andere. »Wo sind Sie an dem Tag gewesen, als Vigga verschwand?«

»In Kopenhagen«, erwidere ich und massiere mir die Schläfen fester, schließe die Augen kurz und atme tief durch. »In meiner Wohnung. Im Homeoffice. Ich habe den ganzen Tag gearbeitet. Am nächsten Morgen habe ich dann Magnus' E-Mail bekommen.«

»Haben Sie an dem Tag Mails verschickt und Telefonate geführt?«

»Weiß ich nicht. Bestimmt. Warum?«

»Die Telefonate könnten ihre Aussage bestätigen. Es sei denn, jemand anderes weiß verlässlich, dass Sie im Homeoffice waren.«

Ich blinzle. »Wieso ist das denn wichtig? Ich meine ...« Ich seufze, öffne die Augen und blicke zu Tine. »Tut mir leid«, sage ich, »es ist alles sehr anstrengend. Ich muss mich etwas ausruhen. Könnte ich eine Pause haben?«

Knud lehnt sich im Stuhl zurück, ganz offensichtlich unzufrieden. Bevor er oder Tine etwas sagen können, drücke ich bereits den Knopf, der eine Schwester anfordert. Knud scheint protestieren zu wollen, aber Tine winkt ab und sagt: »Wenn Sie sich nicht wohlfühlen, machen wir eine Pause. Knud und ich können einen Kaffee vertragen.« Dann steht sie auf und ergänzt: »Aber wir müssen weitermachen. In einer Stunde?«

Ich zucke mit den Achseln, als sich bereits die Tür öffnet und eine Schwester hereinkommt.

»Ja«, sage ich müde und schließe wieder die Augen. »Probieren wir es in einer Stunde.«

11.

Knud Nissen und Tine Kjær verlassen das Zimmer und nicken der Polizistin zu, die auf einem Stuhl neben der Tür sitzt. Bewachung. Sicherheitsgründe. Bald müsste Schichtwechsel sein, denkt Tine. Mit der Zeit lässt die Aufmerksamkeit nach, und um einen solchen Job reißt sich niemand, auch wenn Geldverdienen im Herumsitzen zunächst verlockend klingt. Das ist es aber nicht. Es ist nervtötend.

Tine rollt im Gehen den Kopf in den Nacken, massiert sich mit der Hand die Muskeln unter dem blonden Haar.

»Sie lügt. Eine vollkommen irre Geschichte hat sie sich ausgedacht«, murmelt Knud und checkt im Gehen seine Mails, aber Tine ignoriert die Bemerkung. Sie hört das nicht zum ersten Mal.

»Wo ist die Cafeteria?«, fragt sie.

»Erdgeschoss.«

»Dann ab ins Erdgeschoss.«

Die Cafeteria sieht aus wie jede beliebige Krankenhaus-Gastronomie. Man könnte genauso in einer Autobahnraststätte sitzen und würde den Unterschied nicht merken, wenn nicht so viele Menschen mit Verbänden und in Joggingkleidung hier herumlaufen würden. Na ja, schleichen ist wohl das bessere Wort.

Tine hasst Krankenhäuser. Der Geruch, die Gegenwart von Siechtum … Abscheulich, aber leider ist sie relativ oft dort, um mit Opfern oder Tätern zu sprechen – zum Glück muss sie nur extrem selten Kollegen besuchen, die im Einsatz verletzt worden sind. Sie zieht einen Milchkaffee aus dem Automaten und bestellt ein Stück Käsekuchen. Knud wählt zwei belegte Brötchen und eine Cola. Mit den Tabletts gehen sie zu einem Tisch am Fenster, ohne zu reden. Schweigen können sie gut, haben es in Jahren und Jahrzehnten gelernt und zuletzt so etwas wie die dänischen Meisterschaften im Nichtssagen ausgefochten, als sie eine Zielperson rund um die Uhr in Hirtshals überwachen mussten. Zu anderen Zeiten saßen sie bei Observationen im Auto und erzählten sich alles und jedes – viel mehr, als man Kollegen erzählen sollte, weil die Dunkelheit der Nacht die Zungen löste. Tja, so war es manchmal. Man redete gar nicht, oder man redete sich den Mund fusselig. Daher wusste Tine von Knud, dass er ein trockener Alkoholiker war, der sich nichts sehnlicher wünschte, als endlich wieder mit dem Trinken anzufangen – obwohl das seine Existenz vernichten und seine Frau mit den Zwillingen ausziehen würde. Und er wusste von ihr, dass sie sich für beziehungsunfähig hielt und notorisch fremdging, weswegen sie vor einigen Jahren beschlossen hatte, Single zu bleiben, was aber auch nicht klappte. Mit Gunnar ist sie zwar sehr glücklich – aber manchmal, wenn sie den einen oder anderen attraktiven Typen sieht … Wahrscheinlich, hat Knud mal analysiert, sei das bei ihr sehr ähnlich wie bei ihm, wenn er ein Glas sieht, in dem der Whisky glänzt wie flüssiges Gold. Und vermutlich, denkt Tine, ist es sogar wie bei Liv: Call of the void, der Lockruf des Abgrunds. Vielleicht hört man ihn nur, um sich klarzumachen, wie nah man am Rand steht, damit man etwas zurücktritt.

»In jedem Fall«, sagt Knud jetzt und blickt aus dem Fenster, während er an der Cola nippt, »brauchen wir ein fachmedizinisches Gutachten über Liv.«

»Das brauchen wir«, bestätigt Tine und zupft ein einzelnes Haar von ihrem Kaschmirpulli ab. »Aber wir bekommen es nicht so schnell. Wir müssen mit dem arbeiten, was wir haben. Und das besagt laut ihrer behandelnden Ärztin, dass sie unter einer Amnesie leiden könnte. Nicht, dass sie es auch tut. Könnte. Konjunktiv.«

»Aber das müssen wir testen lassen. Dazu gibt es doch Verfahren.«

»Die gibt es ohne Frage. Und ganz sicher müssen wir das testen lassen«, sagt Tine und isst ein Stück Käsekuchen. Er schmeckt nicht besonders. Vollgepumpt mit Aromastoffen und viel zu hart. »Der Arzt hat allerdings gesagt, dass sie das erst testen können, sobald es ihr körperlich besser geht.«

»Das tut es ja jetzt.«

»Ja.« Tine kaut und schluckt, deutet mit der Gabel herum wie mit einem Dirigentenstock. »Der Arzt hat gesagt, es könnte damit zu tun haben, dass sie heftig auf den Kopf gefallen ist. Es könnte auch an dem Schock liegen und eine Art posttraumatische Nebenwirkung sein – oder auch mit dem Herzstillstand zu tun haben, also: mit einer kurzfristigen Unterversorgung des Gehirns. Oder mit einer Mischung aus allen drei Faktoren.«

»Ich weiß. Und das kann dazu führen, dass sie sich an einige Sachen nicht genau erinnert oder sie durcheinanderbringt. Oder sie lügt, dass sich die Balken biegen.«

»Das ist das Problem«, sagt Tine und spült mit Kaffee nach, der deutlich besser ist als der Kuchen.

Genau. Das ist das Problem: durcheinanderbringen, sich nicht mehr ganz erinnern – oder lügen. Deswegen wiederholen sie mit Liv seit gestern immer wieder den Hergang und ihre Personalien, um festzustellen, ob sich an ihren Aussagen etwas ändert, ob etwas neu hinzukommt, sozusagen schärfer in ihrer Erinnerung wird, oder sie wiederum andere Dinge durcheinanderwirft. Es ist sonst sehr schwer, auseinanderzuhalten, was stimmt und was nicht, was bewusst und was unbewusst ist und ob es miteinander verschwimmt. Und tatsächlich hat man den Eindruck, ihre Aussagen werden eher präziser als diffuser.

Doch es bleibt dabei: Einiges muss man sich zusammenpuzzeln und kann doch nicht darauf vertrauen, dass es stimmt, was Liv sagt – da liegt das größte Problem: *Kann* sie über bestimmte Dinge keine akkuraten Aussagen treffen, oder *will* sie es nicht und lügt? Das, da hat Knud recht, kann nur ein Gutachten belegen. Aber so oder so, denkt Tine, müssen sie weiter mit Liv reden.

Knud macht sich über eine Brötchenhälfte her. »Ob bewusst oder unbewusst: Sie erzählt nicht die Wahrheit.«

Tine öffnet die Handtasche und nimmt ihr Handy heraus. Sie checkt einige belanglose Textnachrichten und klickt Mitteilungen darüber fort, dass Personen ein neues Bild auf Instagram gelikt haben. Tine hatte ein dramatisches Foto vom Himmel gepostet, als sie vorhin ins Krankenhaus gekommen sind. Achtunddreißig Personen hat es bisher gefallen, darunter zu Tines großer Freude sogar #pilotinmarthe, deren Account Tine täglich anschaut. Marthe ist eine dänische Pilotin mit fast vierzigtausend Followern. Sie postet Bilder aus aller Welt und hat inzwischen diverse Werbeverträge. Tine ist ein Fan ihrer Bilder – nicht wegen Marthe, sondern weil Tine den Himmel mag und sich oft wünscht, wie Marthe die ganze Welt zu sehen, und weil sie lieber an karibischen Stränden Yoga machen würde, statt in nach Mensch stinkenden Kliniken herumzuhängen und sich mit Fällen zu befassen, die ebenfalls nach Mensch stinken: nach den Abgründen menschlicher Seelen.

Tine steckt das Handy wieder ein und isst den Rest Käsekuchen. »Finden wir schon noch heraus, Knud«, sagt sie mit vollem Mund. »Tun wir am Ende ja immer.«

12.

Meine Augen sind geschlossen. Aber es ist, als ob ich jetzt erst wirklich sehe. Die Erinnerungen rasen wie wild durcheinandergeschnittene Filmclips im schnellen Vorlauf hinter meinen Lidern, ohne jede Ordnung, ohne System. Ich will das Chaos aufhalten. Ich versuche, mich auf eine schwarze Fläche zu konzentrieren, die allerdings nicht ganz schwarz ist, mehr wie Schiefer mit unterschiedlichen Schattierungen, die ich untersuchen will. Nichts ist jemals ganz schwarz oder ganz weiß.

Der Film in meinem Kopf läuft langsamer. Meine Gedanken werden klarer und schwerer – so, als ob das Zeug aus dem neuen Tropf, den die Krankenschwester eben an meinen Zugang geklemmt hat, sie wie Gefäße mit Flüssigkeit ausfüllt und sie herabsacken lässt. Alles wird träger, zäher, aber auch sortierter.

Ich erinnere mich an das erste Gespräch mit Tine und Knud. Ich sehe uns gemeinsam am Küchentisch sitzen, während Magnus zwei weitere Polizisten durch das Haus führt. Sie sind mit Tine und Knud gekommen, um sich alles genau anzusehen, Fingerabdrücke von Vigga zu erhalten, indem sie Gegenstände mit Puder bestreuen, die sie häufig angefasst hat, und diesen Puder dann mit transparenten Klebestreifen von den Oberflächen abziehen. Sie sammeln Kämme und ihre Zahnbürste ein, weil sie ihre DNA benötigen, und sie machen Fotos. Es ist, wie mir Magnus erklärt hat und wie Tine und Knud es am Küchentisch bei einem Kaffee wiederholen, keine Hausdurchsuchung. Vielmehr müsse die Polizei die blutigen Kleidungsstücke Vigga exakt zuordnen können, wozu die bloße in Augenscheinnahme von Magnus nicht ausreiche. Außerdem erhoffe sich die Polizei, mehr über Vigga zu erfahren.

Ich höre mich selbst reden und erzählen, was ich Tine und Knud auch heute wieder erklärt habe. Wer ich bin, was ich denke, in welcher Beziehung ich zu Vigga und Magnus stehe, wie ich alles persönlich erlebe, was ich mir für Gedanken mache, bla, bla, bla …

Und ich bin mir ziemlich sicher, dass sie mich schon damals mit Skepsis betrachtet haben und bereits einiges über mich wussten. Wie ich schon sagte: Wessen psychische Probleme amtlich geworden sind, der ist stigmatisiert. Da kann die Welt noch so offen geworden, die Schwellenängste gegenüber der Psychiatrie gesunken sein – ein kleiner Funke glimmt einfach weiter. Man kann ihn in den Augen vieler Menschen in dem Moment sehen, in dem sie erfahren, was mit dir los ist oder los war oder irgendwann vielleicht noch einmal los sein könnte. Unsicherheit, Skepsis, Angst. Das liest man in den Gesichtern. Nicht in allen natürlich.

Dabei konnte ich nichts dafür. Ich bin ein Opfer. Meine Höhenangst und alles – es führt zurück zu dem, was in meiner Kindheit geschehen ist.

Die Treppe.

Das Blut.

Das Weinen.

Ja, ich bin Liv Solberg. *Die* Liv Solberg. Mein Name ist weniger bekannt als mein Fall. Was mit mir geschehen ist, kann man googeln und in jedem Zeitungsarchiv nachschlagen. Das habe ich ja selbst getan, als ich mit der Aufarbeitung begann. Mein Trauma ist zugänglich. Meine privatesten und prägendsten Erfahrungen sind öffentlich.

Zusammengefasst geschah damals Folgendes:

Mein Vater hat meine Mutter umgebracht. Vielleicht wollte er auch mich töten, das weiß man nicht. In jedem Fall hat er versucht, sich umzubringen, aber nicht genug Mut dazu aufgebracht, der Feigling.

Meine Mutter hatte sich von ihm getrennt. Er wollte das aber nicht zulassen. Eines Tages drang er in unser Haus ein, um sie noch einmal zur Rede zu stellen, obwohl längst alles klar war. Mama hatte außerdem schon jemand anderen kennengelernt. Dann eskalierten die Dinge.

Mein Vater stach sechsundfünfzig Mal mit mehreren Küchenmessern auf meine Mutter ein. An einem Messer brach sogar die Klinge ab, weil sie auf einen Halswirbel traf. Außerdem schlug er sie mehrfach, und zwar mit den Fäusten sowie mit einem langstieligen Topf, in dem sie gerade Wasser aufgekocht hatte, was zu Platzwunden und zu schweren Verbrühungen führte. Mit Tritten brach er ihr mehrere Rippen, den Kiefer, das Jochbein und einen Beckenknochen.

Ihr Tod war unfassbar brutal.

Einige Polizisten sagten vor Gericht aus, sie hätten noch nie so einen schlimmen Tatort gesehen. Eine psychologische Gutachterin erklärte, bei häuslichen Taten, in denen Eifer- oder Rachsucht im Spiel sei, käme es häufig zu einer Art Overkill, weil mehrere Faktoren zusammentreffen. Heftige Wut entlädt sich. Der Täter erkennt, dass er mit dem ersten Stich oder Schlag etwas Schlimmes getan hat. Er hat die Grenze überschritten. Also macht er weiter. Es wird dann noch schlimmer, weil es sehr schwer ist, einen Menschen zu töten. Es geht nicht so einfach wie im Film – ein Stich in den Bauch, und dann fällt das Opfer um.

Das Tüpfelchen auf dem i war ich.

Der ganz besondere Schrecken für alle.

Denn ich habe alles mitangesehen.

Ich war vier Jahre alt.

Es war spätabends. Die Schreie der beiden hatten mich geweckt. Ich war aufgestanden. Unser Haus hatte zwei Geschosse. Mein Kinderzimmer war oben. Vom Rand der Treppe aus sah ich alles mit an. Wie mein Vater auf meine Mutter einschlug und einstach. Als er fertig war, bemerkte er mich und kam hochgelaufen, nahm mich auf den Arm und mit ins Kinderzimmer. Als die Nachbarn die Polizei gerufen hatten und die Tür aufgebrochen wurde, fand man meinen Vater weinend und wimmernd in meinem Kinderbett liegend. Er hatte versucht, sich mit einem Schraubenzieher die Pulsadern aufzustechen – aber es dann nicht zu Ende gebracht.

Mich fand die Polizei im Blut meiner Mutter schlafend vor. An ihrer Seite, das Gesichtchen auf den kalten, nackten Bauch gebettet. Das habe ich alles in den Berichten gelesen, die in der Gerichtsverhandlung gegen meinen Vater vorgetragen worden waren.

Ein Jugendgericht verfügte recht schnell, dass ich in eine Pflegefamilie kommen sollte. Mein Vater kam lebenslang ins Gefängnis, meine Mutter war tot. Zu meinen Großeltern, zur Tante oder engen Freunden sollte ich nicht. Die psychologischen Gutachter und das Gericht meinten, dass ich unbedingt von allem getrennt werden sollte. Sie gingen davon aus, dass ich wegen meines geringen Alters ziemlich gute Chancen hätte, einigermaßen ungeschoren davonzukommen, falls ich nicht permanent mit den Ereignissen innerhalb der Familie konfrontiert würde – und das wäre zweifelsohne geschehen. Also kam ich nach Fjellerup mit einem neuen Namen zu Henner und Birthe in ein neues Leben. Das heißt: Ich habe es gar nicht so wahrgenommen. Es war zuerst einschüchternd, ja, aber später alles wie selbstverständlich … Es ist schwer zu beschreiben. Vielleicht geht es einer jungen Katze so ähnlich, deren Besitzerin stirbt und die ins Tierheim kommt und dann in eine neue Familie vermittelt wird. Sie findet sich recht schnell mit den neuen Gegebenheiten zurecht. Genau wie ich. Und gelegentlich denke ich, dass ich ja kein Einzelfall bin. Wie viele Kinder hatten früher und haben heute ein ähnliches Schicksal durch Kriege, Flucht und Vertreibung erlitten? Das habe ich mir schon früher immer vor Augen gehalten, damit ich mich nicht im Selbstmitleid suhle.

Manchmal schaue ich in das Familienalbum von Birthe und Henner und mir. Und wie ich schon sagte: Ich war ein glückliches Kind. Ich sehe mich auf fast allen Fotos lachen. Nur auf Gerüste bin ich nie geklettert. Nicht auf Rutschen oder Türmchen, auf keine Mauern. Als Jugendliche bekam ich die ersten handfesten Panikattacken vor der Höhe – und ich begann, mir Fragen über mein Leben und das zu stellen, was mir widerfahren ist, und Antworten zu suchen. Ich klärte das mit den Therapeuten, Henner und Birthe hielten sich aus allem raus und erklärten mir, dass das besser so sei, was die Fakten anging, denn die würden sie auch nicht genau kennen. Aber sie waren immer da, um mich aufzufangen. Immer, wenn ich als Kind Angstattacken bekam, holte Henner ein großes Buch, um mich abzulenken. Es war ein Weltatlas der Architektur mit Hunderten von Gebäuden aus allen denkbaren Epochen. Henner erzählte mir, wohin er noch so gerne einmal fahren würde oder wo er schon war und was für tolle Gebäude in Rom und Florenz stehen. Und jedes Mal, wenn sich meine Augen an den Linien, Kuben und Winkeln festhielten, an der strengen Rhythmik einer Fassade, wurde ich ruhiger. Tja, vielleicht bin ich deswegen später Architektin geworden: wegen Henner und diesem Buch, weil mich feste Strukturen beruhigen und weil ich immer wieder etwas Neues entwerfen und erschaffen kann, wie ein neues Leben.

Es klingt schrecklich. Es war schrecklich. Aber angesichts der entsetzlichen Tat und dessen, was ich erlebt habe, bin ich alles in allem ziemlich glimpflich davongekommen. Ich glaube, dass das Gericht damals die richtige Entscheidung getroffen hat und dass die psychologischen Therapeuten, die mich betreut haben, wirklich gute Arbeit leisteten. Bis auf mein Ding mit der Höhenangst und ein paar andere Macken bin ich relativ normal, denke ich, und das mit der Phobie ist angesichts meiner Erfahrungen ganz gut nachvollziehbar. Der Blick von einer Treppe hinab auf meinen Vater, der meine Mutter umbringt, hat sich in meinem Gehirn mit dem puren Grauen verknüpft. Die Furcht vor dem Sich-fallen-Lassen und Kontrollverlust geht damit einher, denn natürlich konnte ich mich nicht in den Schoß einer *echten* Familie fallen lassen und hatte absolut nichts mehr in meinem jungen Leben unter Kontrolle.

Irgendwann kam der Punkt, an dem ich die Kontrolle zurückhaben wollte und musste. Als ich volljährig wurde, bestand ich darauf, meinen alten Namen wieder anzunehmen. Und mit fünfzehn oder sechzehn hatte ich den Entschluss gefasst, meine Vergangenheit aufzuklären. Ich wusste bis dahin zumindest so viel, dass mein Vater meine Mutter umgebracht hatte, weswegen ich in einer Pflegefamilie war. Alles war sehr vage. Schritt für Schritt erfuhr ich, was es mit den vereinzelten grauenhaften Bildern auf sich hat, die in mein Gehirn eingebrannt waren. Wobei ich bis heute nicht mit absoluter Sicherheit unterscheiden kann, welche der Bilder echt sind und welche nicht.

Damit meine ich, dass man sich an Dinge, die man im Alter von vier Jahren erlebt hat, nicht wirklich genau erinnern kann. Das hat biologische Gründe. Es geht einfach nicht. Das Gehirn ist noch nicht so weit entwickelt. Aber es gibt trotzdem Bilder und Szenen, die auf merkwürdige Art und Weise zu scheinbaren Erinnerungen werden können, weil man sie sich wieder und wieder in allen Details vorstellt. Man denkt, man hätte das wirklich so gesehen und erlebt. Aber es muss nicht wahr sein. Oder andersherum: Es ist zwar genauso geschehen und man war auch dabei – aber die Erinnerungen hat man sich selbst implantiert, weil man sich das Geschehen auf der Grundlage von Erzählungen immer wieder extrem bild- und lebhaft vorgestellt hat.

Und vermutlich ist es auch gar nicht so wichtig, welche dieser Bilder real sind und welche für mich wie real wurden. Denn an den Tatsachen lässt sich nichts deuten: Mein Vater hat meine Mutter umgebracht, und ich habe dabei zugesehen. Das reicht vollkommen aus.

Vigga war der einzige Mensch außerhalb meines engsten Zirkels aus Pflegefamilie und Psychologen, dem ich mich anvertraute. Einmal fragte sie mich, ob ich gar nicht neugierig sei, meinen Vater kennenzulernen und von ihm aus seiner Perspektive zu erfahren, warum das damals alles geschehen war. Nein, war ich nicht. Auch nicht auf meine echte Familie. Kein Stück. Ich wollte einfach nichts damit zu tun haben. Und schon gar nicht mit meinem Vater. Dass ich einen Nervenzusammenbruch bekam, als er aus dem Gefängnis entlassen wurde, liegt auf der Hand.

Damit will ich nicht sagen, ich hätte echte, kalte Angst davor gehabt, dass er mir etwas antun würde. Unterschwellig wohl schon, denn ich fürchtete, dass er mich suchen könnte, weil ich schließlich seine Tochter bin. Aber das hat er bis heute nicht getan, und ich habe keine Ahnung, wo er steckt. Ja, diese unterschwellige Furcht vor ihm …

Die Polizei hatte damals angenommen, dass er die ganze Familie auslöschen wollte, nachdem er meine Mutter umgebracht hatte. Die meisten dieser Amok laufenden Väter tun das nämlich – vor allem, wenn sie wie meiner als gewalttätig bekannt sind und schon Vorstrafen wegen Körperverletzungen und solcher Sachen haben.

Sie ermorden ihre Ex-Frau und glauben dann, die Kinder könnten auf keinen Fall so weiterleben und seien tot besser dran, weswegen sie dann die Kinder töten und anschließend sich selbst. Mein Vater war dazu wohl zu schwach. Die Polizei glaubte, er habe sich deswegen in mein Zimmer begeben, weil er mich umbringen wollte. Aber ich sei ihm entkommen und zu meiner toten Mama gelaufen. Er habe sich dann in mein Bettchen gelegt und vergeblich versucht, zumindest seinem eigenen Leben ein Ende zu setzen, aber nicht den Mut und nicht die Kraft dazu aufgebracht. Und daher also meine Angst: Der Mann, der mich umbringen wollte, war wieder frei. Dabei glaubte ich wirklich nicht, dass er mich suchen würde, um nachzuholen, was er damals verpasst hatte. Das denke ich bis heute nicht. Ich glaube, meine größte Furcht ist vielmehr, mich mit ihm zu konfrontieren und Dinge aufzuwühlen, die inzwischen hinter verschlossenen Türen ruhen.

Vielleicht, so denke ich manchmal, sollte ich irgendwann einige dieser Türen öffnen. Denn wenn ich ehrlich bin, würde ich Viggas Frage von damals heute anders beantworten. Ich habe lange Jahre nach außen hin alles von mir weggeschoben. Aber insgeheim hätte ich durchaus Tausende Fragen an meinen Vater, und ich würde ihm gerne Tausende Dinge an den Kopf werfen. Ich würde gerne wissen wollen, ob er manchmal an mich denkt. Warum er das damals getan hat. Ob er wirklich vorhatte, mich zu ermorden. Dabei bin ich mir eigentlich sicher – er wollte und konnte mich damals nicht umbringen. Und er würde mir auch heute nichts antun wollen. Alles, was mich einholte, war die Angst, die aus meinem Trauma resultierte. Aber vielleicht war es auch die Furcht davor, dass ich ganz anders reagieren und auf ihn einschlagen würde.

Tja. Und dann sollte ich doch ermordet werden – von jemand anderem. Ermordet wie Vigga.

13.

Tine und Knud stehen im Fahrstuhl und starren auf die Schiebetür aus poliertem Edelstahl. Tine findet, dass sie im verzerrten Spiegelbild noch schmaler aussieht.

Knud liest etwas auf seinem Smartphone und steckt es dann in die Hosentasche: »Sie schicken morgen noch mal die Hundestaffel raus. Hubschrauber ebenfalls. Sie fassen den Sektor weiter, um nach Viggas Leiche zu suchen.«

Tine seufzt. Zuerst hat die Polizei im Umkreis des Hauses gesucht sowie im Bereich des Fundorts der blutigen Kleidung. Außerdem wurden alle relevanten Straftäter, die zurzeit auf freiem Fuß waren, überprüft – Vergewaltiger, Mörder, Stalker. Die Krankenhäuser wurden abgeklappert, außerdem Autowerkstätten danach, ob jemand ein Fahrzeug gebracht hatte, das Spuren von einem Personenunfall aufwies.

Fehlanzeige. Ebenso Fehlanzeige bei allen Personen im weiteren Bekanntenkreis von Vigga. Niemand hat etwas von ihr oder über sie gehört. Weiter ist nirgends ein Mietwagen auf sie zugelassen worden. Es gab keine Bankaktionen, keine Auslandsreise, bei der ein Ausweis oder Pass vorgezeigt worden wäre. Vigga war wie vom Erdboden verschwunden. Aber niemand verschwindet einfach so vom Erdboden – wenngleich manche Vermisste *in* ihm verschwinden. Das Einzige, woran sich die Polizei im Moment festhalten kann, sind die Dinge, die rund um Magnus und Liv geschehen sind – und die aufgefundene Kleidung mit Viggas Blut.

»Ich hoffe, sie finden endlich etwas Brauchbares«, sagt Tine. »Ich wünschte, sie könnten die Laboranalysen beschleunigen. Wir wissen nach wie vor noch nicht, zu wem die Fremd-DNA passt, die an Viggas Bekleidung gefunden wurde. Damit kämen wir immerhin etwas weiter.«

»In Magnus' Auto haben wir zumindest welche gefunden, die zu Vigga passt.«

»Das ist allerdings nicht überraschend. Sie ist immerhin seine Frau und wird das Auto durchaus benutzt haben«, erwidert Tine.

»Früher oder später«, sagt Knud, und die Fahrstuhltür öffnet sich rumpelnd, »werden wir die Leiche finden.«

Tine und Knud treten auf den Krankenhausflur und gehen auf die Station zu, in der Liv untergebracht ist.

»Mich lässt eines nicht los, Knud«, sagt Tine. »Der Tatort.«

»Was meinst du?«

»Du hast doch die alten Fotos gesehen. Die Tatortfotos vom Mord an Livs Mutter.«

»Natürlich kenne ich die.«

»Es sieht sehr ähnlich aus – ich meine, die alten Bilder und der Tatort in Magnus' Haus.«

»Worauf willst du hinaus?«

»Livs Panikattacken und ihre Höhenangst rühren daher, dass sie als kleines Mädchen ihre tote Mutter in der Küche liegend gesehen hat, und zwar von der Treppe aus. Jetzt spielen Liv und eine Treppe und eine Küche wiederum eine Rolle.«

»Und ein Mann: Magnus.«

»Ja. Damals war es ihr Vater, ebenfalls ein Mann. Was wissen wir über ihren Vater?«

»Alles, was in den Akten steht.«

»Ich meine: Wo lebt er jetzt?«

»Das können wir schnell feststellen.«

Tine nickt. »Wir sollten sie gleich noch einmal auf dieses ominöse Tagebuch ansprechen. Auf die Einträge darin. Vielleicht fällt ihr etwas mehr dazu ein. Oder sie verändert etwas in ihrer Aussage.«

»Du weißt doch, dass …«

»Ja«, kürzt Tine ab. »Natürlich weiß ich das. Trotzdem. Sie soll das noch einmal rekapitulieren. Ich will wissen, ob sie sich widerspricht oder wiederholt. Nehmen wir uns noch ein wenig Zeit und sehen, was wir herausbekommen, okay?«

»Gut«, sagt Knud.

Tine und er gehen schweigend weiter, grüßen die Beamtin, die Livs Zimmer bewacht, und sammeln sich kurz, bevor sie wieder hineingehen.

14.

Meine Gedanken fließen dahin. Ich schlafe nicht. Ich überlege genau, was ich Tine und Knud erzählen werde, wenn sie zurückkommen. An einiges von dem Abend, an dem ich getötet werden sollte, kann ich mich nicht erinnern. Das hat einen einfachen Grund: Ich war bewusstlos und an der Schwelle des Todes. Ich erinnere mich bis zu dem Moment, an dem alles grellweiß um mich herum wurde, und dann wurde es tiefschwarz. Dann war da nichts mehr – bis ich die Augen öffnete und mich auf der Intensivstation wiederfand.

Als Knud und Tine zurückkommen, weiß ich nicht, wie viel Zeit vergangen ist. Sie klopfen an meine Zimmertür, ich sage »Herein«, und die beiden Polizisten erscheinen mit Kaffeebechern und ihren Aktenmappen, um wieder auf den Besucherstühlen Platz zu nehmen. Sie erkundigen sich nach meinem Befinden, und ich antworte, dass es schon gehen wird, und stelle mich den weiteren Fragen.

»Magnus war außer sich«, erzähle ich. »Er war regelrecht fassungslos, dass er wieder und wieder von der Polizei befragt wurde und dann auch sein Kompagnon Johann regelrecht in die Mangel genommen wurde.«

»Niemand wird gerne von der Polizei befragt«, sagt Knud, und ich könnte ihm im Brustton der Überzeugung zustimmen. Angenehm ist das wirklich nicht.

»In sehr vielen Fällen«, erklärt Tine, »sind die engsten Angehörigen die ersten Tatverdächtigen. Und in den allermeisten Fällen sind es die Partner, die ihre Ehefrauen oder Lebensgefährtinnen umbringen.«

»Ja«, erwidere ich – es weiß wohl niemand besser als ich, wie wahr das ist. »Jedenfalls«, fahre ich fort, »hat er sich wirklich sehr darüber aufgeregt, dass er wie ein Tatverdächtiger behandelt worden ist. Es kam mir fast schon aufgesetzt vor.«

Knud und Tine kommentieren das nicht.

»Aber Magnus hat mir gesagt, dass die Polizei in alle möglichen Richtungen ermittelte.«

»Das stimmt«, bestätigt Tine. »Wie ging es weiter?«

Und ich erzähle, wie es weiterging.

15.

Magnus war an dem Nachmittag noch einmal bei der Polizei, und ich blieb alleine im Haus. Ich unternahm einen kleinen Spaziergang durch die Dünen und telefonierte mit Frederik. Er machte sich große Sorgen und bat mich, nach Kopenhagen zurückzukommen und mich aus der Sache herauszuhalten. Ich könne ja ohnehin nicht viel tun.

Auf dem Rückweg grübelte ich zum x-ten Mal darüber nach, was Vigga zugestoßen sein könnte. Aber meine Gedanken drehten sich im Kreis. Als ich zurück ins Haus kam, sah ich automatisch hoch zur Galerie. Ich fragte mich, woher das unbestimmte Gefühl kam, dass Magnus mir nicht die ganze Wahrheit sagte. Hatte Frederik mir diesen Floh ins Ohr gesetzt? In der Decke sah ich die feinen Linien der Klapptür, die von der Galerie zum Dachboden führte. Und ich dachte mir, dass ich einen weiteren Versuch unternehmen sollte, mich während Magnus' Abwesenheit dort umzusehen.

Also zog ich die Jacke aus, goss mir ein Glas Rotwein ein, zögerte kurz – und ging dann die Treppe hinauf. Auf der Galerie suchte ich nach dem Haken, um die Klappe aufzuziehen, und fand ihn schließlich neben einer Kommode, auf der ich das Weinglas abstellte.

Ich brauchte mehr Kraft, als ich erwartet hatte, um die Klappe aufzuziehen. Sie war mit Spiralen gesichert, sodass sie automatisch zuschnappte, sobald man sie wieder schließen wollte und etwas andrückte. Die Holzleiter entfaltete sich beim Öffnen wie eine Ziehharmonika. Mit einem mulmigen Gefühl tat ich das, was ich immer tue, wenn ich Treppen steigen muss – auf meine Schuhspitzen starren und versuchen, alles drum herum weitgehend auszublenden. Allerdings knackte das Holz, und die gesamte Konstruktion war bei Weitem nicht so stabil wie eine Treppe aus Beton, weswegen ich feuchte Hände und Herzrasen bekam. Es waren nur wenige Stufen, dreizehn, um genau zu sein, und zwischen jedem Tritt ein Abstand von etwa dreißig Zentimetern.

Es dauerte keine zehn Sekunden, bis ich oben war, wo mich stickige, nach Staub riechende Luft umfing.

Der Dachboden war geräumiger als in meiner Erinnerung von damals, als ich das Haus als Architektin erstmals in Augenschein genommen hatte. Fast fünfzig Quadratmeter Grundfläche, schätzte ich, dafür nicht besonders hoch. Durch zwei an den Stirnseiten angebrachte Oberlichter fiel nur spärliches Licht, weswegen ich nach einem Lichtschalter suchte und ihn an einem Balken neben der Treppe fand, um die Beleuchtung anzustellen.

Ich entdeckte das, was vermutlich auf allen Dachböden dieser Welt zu finden ist – mit dem Unterschied, dass hier alles bestens geordnet und sortiert war.

Es gab Umzugskartons voller saisonaler Kleidung, alter Bücher und Erinnerungsstücke oder Krempel, den man nicht mehr benötigte, allesamt mit einem Edding fein säuberlich von Vigga beschriftet. Und langsam begriff ich die Struktur: Auf der linken Dachbodenseite befanden sich Magnus' Sachen, auf der rechten die von Vigga. Ich wandte mich der rechten Seite zu.

Ich musste lächeln, als ich einen Karton mit Puppen, Plüschtieren und Spielsachen fand. Ich kannte die Puppen. Viggas Puppen. Ich selbst hatte nie mit Puppen gespielt, sie interessierten mich einfach nicht. Ich fand sie eher gruselig.

Der Karton stand auf einer Kommode, die ich ebenfalls erkannte. Sie hatte in Viggas Kinderzimmer gestanden. Ihr

Vater hatte den rosafarbenen Lack abgeschliffen und durch weißen Lack ersetzt, als Vigga älter geworden war. Soweit ich mich erinnerte, war es ein Erbstück von ihrer Oma gewesen. Ich überlegte, dass sich das Möbel im Haus bestimmt gut machen würde, wenn man es aufarbeitete. Ich dachte an meine eigene Kinderzimmerkommode, die ebenfalls auf einem Dachboden abgestellt worden war. Und mein geheimes Fach befand sich nach wie vor unter dem Boden eines der Schubfächer.

Viggas Kommode hatte drei Schubladen. Ich zog eine nach der anderen auf und befühlte die Böden. An der untersten wurde ich fündig. Meine Fingerspitzen erspürten Papier, Klebeband und etwas Hartes, Rechteckiges. Ich kniete mich hin und warf einen Blick unter die Schublade, wo tatsächlich ein großer Briefumschlag befestigt worden war. Die Öffnung war zur rechten Seite ausgerichtet – genauso hatte ich es auch immer getan, denn wenn man die Öffnung vom großen Briefumschlag nach vorne oder hinten ausrichtete, also in Zug- oder Schubrichtung, riskierte man, dass der Inhalt herausrutschte. Nach diesem Inhalt tastete ich nun – fand ihn Sekunden später und hielt ihn schließlich in meinen vor Aufregung zitternden Händen.

Es war ein schmales Moleskine-Notizbuch. Darauf stand:

Tagebuch, 22.4.2017 bis …

16.

Tine räuspert sich, hustet in ihre Hand und fragt: »Tagebuch, sagen Sie, Liv? Wessen Tagebuch?«

»Es war Viggas Tagebuch. Wessen denn sonst? Das wissen Sie doch?«

Sie nickt. Knud nickt nicht.

Tine fragt: »Das haben Sie an der Schrift erkannt?«

»Natürlich. Ich kenne ihre Handschrift fast so gut wie meine eigene Handschrift. Wessen sollte es auch sonst sein? Natürlich war es Viggas.«

»Gab es mehrere Tagebücher?«

»Ich habe nur das eine gefunden.«

»Ich meine: Wenn da, wie Sie sagen, dieses Datum draufstand, nur ein paar Wochen vor ihrem Verschwinden, könnte man annehmen, dass es weitere Tagebücher älteren Datums gibt.«

»Ja.«

»Gab es welche in den anderen Kartons?«

»Ich habe keine gesehen.«

»Führte Vigga regelmäßig Tagebuch?«

Ich zucke mit den Schultern. »Früher haben wir das getan. Dann nicht mehr. Es war auch niemals Thema zwischen uns. Da ich sonst nirgends Tagebücher gefunden habe, glaube ich, dass sie keine regelmäßig führte. Ich nehme eher an, dass sie zu einem bestimmen Zeitpunkt das Bedürfnis hatte, wieder eines zu führen. Einfach, um dem Buch ihre Gedanken anzuvertrauen, weil sie sonst niemanden dazu hatte, und mich hat sie ja nicht angerufen, um mit mir über all das zu reden, was sie bewegte und was in den letzten Wochen Schlimmes vorgefallen war.«

»Sie meinen: Weil sie sonst eher verschlossen war, wollte sie es aufschreiben und sich, wenn man so will, auf diesem Wege davon befreien?«

»Ja, genau, das war nach meiner Meinung der Grund.«

Knud schaltet sich ein: »Sie haben dieses Tagebuch gelesen?«

Ich nicke. »Wie Sie wissen, habe ich das.«

»Stand etwas Aufschlussreiches darin?«

»Auch das wissen Sie, oder?«

Tine lächelt schwach. »Bitte erzählen Sie es einfach noch einmal, Liv.«

Ich nicke wieder und sage leise: »Ja. Meine Befürchtungen, dass Magnus nicht die Wahrheit gesagt hat, wurden darin bestätigt.«

»Erklären Sie es uns, Liv«, bittet Tine.

»Aber Sie haben doch das Tagebuch bestimmt gefunden und wissen, was drinsteht?«

»Woher sollten wir das Tagebuch haben?«

»Ich habe Ihnen doch davon erzählt? Haben Sie denn keine Hausdurchsuchung vorgenommen?«

»Doch, natürlich. Es gibt aber sehr viele Asservate zu sichten, und dabei kann uns Ihre Aussage unbedingt helfen. Außerdem müssen wir …«

»Also haben Sie es noch nicht gelesen? Es ist doch – ich …« Ich kann es nicht fassen. »Ich habe Ihnen doch gesagt, was in dem Tagebuch steht! Da steht alles schwarz auf weiß!«

»Liv, erzählen Sie uns bitte, wie es weiterging. Der Reihe nach. Wir möchten es aus Ihrer Perspektive hören.«

»Aber …«

»Aus Ihrer Perspektive«, sagt Tine. »Mit Ihren kommentierenden Gedanken dazu. Ich möchte wissen, was Sie gelesen haben und was das mit Ihnen gemacht hat. Bitte, Liv, wir müssen Schritt für Schritt alles nachvollziehen. Jedes kleinste Detail kann uns und damit vielleicht auch Ihnen helfen, ja? Fahren Sie fort.«

Ich nicke erneut und beruhige mich. Ich muss akzeptieren, dass die Polizei ihre eigene Vorgehensweise und sicherlich ihre Gründe dafür hat, auch wenn ich diese ständigen Wiederholungen nicht begreifen kann. Doch ich werde das nicht mehr hinterfragen oder diskutieren. Wenn die Polizei es so chronologisch haben will, soll sie es bekommen. Immerhin geht es darum, den Mord an Vigga und den Mordversuch an mir zu klären und Magnus für den Rest seines Lebens hinter Gitter zu bringen. Wobei »Rest des Lebens« relativ ist. Mein Vater ist ja auch wieder auf freiem Fuß, obwohl ich wünschte, er würde in seiner Zelle vermodern.

»Das Tagebuch hatte nicht viele Seiten«, sage ich. »Es war so gesehen kein richtiges Buch. Es war angefangen – und brach dann ab. Es kam mir eher wie ein Notizbuch oder so vor. Ich kann es schlecht beschreiben.«

Ich schließe die Augen, um mich besser erinnern zu können, während ich weitererzähle. Als ich das Moleskine-Heft in den Händen hielt, wurde ich ganz nostalgisch. Und ich wurde kribbelig. Ein Tagebuch ist ein Schatz, etwas ungemein Persönliches. Man vertraut ihm Dinge an, die man sonst keiner Menschenseele sagt. Geheimnisse.

Mir fiel ein, wie Vigga und ich als Mädchen mit dem Tagebuchschreiben begonnen hatten. Für mich war es damals eine Erlösung gewesen. Wie der Bruch einer Staumauer. Ich konnte alles zu Papier bringen, was mich beschäftigte, und das war jede Menge. Meine Gedanken zu Papier zu bringen, meine Sorgen und Ängste zu artikulieren – das half ungemein. Nicht, um sie komplett loszuwerden, aber immerhin ein bisschen, und Vigga ging es wohl ähnlich. Nach einer

Weile ließen wir es aber wieder bleiben. Das Tagebuchschreiben hatte seine Attraktivität verloren und für mich gewissermaßen die Notwendigkeit, weil ich damals eine neue Gesprächstherapie bekam.

Jedenfalls saß ich an diesem Tag da oben auf dem Dachboden, starrte das Moleskine-Heft an und überlegte, ob ich hineinschauen sollte. Jemandes Tagebuch zu lesen, ist, wie in seiner Unterwäsche herumzuwühlen oder seine SMS und WhatsApps heimlich zu lesen. Man dringt in die Intimsphäre ein. Es war respektlos.

Andererseits hatte ich schon in ihrer Unterwäsche herumgewühlt. Außerdem musste es einen Grund haben, dass Vigga wieder mit dem Tagebuchschreiben begonnen hatte und ihr Tagebuch versteckte. Zudem war sie verschwunden, vielleicht ermordet worden, und ich verdächtigte Magnus, mir nicht die Wahrheit zu sagen. Ich musste herausfinden, was mit Vigga passiert war. Also schlug ich es auf, und ich sehe die ersten Seiten in Viggas fein säuberlicher Schrift immer noch vor mir. Ich kann mir manche Dinge fotografisch einprägen, und das Tagebuch gehörte dazu.

Weiß Gott, jede Zeile habe ich mehrfach gelesen, und Viggas Worte haben sich in mein Gehirn und in meine Netzhaut eingebrannt.

Ich habe mir dieses Buch heute gekauft, um darin zu schreiben. Das habe ich lange nicht getan. Warum tue ich es überhaupt? Weil ich das Gefühl habe, dass es mir helfen könnte, denn ich habe sonst niemanden zum Reden. Das, worüber ich reden wollte und müsste, kann ich niemandem anvertrauen. Es hat sich alles ziemlich schlecht entwickelt in den letzten Wochen und Monaten. Ich kann nicht sagen, woran es gelegen hat, was der Auslöser war. Heute sieht die

Welt noch so und so aus, und am anderen Tag ist dann alles auf den Kopf gestellt, ohne dass man sagen kann, was dazu geführt hat.
Magnus und ich haben uns auseinandergelebt. Er ist nicht mehr der, der er einmal war. Er hat nur noch seine Firma im Kopf und dieses »Heimdall«-Projekt, von dem ich nur den Namen kenne. Ich weiß nicht, was dahintersteckt, aber Magnus sagt, dass es alle unsere Probleme auf einmal lösen wird. Ich bin mir nicht sicher. Wirklich nicht. Ich habe eher das Gefühl, dass »Heimdall« ihm und mir noch das Genick brechen wird.
Ja, wir haben Probleme. Probleme. Ich muss das Wort immer wieder aufschreiben, weil ich es gar nicht mit mir in Verbindung bringen kann.
Probleme. Sie, er, wir, es, ich habe Probleme.
Es kostet Kraft, sich das einzugestehen, aber wenn ich ehrlich bin – und hier bin ich ehrlich –, sind die Probleme so riesengroß, dass ich gar nicht weiß, wo ich anfangen sollte, sie zu lösen. Es läuft finanziell schlecht mit Magnus' Firma, und seitdem es so schlecht läuft, läuft es auch zwischen uns nicht mehr gut. Nein. Das ist falsch. Es läuft beschissen. Würde es gut laufen, hätte ich nicht getan, was ich getan habe. Das alles wäre nicht passiert.
Und Magnus hat inzwischen nichts anderes mehr im Kopf als »Heimdall«. Einerseits kann ich es ja verstehen. Es ist seine und Johanns Firma. Es ist ihr Baby. Sie haben das Unternehmen mit ihren Projekten groß gemacht, und dann fährt alles vor die Wand. Und normalerweise – ja, lies das genau, Vigga, was du hier aufschreibst – normalerweise solltest du *deinem Mann beistehen in schweren Zeiten. Das hast du versprochen, oder? Ja, das hast du versprochen. In guten wie in schlechten Zeiten, so altmodisch es klingt.*

Stand by your man. Und was hast du getan?

Was hast du getan?

Das Richtige oder das Falsche? Ich weiß es nicht. Zuerst hat es sich richtig angefühlt, obwohl du bereits wusstest, dass es das Falsche sein wird.

Aber auf der anderen Seite – ist es schlimmer als das, was Magnus wahrscheinlich getan hat? Wenn man es auf eine Waagschale legt?

Ich bin mir noch nicht sicher, ob ich recht habe, ob er das wirklich *getan hat. Aber ich habe ein ganz schlechtes Gefühl. Mein Bauch sagt mir, dass es stimmt, und wenn es stimmt, dann ist er nicht mehr der Mann, in den ich mich einmal verliebt habe. Integer. Ehrlich. Aufrecht. Jemand mit Prinzipien. Dann ist er … Ich weiß auch nicht. Mir fällt das treffende Wort nicht ein.*

Und jetzt? Jetzt werde ich das Tagebuch verstecken, so wie ich es früher versteckt habe. Mich anziehen. Ich werde zur Arbeit fahren. Wie an jedem Tag. Und ich werde es mir zum Mantra machen, dass ich mit ihm rede. Ich muss *mit ihm darüber reden und herausfinden, ob es wirklich stimmt. Denn ansonsten wird es jeden Tag nur noch schlimmer. Nein, jede Stunde und Minute.*

Es gibt nur einen Ausweg, und der führt nach vorne.

Ich starrte durch die Seiten hindurch ins Nichts. Vigga und Magnus hatten ernste Probleme, auch finanzielle, von denen ich nichts gewusst hatte. Vigga hatte etwas Schlimmes getan und Magnus ebenfalls. Ich las die Seiten wieder und wieder. Ich blätterte vorwärts und sah einige weitere Einträge, nicht sehr viele, und als ich weiterlesen wollte, zuckte ich zusammen, denn ich hörte das Geräusch eines sich nähernden Autos. Das konnte nur Magnus sein.

Ich schob das Buch zurück in den Umschlag und wollte die Schublade verschließen, aber das Mistding klemmte und verkeilte sich. Ich wurde hektisch, ruckte daran herum, und beinahe wäre die Kiste mit Viggas Puppen herabgefallen. Endlich konnte ich die Schublade schließen.

Aus den Fahrgeräuschen schloss ich, dass der Wagen auf die Auffahrt fuhr. Ich eilte zur Leiter. Ich sah die Stufen hinab – und alles begann sich zu drehen.

Die Perspektive war unerträglich für mich. Ich blickte die knapp vier Meter bis zum Boden der Galerie hinab und von dort aus weitere knapp vier Meter die Treppe entlang bis zum Fußboden im Wohnzimmer. Alles in mir zog sich zusammen – als hockte ein kleiner Mann in meinem Magen und zerrte mit aller Kraft die Nervenstränge von außen nach innen. Ich hatte das Gefühl, dass ich jeden Moment die Stufen hinabstürzen würde, und musste mich mit einer Hand am Holzpfeiler festhalten, während ich das Licht ausschaltete.

Das Motorengeräusch erstarb. Mir blieb kaum noch Zeit, um nicht von Magnus erwischt zu werden.

Also hielt ich die Luft an, drehte mich um, richtete den Blick geradeaus und ging die Stufen rückwärts hinab. Meine Finger waren schweißnass. Und dieses Mal kam es mir nicht so vor, als seien es nur dreizehn Stufen. Es kam mir vor, als seien es dreiunddreißig.

Ich schaffte es bis zur Galerie, faltete die Leiter mit klopfendem Herzen zusammen und drückte die Klappe nach oben, die mit einem lauten Knall einschnappte. Ich stellte mich auf die Zehenspitzen, um den Haken aus der Öse zu fädeln und ihn wieder dort zu verstauen, wo ich ihn gefunden hatte. Und dann hörte ich, wie sich die Wohnungstür öffnete.

Ich schnappte mir mein Weinglas von der Kommode und lief in Richtung Badezimmer, um mich dort zu verschanzen und erklären zu können, was ich hier oben tat. Wenngleich es natürlich nicht das Besucherbad war, das ich sonst benutzte. Von unten hörte ich die Stimmen von Magnus und Johann, die gerade die Tür öffneten.

Und dann stolperte ich über den Flokatiteppich vor der Treppe. Weil ich auf keinen Fall einen Viertelliter Rotwein darauf verschütten wollte, verdrehte ich meinen Körper instinktiv, woraufhin ich mir das halbe Weinglas über die Bluse und die Hose goss.

Magnus und Johann kamen herein. Sie sahen mich da oben stehen, und ich nutzte das Missgeschick als Ausrede – und log, dass ich Schussel mir Rotwein auf die Sachen gegossen hätte und oben sei, um im Badezimmer den Wein wieder auszuwaschen. Sie kauften es mir ab.

Ja. Danach wurde es dann richtig komisch.

17.

Das war der Tag, an dem …«, sagt Tine.

Ich nicke. »Ja, das war der Tag.«

Knud räuspert sich und schlägt die Beine übereinander. »Warum haben Sie uns nicht angerufen und von dem Tagebuch erzählt?«

»Warum hätte ich das tun sollen?«

»Sie haben aus dem Tagebuch erfahren, dass Magnus nicht die Wahrheit gesagt hat. Ihnen nicht und uns nicht.«

»Ich wusste ja nicht, was er der Polizei erzählt hat und was nicht.«

»Warum sollte er uns etwas anderes erzählen als Ihnen?«

Ich zucke mit den Schultern.

»Sie haben herausgefunden, dass er nicht die Wahrheit über die Beziehung zu seiner Frau gesagt hat. Sie haben außerdem erfahren, dass beide angeblich etwas Schlimmes getan haben, dass es finanzielle Probleme gab. Das hätte Sie doch alarmieren müssen, wo Sie ohnehin annahmen, dass mit Magnus etwas nicht stimmt. Also hätten Sie die Polizei anrufen sollen und auf das Tagebuch aufmerksam machen. Das wäre die nächstliegende Reaktion gewesen. Ihre beste Freundin ist mutmaßlich ermordet worden und in jedem Fall unter merkwürdigen Bedingungen verschwunden, und ihr Ehemann hat nicht die Wahrheit erzählt. Also ich hätte an Ihrer Stelle die Polizei verständigt.«

»Dann hätte Magnus gewusst, dass ich hinter seinem Rücken herumschnüffle, und vielleicht hätte das alles nichts zu bedeuten gehabt. Er hätte sich von mir beschuldigt gefühlt. Und ich wusste ja noch nicht, worum es geht und was …«

»Wir hätten einen Weg gefunden, Sie in Schutz zu nehmen«, sagt Knud und klickt mit dem Kugelschreiber. »Ich sage Ihnen, warum Sie uns nicht angerufen haben. Das hat einen ganz einfachen Grund, denn …«

Er bricht ab, als Tine ihm die Hand auf den Unterarm legt. »Ich glaube, das führt uns im Moment nicht weiter, Knud.«

»Ich denke schon«, erwidert er und wirkt ziemlich verärgert.

Ich frage mich, was für ein Spiel die beiden hier abziehen und warum. Böser Cop und guter Cop? Oder ist das echt?

»Was ist Heimdall?«, fragt mich Knud, während Tine im Ausatmen einen Seufzer von sich gibt.

»Ich weiß nicht, was das ist.«

»Gemäß dem Protokoll Ihrer vorherigen Aussage haben Sie auch Johann und Magnus darüber reden hören.«

Das stimmt. Mir war das vorher nicht aufgefallen, erst, nachdem ich den Begriff in Viggas Tagebuch gelesen hatte. Das Wort fiel gelegentlich zwischen den beiden. Soweit ich es beurteilen kann, war es ein wichtiges Projekt des Softwareunternehmens.

»Vigga hat in dem Tagebuch geschrieben, dass es irgendein Vorhaben von Magnus' Firma war. Mehr weiß ich darüber nicht. Ich weiß nicht einmal, was das Wort bedeutet. Irgendwas mit Göttern.«

»Heimdall ist der Torwächter von Asgard, der Götterwelt«, erklärt Knud. »Das allsehende Auge.«

Ich zucke wiederum mit den Schultern – zum gefühlt hundertsten Mal. »Sagt mir nichts. Fragen Sie doch Magnus.«

Knud setzt an, etwas zu sagen, aber Tine lässt ihn nicht zu Wort kommen.

»Liv, bitte erzählen Sie uns weiter, was an dem Tag geschehen ist.«

»Okay«, sage ich und beobachte Knud, der sich zurücklehnt und mich ziemlich feindselig mustert. Zumindest für einen Moment. Im nächsten blickt er vollkommen ausdruckslos.

Ich wende mich zu Tine. »Ich habe mich umgezogen. Das heißt: Ich wollte mich umziehen, aber ich hatte keine frischen Klamotten mehr. Ich war nur auf einen kurzen Besuch vorbereitet gewesen. Nicht dafür, eine Woche am Fjord zu sein. Ich konnte mich schlecht vor den Männern ausziehen und die mit Rotwein bekleckerten Sachen in die Waschmaschine stecken. Die Kleidung, mit der ich angereist war, war sandig und durchgeschwitzt. Und dann sagte Magnus: »Zieh doch etwas von Viggas Sachen an. Sind ja genug da.«

Die Kleidung meiner besten Freundin, ohne sie zu fragen. Die Kleider einer Toten, zumindest einer Verschwundenen.

»Was Sie dann auch getan haben«, stellt Tine fest.

»Eigentlich wollte ich es nicht. Aber dann meinte ich, Vigga in meinem Ohr zu hören: Stell dich nicht so an, was willst du denn sonst machen? Also bin ich ins Schlafzimmer gegangen. Ich habe mich ausgezogen und eine von Viggas Jeans und eine hellblaue Bluse angezogen. Vigga und ich haben früher häufiger mal Sachen untereinander getauscht, weil wir dieselbe Kleidergröße und Schuhgröße hatten.«

»Was für ein Zufall«, bemerkt Knud.

»Wieso?«

»Nur so«, sagt Knud.

»Es war ein merkwürdiges Gefühl. Andererseits war es auch vertraut: Viggas Sachen, ihr Duft an mir, so als hätten wir uns gerade eben erst zu einer Begrüßung umarmt. Dann bin ich nach unten zu Magnus und Johann, habe mich am Treppengeländer festgehalten und auf meine Zehenspitzen geschaut, und als ich dann unten war, haben mich die beiden verblüfft angesehen, na ja, als ob ich Vigga wäre. Ich meine: Kein Wunder, oder?« Ich lache leicht auf. »Ich trug ihre Kleidung, und bis auf die Haarfarbe sahen wir uns ja immer ähnlich.«

»Nein, kein Wunder«, sagt Tine, ohne eine Miene zu verziehen.

»Ich habe dann meine versauten Sachen genommen, mit Salz bestreut und unter der Dusche abgespült. Einfach erst mal irgendetwas anderes gemacht, wissen Sie? Und außerdem ging mir die ganze Zeit durch den Kopf, was ich in Viggas Tagebuch gelesen hatte. Ich war komplett verwirrt. Ja, und dann sind wir zum Leuchtturm gefahren.«

»Etwas verstehe ich ganz und gar nicht«, sagt Knud. »Sie haben Höhenangst. Sie sind verunsichert, weil Magnus nicht mit offenen Karten spielt. Sie wissen außerdem, dass Vigga Johann nicht mehr vertraut hat. Sie hätten die Gelegenheit nutzen und alleine bleiben können, um weiter in dem Tagebuch zu lesen. Ihre Freundin ist wahrscheinlich tot. Man hat ihre blutbeschmierten Sachen gefunden. Aber Sie schlüpfen in Viggas Kleidung und machen mit den Männern einen fröhlichen Ausflug? Ausgerechnet zu einem Leuchtturm?«

»Ich weiß, wie sich das anhören muss.«

»Da bin ich aber gespannt«, sagt Knud. »Wie klingt es denn für Sie?«

»Es klingt ziemlich verrückt. Pietätlos. Irgendwie falsch.«

»Dem kann ich nicht widersprechen.«

»Aber ich habe ja gesagt, dass es ab dem Tag komisch wurde.«

»Inwiefern? Weil *Sie* komisch wurden?«

»Ich vielleicht auch. Einfach alles wurde komisch. Und ja: Ich hätte zu Hause bleiben sollen.«

»Zu Hause in Kopenhagen?«

»Ich …« Knud bringt mich aus dem Konzept. »Ich meine, in Viggas und Magnus' Haus.«

Knud nickt langsam.

Ich rede weiter. »Ich hätte dortbleiben und nicht mitfahren sollen. Aber Johann hat mich überredet. Er hat gesagt, dass Magnus hier mal rausmuss und dass er sich selbst den Kopf am Strand freiblasen lassen will nach dem Besuch bei der Polizei und dem ständigen Herumfahren.«

»Was hat er damit gemeint?«

»Johann und Magnus sind tagelang durch die Gegend gefahren und haben nach Vigga gesucht. Ich wusste das bis zu diesem Zeitpunkt nicht. Ich hatte angenommen, Magnus sei entweder arbeiten oder bei der Polizei, wenn er fort war. Das stimmte zum Teil. Aber er und Johann suchten außerdem die Gegend ab, in der Viggas Kleidung gefunden worden war.«

»Ohne Ergebnis?«

»Soweit ich weiß, ja.«

»Warum haben die beiden Sie nicht einbezogen?«

»Weiß ich nicht.«

»Kamen Sie nie selbst auf die Idee, dass Sie nach Vigga suchen könnten?«

»Nein. Ich hätte nicht gewusst, wo. Außerdem bin ich davon ausgegangen, dass die Polizei das tun würde. Es wäre mir außerdem sinnlos vorgekommen, ohne Plan in der Gegend herumzufahren.«

»Dazu waren Sie doch da? Um Vigga zu suchen? Sie hätten an Orten suchen können, die Sie beide früher aufgesucht haben – oder in Ihrem Heimatort.«

»Danke für die Vorschläge und dass Sie mir ein schlechtes Gewissen machen.«

Knud schweigt.

»Hat die Polizei denn dort überall nach ihr gesucht?«

Knud nickt.

»Jedenfalls«, fahre ich fort, »meinte Magnus, dass mir das auch guttun würde. Uns allen. Auch Magnus wäre eigentlich am liebsten im Haus geblieben und hätte sich ins Bett verzogen, sagte er. Aber Johann hat diese Art. Er reißt einen mit. Also sind wir aufgebrochen und zum Leuchtturm gefahren.«

»Sie hatten andere Schuhe an?«, fragt Knud.

»Ja. Ein Paar Stiefel von Vigga, warum?«

»Und eine Jacke von ihr?«

»Ja, einen Mantel. Er hing an der Garderobe. Ich hatte nur eine dünne Jacke dabei und keine festen Schuhe für den Strand.«

»Natürlich nicht«, sagt Knud.

»Das war doch nicht wichtig! Es waren nur eine Jacke und ein Paar Stiefel!«, blaffe ich Knud an.

»Alles ist wichtig.«

»Erzählen Sie bitte weiter«, sagt Tine mit ruhiger Stimme. »Erzählen Sie uns vom Leuchtturm und dem, was weiter geschah.«

18.

Wir fuhren alle drei zum Blåvandshuk Fyr, dem Leuchtturm in der Nähe von Blåvand, nicht weit vom Fjord entfernt. Er liegt inmitten einer Dünenlandschaft, umgeben von deutschen Bunkern aus dem Zweiten Weltkrieg, und ragt wie eine weiße Nadel daraus hervor. Johann sagte, der Leuchtturm markiere Dänemarks westlichsten Punkt. Überhaupt monologisierte er während der Fahrt über alles Mögliche, wohl um Magnus und mich auf andere Gedanken zu bringen. Ich saß auf dem Rücksitz und spürte immer wieder Johanns Blick im Rückspiegel auf mir. Er war mir sympathisch, aber es ging ihm ebenfalls nicht gut. Er wirkte übernächtigt und angespannt, auch wenn er es zu überspielen versuchte.

Wir parkten direkt am Leuchtturm und stiegen aus. Allein beim Hinaufschauen wurde mir schon schwindelig, aber der steife Wind von der Nordsee ließ das unangenehme Gefühl wieder verschwinden.

Wir gingen am Strand entlang und sprachen über Vigga, über die Polizeivernehmungen.

Johann schlug vor, dass wir den Sonnenuntergang vom Leuchtturm aus ansehen sollten. Die beiden wussten nichts von meiner Höhenangst, und ich hatte nicht vor, ihnen jetzt einen Vortrag darüber zu halten und meine Phobie einzugestehen und womöglich zu erklären, woher sie kam. Also ging ich mit ihnen. Außerdem konnte ich ja immer noch sagen, dass ich einfach unten bleiben würde. Auf die Aussichtsplattform musste ich ja nicht unbedingt hinaustreten. Na ja, jedenfalls wollten die beiden nach oben gehen. Und ich ging dann einfach mit – in der Hoffnung, dass es so schlimm schon nicht werden würde.

Das Blåvandshuk Fyr ist etwa vierzig Meter hoch. Es führen fast zweihundert Stufen hinauf. Die Treppen führen an den Außenwänden des rechteckigen Baus zur Aussichtsplattform. Sie sind breit, aus dunklem Holz und sehr stabil. Von innen ist der Turm wie von außen weiß gestrichen. Es gibt hohe Rundbögen, die das Treppenhaus halten, und wenn man über die Brüstung hinaufschaut, sieht es wegen der Bögen fast so aus, als befinde man sich in einer Kirche und blicke durch deren Fenster.

Das tat ich nicht. Ich schaute entweder auf die Stiefelspitzen und dachte, um mich abzulenken, an etwas vollkommen anderes, nämlich an mein laufendes Bauprojekt, das Frederik übernommen hatte, oder nach oben. Mit dem Nach-oben-Blicken habe ich kein Problem. Schwierig wird es erst, wenn ich nach unten sehe, also wenn es entlang von Gebäude- oder Objektstrukturen eine Art Maßstab für die Tiefe gibt. Und um die geht es, die Tiefe und ihren Sog, ihren Lockruf. Man kann kein Gebäude hinaufstürzen. Aber von einem herabfallen kann man sehr wohl. Und es macht mir ja zum Beispiel nicht sehr viel aus, ein Treppenhaus hinaufzusteigen, solange ich keinen Höhenvergleich habe und zum Beispiel aus einem Fenster schaue. Sogar dann geht es: Wenn ich aus Fenstern sehe. Das ist gut auszuhalten. Im Leuchtturm allerdings, diese Rundbögen ohne Glas – das war dann doch etwas anderes, und ich sah lieber nicht hin.

Schließlich kamen wir oben auf der schmalen Aussichtsplattform an, wo sich das runde, gläserne Gehäuse mit dem Strahler befindet, der aussieht, als sei er aus überdimensionalen Colaflaschenböden zusammengesetzt worden, damit sich das Licht darin bricht und so weit wie möglich leuchtet. Ich lehnte mich an eines der Fenster und berührte es mit den Handflächen, um mir Stabilität zu verleihen, denn ich spürte, wie mir die Knie weich wurden und mein Magen sich zu drehen begann. Ich richtete den Blick in die Ferne, auf das Meer und die wunderbare Landschaft. Auf keinen Fall durfte ich nach unten sehen.

»Alles okay?«, fragte Magnus.

Ich nickte. »Ich habe ein Problem mit Höhe«, gab ich schließlich zu. »Aber es ist schon okay.«

Johann sah zu mir. »Ihr könntet Schwestern sein, Vigga und du.«

In meinem Mund schmeckte es nach Metall. Meine Brust zog sich zusammen. Ich konnte nicht mehr richtig atmen. Die Panikattacke kam jetzt mit voller Wucht.

»Liv?«, fragte Magnus besorgt, während ich zitternd an der Scheibe hinabrutschte, um in die Hocke zu gehen. Denn das hilft. Wenn man sich selbst kleiner macht und den Blickwinkel verflacht. Die Gedanken über mein Bauprojekt rasten in meinem Kopf, waren jedoch nicht mächtig genug, um den Schwindel und die Angst zu überdecken.

»Lass uns gehen«, hörte ich Johann wie durch Watte.

»So schlimm?«, fragte mich Magnus, und ich brachte nur ein Nicken als Antwort zustande.

Schließlich spürte ich, wie die beiden mir unter die Arme griffen, um mich zu stützen und wieder ins Treppenhaus zu führen. Dort wurde es nicht besser, denn von hier oben blickte ich durch einen der Rundbögen vierzig Meter nach unten. Die Träger und Handläufe der Treppen verformten sich vor meinem geistigen Auge wie zu einer unmöglichen Konstruktion von Escher – fast wie in »Vertigo«, dem Hitchcock-Film, in dem James Stewart an Höhenangst leidet, im Treppenhaus eines Turmes nach unten blickt und sich das Treppenhaus wie von Geisterhand verlängert.

Mir wurde speiübel, und es besserte sich erst Minuten, nachdem wir den Leuchtturm wieder verlassen hatten und ich mir inmitten der flachen Dünenlandschaft die kalte Nordseeluft in die Lungen pumpte. Die beiden müssen mich halb die Treppen hinabgetragen haben. Ich weiß noch, dass neben uns ein weißhaariger Herr auftauchte und fragte, ob er helfen könne oder einen Notarzt anrufen. Aber ich habe abgelehnt. Nicht nötig. Magnus und Johann machten sich Vorwürfe, dass sie mit mir auf den Turm gegangen waren. Unterschwellig machten sie auch mir Vorwürfe, dass ich kein Wort von meiner Höhenangst gesagt hatte. Als ich mich endlich besser fühlte, gingen wir zum Auto, das neben dem BMW des hilfsbereiten Herrn parkte. Dann fuhren wir zum Pizzaessen in die Stadt.

Mittlerweile war es dunkel. Die beiden waren besorgt und bekümmert um mich und ließen sich beim Essen noch mal genau erklären, was mit mir am Leuchtturm los war. Na ja, ich erzählte ihnen von meinem Problem mit der Höhe, was es mit mir macht, wie ich es bekämpfe. Aber woher es kommt, das erzählte ich natürlich nicht. Johann fragte dann, warum ich nichts gesagt habe und trotzdem auf den Leuchtturm geklettert sei. Ich erklärte, dass ich ja auch auf Baugerüste gehe und es an manchen Tagen schlimmer und an anderen Tagen weniger schlimm sei – und, na ja. Egal. Schließlich war es dann kein Thema mehr. Wir tranken viel zu viel, Johann ebenfalls, obwohl er noch fahren musste. Er brachte Magnus und mich schließlich nach Hause, und als wir alleine in der Wohnung waren und ich ins Bett gehen wollte, nahm Magnus mich in die Arme und bedankte sich dafür, dass ich bei ihm war. Er sah mich auf eine Art und Weise an, die mir durch Mark und Bein ging.

»Du siehst ihr so ähnlich«, sagte er, und ich antwortete, dass ich jetzt wirklich besser ins Bett gehen sollte, und wand mich aus seinem Griff. Der Alkohol spielte bestimmt eine

Rolle dabei, dass die Situation fast entglitten wäre, und natürlich trug ich Viggas Sachen, ich roch nach ihr, und Magnus hatte Sehnsucht nach seiner Frau, deren Verschwinden ihn in den Wahnsinn trieb – dazu die Angst davor, dass sie vielleicht ermordet worden war. Alles kam zusammen, ich konnte es gewissermaßen verstehen.

Schließlich ging er zu Bett, ich ebenfalls – allerdings konnte ich kein Auge schließen. Hellwach starrte ich an die Decke. Ich spielte an meinem Handy herum und sah, dass zwei Anrufe von Frederik eingegangen waren. Ich hatte das Klingeln nicht gehört. Er hatte zwei Nachrichten hinterhergeschickt.

Liv, ich mache mir Sorgen, geht es dir gut?

Melde dich, soll ich kommen?

Ehrlich gesagt, ging Frederik mir etwas auf die Nerven. Ich beschloss: Liv hatte jetzt mal eine Pause von Frederik. Ich legte das Handy zur Seite und musste irgendwann dann doch eingeschlafen sein.

Am anderen Tag war Magnus am Nachmittag unterwegs, und ich nutzte die Gelegenheit zu einem weiteren Ausflug auf den Dachboden. Ich erinnere mich, dass schwere Tropfen gegen die beiden Fenster und aufs Dach schlugen. Wahrscheinlich war das der Grund dafür, dass ich später das Auto nicht kommen hörte. An der Kommode setzte ich mich auf den Fußboden und blätterte durch die Seiten. Ich überlegte, ob ich das Buch mit runternehmen sollte, aber das erschien mir zu riskant. Wo sollte ich es vor Magnus verstecken, wenn er plötzlich kam? Ich hatte ja nur meinen kleinen Weekender dabei. Also besser nicht.

Ich stellte beim Lesen fest, dass Vigga den letzten Eintrag an dem Tag vorgenommen hatte, an dem sie verschwunden war. Es war nur ein kurzer Eintrag.

Ich muss mit ihm reden. Es muss aufhören. Ich weiß nicht, wie ich das alles bewältigen soll, es wird unendlich schwierig werden, doch es wird sich schon ein Weg finden. Es findet sich ja immer ein Weg. Aber es muss aufhören. Er muss *es stoppen.* Ich *muss es stoppen. Jetzt.*

Ich konnte mir nicht vorstellen, was sie damit meinte. Also las ich die vorherigen Einträge. Und in ihrem dritten Eintrag fand ich es. Mit dem Lesen jeder Zeile stieg in mir das Entsetzen. Ich hatte sie in den letzten Jahren wirklich nicht mehr gekannt.

Der Eintrag datierte einige Wochen nach ihrem ersten. Sie führte das Buch also nicht regelmäßig, sondern schrieb nur dann hinein, wenn sie dringend etwas loswerden musste. Und das musste sie wahrhaftig.

Ich weiß nicht, wie das passieren konnte.

Das heißt: Doch, ich weiß es natürlich, aber irgendwie auch nicht. Wir haben uns ein paarmal getroffen, weil es sich einfach so ergeben hat. Es war nicht geplant. Manche Dinge geschehen einfach so, und das war hier auch der Fall. Man kann es nicht steuern. Nenn es Leben, wie auch immer.

Also: Wir haben uns einige Male verabredet, und dann war irgendwie klar, dass es nicht dabei bleiben wird.

Natürlich habe ich gewusst, dass es für mich und ihn gefährlich werden kann, wenn wir uns sozusagen unter geänderten Vorzeichen treffen. Das wusste ich vorher schon, na klar. Es ist eine Sache, wenn man sich zum Reden oder einfach nur so im Restaurant verabredet. Aber wenn beiden klar ist, dass es in jedem Fall darüber hinausgehen wird …

Tja, und dann waren wir im Mondschein am Strand spazieren, und er hat mich in den Arm genommen – und dann ist es passiert. Wir haben uns geküsst und wollten nicht mehr damit aufhören. Im Auto haben wir weitergemacht – ich wollte nicht noch *weiter gehen im Auto, aber …*

Mein Gott, wie geht eine Affäre?

Ich wusste es nicht. Was macht man da? Er wollte mit mir in ein Hotel, aber das wollte ich nicht – man kann einen an der Rezeption sehen. *Nicht auszudenken, wenn mich wer erkennt. Also machte ich den Gegenvorschlag, und er lachte und fragte: Bist du sicher? Und ich erwiderte: Noch besser –* dort *sind wir beide sicher. Sicherer als überall.*

Trotzdem war es vollkommen verrückt, als wir dorthin fuhren. Wie Teenager, wirklich. Es war einerseits schrecklich aufregend und sooo romantisch. Andererseits war es schäbig, aber dann auch wieder nicht. Ich weiß nicht.

Es ist nicht bei dem einen Mal geblieben, und ich fühle mich schrecklich, wenn ich jetzt daran denke, auf der anderen Seite fühle ich mich aber auch gut und will mehr davon. Es ist schwer zu beschreiben, wie eine Sucht, die man nicht kontrollieren kann.

Aber ich weiß, dass ich lernen muss, es zu kontrollieren. Es wird zu nichts Gutem führen, das ist mir klar. Ich glaube nicht, dass ihm das ebenfalls klar ist – in der Hinsicht kann ich ihn nicht durchschauen. Ich glaube, er will ebenfalls mehr, aber auf eine andere Art und Weise als ich.

Er will mich.

Ganz einfach. Und ich bin mir nicht sicher, ob er diesen Wunsch kontrollieren können wird. Wie auch immer. Es muss unbedingt ein Geheimnis zwischen uns bleiben.

Magnus hat ja auch welche. Dieses bescheuerte »Heimdall« zum Beispiel. Er glaubt, ich weiß nicht, was da los ist. Aber jetzt weiß ich es. Ich war in Magnus' Büro, und da habe ich die Mappe gefunden. Ich habe den Entschluss gefasst, mit ihm über »Heimdall« zu reden. Dauernd telefoniert er deswegen. Ich könnte sagen, dass ich etwas aufgeschnappt habe – so oder so: egal, ich muss es tun.
Vielleicht sollte ich einfach abhauen. Einfach weg hier, fort von allem.
Oder Liv besuchen – auf unbestimmte Zeit und mit ihr diese bescheuerte Sache klären. Wir haben uns so lange nicht gesehen. Warum haben wir uns aus den Augen verloren? Nur deswegen? Ich hoffe, es geht ihr gut, und ich hoffe … Ich hoffe, dass sie klug genug sein wird, ihre Männer nicht mehr in den Wind zu schießen wie die Fliegen. Mit Frederik hätte sie das große Los gezogen, aber sie hat es weggeworfen. Er hat mich damals beindruckt – ich habe mich im ersten Moment sogar zurückhalten müssen, ihr meine Begeisterung mitzuteilen, denn hinterher wäre sie noch eifersüchtig geworden. Liv kann schnell eifersüchtig werden und denkt, es merkt niemand. Und dann ist es hinterher noch schlimmer geworden, weil ich etwas Dummes gesagt habe – und wir haben es nie geklärt, weil wir dumme Gänse sind und beide viel zu stolz, lächerlich stolz wegen einer Lappalie …
Außerdem würde sie mir sofort ansehen, dass etwas nicht in Ordnung ist. Aber was sollte ich ihr denn dann erzählen? Dass meine Ehe kaputt ist, Magnus' Firma vor dem Ruin steht und dass er deswegen etwas getan hat, was ihn in meiner Achtung ins Bodenlose hat stürzen lassen? Dass ich eine Affäre habe? Dann würde sie sofort wissen wollen, mit wem, und das könnte ich ihr unter keinen Umständen verraten. Never ever! Ich weiß nicht, vielleicht sind es am Ende die beschissenen Geldsor-

gen, die alles ausgelöst haben. Wenn es nicht so schlimm gewesen wäre mit der Firma und den Krediten, hätte es viel weniger Sorgen gegeben und weniger Streit zwischen Magnus und mir. Und dann hätte er nicht getan, was er getan hat. Ja. Er war verzweifelt, klar. Aber wir hätten das hinbekommen, wenn er mich nur frühzeitig in die Finanzprobleme eingebunden hätte, statt dauernd über »Heimdall« hier und »Heimdall« dort zu palavern. Dann wäre das nicht passiert. Dann hätte er das alles nicht getan – oder … Oder doch. Ich weiß es nicht. Einerseits tut er mir ja leid, aber auf der anderen Seite soll er dafür zur Hölle fahren, wirklich. Aber ich kann *darüber mit niemandem reden. Auch nicht mit Liv, nachdem ich mich mit ihr ausgesprochen hätte. Denn dann wird sie auch wissen wollen, was genau Magnus denn Schlimmes getan hat. Das geht nicht. Auch darüber muss ich schweigen. Ich will Liv außerdem nicht in mein Chaos hineinziehen. Das hat sie nicht verdient. Sie hat genug Chaos in ihrem Leben gehabt. Ich muss das alleine schaffen. Ich muss es klären. Wenn ich nur den Mut dazu hätte, verdammt.*

Ich spürte, wie mir die Tränen in die Augen stiegen. Eine Weile saß ich einfach so da und ließ die Informationen sacken. Hätte sie es doch getan, dachte ich. Hätte sie mich doch bloß angerufen und ins Vertrauen gezogen. Wir hätten alles geklärt, ich hätte mich entschuldigt, sie hätte sich entschuldigt. Sie hätte jederzeit zu mir kommen können, auch unangemeldet, und bei mir einziehen. Alles wäre gut geworden. Sie hätte keine Rücksicht auf mich nehmen müssen. Das hätte sie doch wissen müssen, dass ich zu jeder Zeit immer für sie da gewesen wäre.

Hätte. Könnte. Würde.

Außerdem war ich geschockt darüber, dass sie ein Verhältnis begonnen hatte. Eine Affäre! Es klang nicht nach einer ernsthaften Beziehung. Es klang eher so, als hätte sie sich in die tröstenden Arme eines Mannes fallen lassen und sich von ihm etwas geholt, was sie brauchte und das er ihr nur allzu bereitwillig geben wollte. Dennoch haute es mich fast um. Nie und nimmer hätte ich Vigga das zugetraut.

Für einen Moment fühlte ich mich ertappt – wegen dem, was sie über Frederik geschrieben hat. Ich erinnerte mich natürlich daran, wie sie auf ihn reagiert hatte. Es war nur ein kurzes Treffen gewesen – ein gemeinsames Abendessen. Monate später hatte ich ihr am Telefon erzählt, dass ich Frederik in den Wind geschossen hatte und warum – und ich erinnere mich, wie sehr sie mich davon überzeugen wollte, bei ihm zu bleiben. Ich war tatsächlich sehr eifersüchtig und konnte es überhaupt nicht gut haben, dass sie sich so sehr für ihn einsetzte, obwohl sie es ja nur gut gemeint hatte. Klar, sie hat mir mehrfach gesagt, dass er Mr Right für mich sei, und sich immer wieder erkundigt, wie es mit ihm läuft. Als es dann nicht mehr lief … Da haben wir uns am Telefon gestritten, weil sie mir Vorwürfe gemacht hat. »Dann nimm du ihn doch, wenn du ihn so toll findest!«, hatte ich gesagt. »Vielleicht sollte ich das ja!«, hat sie zurückgeschimpft. »Wäre ja nicht das erste Mal«, schrie ich. »Was soll denn das heißen!«, schrie sie zurück.

Knack. Und da war er, der Riss. Niemals gekittet. Sie hatte recht: Was waren wir für blöde Gänse?

Ich erinnerte mich kurz daran, wie ich sie und Magnus an der Uni damals einander vorgestellt hatte, wischte den Gedanken aber beiseite und las noch einmal, was sie über das »Heimdall«-Projekt geschrieben hatte. Auch gestern Abend beim Pizzaessen war der Begriff gefallen. Johann hatte ihn ins Spiel gebracht und Magnus das Thema dann sehr schnell gewechselt.

Ich hörte dem prasselnden Regen zu. Dann richtete ich den Blick wieder auf Viggas fein säuberliche Handschrift und las weiter.

Es wird jeden Tag schlimmer.
Inzwischen haben wir zwar über das geredet, was er getan hat, doch es hat keinen Sinn. Ich könnte auch mit einer Wand sprechen. Aber ich muss es wieder versuchen, um zu ihm durchzudringen – und wieder und wieder. Es geht mir einfach nicht in den Kopf, dass er es nicht einsehen will. Ich glaube, ihm ist gar nicht klar, was da vor sich geht. Mir zwar auch nicht, aber ich rede mir ein, dass ich es besser verstehe als er, weil ich nur am Rand stehe. Dennoch: Auch auf dem Rand des Karussells stehend dreht man sich mit. Und das will ich nicht. Für diese Fahrt habe ich kein Ticket gelöst!
Die Situation hat sich inzwischen sowieso grundlegend verändert – absolut!
Es ist erstaunlich, aber trotz allem haben Magnus und ich wie durch Magie wieder zueinandergefunden. Oder ist das zu viel gesagt? Zueinander.
Er hat mir gesagt, dass er verzweifelt sei. Ich habe ihn getröstet. Eines führte zum anderen. Und da wir endlich darüber gesprochen haben, was er getan hat, sind wir wieder vertrauter miteinander geworden. Denke ich. Es ist eine vage Hoffnung, und doch ist der Gedanke, ihn zu verlassen, immer noch da und stark in mir.
Aber das meine ich nicht damit, dass sich alles grundlegend verändert hat. Ich meine mit der neuen Situation, dass ich seit zwei Tagen weiß, dass ich ein Kind bekommen werde. Ich habe mir in der Apotheke drei Tests geholt. Jedes Mal gab es dasselbe Ergebnis: ein Pluszeichen. Ich bekomme ein Kind.
Ich.

Mit einem Mal. Nach Jahren, in denen nichts geschehen ist. Ausgerechnet jetzt in einer Situation wie dieser. Es macht mir schreckliche Angst. Gleichzeitig bin ich überglücklich. Und ich weiß nicht, was ich tun soll. Ich weiß nicht, ob ich es ihm sagen soll oder nicht. Ich weiß nicht, ob es gut wäre oder schlecht.
Ich weiß überhaupt nichts mehr.

Meine Gedanken überschlugen sich und stürzten schließlich in ein schwarzes Loch. Ich brach erneut in Tränen aus, als ich mir Viggas schwierige Situation vorstellte. Dass sie vor einem solchen Berg von Problemen gestanden hatte – ganz allein, wo sie mich doch jederzeit hätte anrufen können.

Dann begann ich, mir ihre Lage im Detail vor Augen zu führen, und fragte mich, wie sie im Zusammenhang damit stehen konnte, dass Vigga spurlos verschwunden war und man ihre blutige Kleidung gefunden hatte.

Viggas Ehe war kaputt gewesen. Sie hatte in Betracht gezogen, Magnus zu verlassen. Abgesehen davon, dass sie sich auseinandergelebt hatten, hatte er etwas getan, das ihn massiv in Viggas Achtung sinken ließ. Dann hatten sie wieder zueinandergefunden – noch nicht wirklich ganz, aber immerhin ein wenig. Vigga war immer noch skeptisch, um dann zu erfahren, dass sie schwanger war, was alles auf den Kopf stellte. Außerdem hatte sie zwischenzeitlich ein Verhältnis begonnen, und die Firma von Magnus und Johann stand vor dem Ruin.

Aus meiner Sicht waren das ausreichend Motive, um vollends die Fassung zu verlieren und abzuhauen. Vigga hatte ja davon geschrieben. Vielleicht war sie wirklich vor ihrer Situation geflohen und hatte beschlossen, dass man sie für tot halten sollte, denn sie wollte ja sinnbildlich auch aus dem Leben scheiden, das ihr ein unlösbares Chaos eingebracht hatte. Vielleicht hockte sie jetzt in irgendeiner Blockhütte in Finnland und weinte sich wie ich die Augen aus dem Kopf.

Doch es war auch nicht auszuschließen, dass Vigga einen Nervenzusammenbruch erlitten und sich das Leben genommen hatte, wobei das so ganz und gar nicht zu ihr passen würde – aber eventuell kannte ich sie doch nicht so gut, wie ich immer glaubte. Vielleicht war die Nachricht von ihrer Schwangerschaft zu viel und brachte das Fass zum Überlaufen. Sie hatte keinen anderen Ausweg mehr gesehen als den, in den Wald zu fahren und sich die Pulsadern aufzuschneiden.

Aber wie war dann ihre Kleidung in den Mülleimer gekommen? Und warum hatte man die Leiche nicht gefunden?

Ich dachte an meinen Vater, der vergeblich versucht hatte, sich zu töten. Es könnte ähnlich gewesen sein. Vigga hat es versucht, aber nicht geschafft. Dann warf sie ihre blutigen Sachen fort, mit denen man schlecht in der Öffentlichkeit herumlaufen kann, und floh. Mit einem Bus vielleicht. Mit dem Zug.

Und dann dachte ich über die noch viel schlimmeren Möglichkeiten nach. Magnus könnte herausgefunden haben, dass Vigga eine Affäre hatte, woraufhin er sie umgebracht hat. Oder Vigga könnte etwas über »Heimdall« in Erfahrung gebracht haben, und Magnus hat sie deswegen getötet. Möglicherweise im Affekt, in einem Streit, aber …

Nein, dagegen sprach, dass die Polizei nirgends Hinweise gefunden hat und Magnus ein Alibi vorweisen konnte. Er müsste den Mord an Vigga schon von langer Hand geplant und seine Spuren beseitigt sowie gezielt dafür gesorgt haben, dass er ein Alibi hat.

Das wollte ich nicht ausschließen. Ich hielt es sogar für denkbar, dass Magnus genau deswegen wieder eine Annäherung an Vigga gesucht hat – um sie zu täuschen und in Sicherheit zu wiegen. Weil es Teil des Planes war. Auf der anderen Seite: Wenn er von Viggas Affäre gewusst hat, wie konnte er sich dann nichts anmerken lassen und mit ihr wieder ins Bett gehen? Das, dachte ich, konnte man nur, wenn man eiskalt war – und vielleicht noch mehr plante. Wenn es noch einen zweiten Schritt der Rache geben sollte.

Unten ging die Tür auf. Ein Schlüsselbund wurde klirrend auf einen Tisch geworfen. Magnus kam nach Hause.

19.

»Dann eskalierte es?« Tine lässt ihre Frage wie eine Feststellung klingen. Sie blättert in ihrem Block zurück.

»Dann eskalierte es«, bestätige ich, betrachte nachdenklich meine Finger und massiere die Knöchel. An einem ist ein verschorfter Kratzer, der zu jucken beginnt.

Tine überfliegt ihre Notizen und fasst zusammen: »Sie waren laut Ihrer Aussage auf dem Dachboden, als Magnus nach Hause kam. Unerwartet und für Sie überraschend. Er entdeckte Sie, und Sie kamen mit dem Tagebuch in der Hand herab, standen aber noch halb auf der Leiter.«

Und ich war so aufgeregt, dass mir schon ganz schlecht war. Hinzu kam der fürchterliche Schwindel. Ich traute mich nicht, noch eine Stufe weiter zu gehen.

»Magnus wollte von Ihnen wissen, was Sie dort auf dem Dachboden tun, und Sie haben es ihm gesagt, worauf er geschockt reagierte und Sie zur Herausgabe des Tagebuchs aufforderte, was Sie ablehnten. Dann entwickelte sich ein Wortgefecht.«

Wortgefecht trifft es nicht ganz. Wir haben uns angeschrien.

»Es ging um das, was Sie nach Ihrer Darstellung in dem Tagebuch von Vigga gelesen hatten. Sie konfrontierten Magnus mit den Inhalten, die Sie für Tatsachen hielten, die ihm laut Ihrer Aussage aber nicht bekannt waren.«

»Nein«, sage ich und knete weiter an meinen Knöcheln. »Er sagte, er hätte nichts davon gewusst, dass Vigga schwanger war. Er war entsetzt darüber und verblüfft, dass sie eine Affäre hatte.«

»Sie haben es ihm nicht abgekauft.«

»Nein. Für einen Moment war ich verunsichert. Dann aber wieder nicht.«

»Erzählen Sie noch einmal genau, wie es dann weiterging, Liv. Vielleicht erinnern Sie sich inzwischen besser daran als bei unserer ersten Unterhaltung.«

»Ich versuche es«, sage ich leise und starre auf den Beutel mit der klaren Flüssigkeit, folge mit dem Blick dem Schlauch bis zu dem Port, wo das Medikament in meine Adern fließt.

»Magnus war außer sich«, erzähle ich, »und ich ebenfalls.« Ich sehe es vor mir, während ich weiterrede.

Er stürmte die Treppe zur Galerie hinauf und wollte, dass ich ihm das Tagebuch gebe. Ich sagte, dass ich es ihm nicht geben werde. Ich schrie ihn an, dass er mir sagen solle, was er mit Vigga getan hat. Ich wusste nicht, ob ich die Leiter wieder hinaufsteigen sollte, um mich auf dem Dachboden zu verbarrikadieren, oder die letzten Stufen hinabsteigen. Der Gedanke an mein Handy, das unten im Wohnzimmer lag, gab den Ausschlag. Ich wollte die Polizei anrufen. Es war idiotisch von mir, anzunehmen, dass ich an Magnus vorbeikommen würde, der bereits fast oben auf der Galerie angekommen war. Ich stand auf dem Flurboden, umklammerte das Tagebuch mit beiden Händen und schrie wieder: »Was hast du getan!«

Und er schrie zurück: »Gib mir das Buch!«

Dann stand er vor mir auf der obersten Treppenstufe und packte mich am Oberarm. Sehr fest. Es tat weh. Ich sagte, dass er mich loslassen solle, aber das tat er nicht.

Er schüttelte mich, zerrte an mir, um an das Buch zu gelangen. Aber ich gab es nicht her. Ich starrte über ihn hinweg in die Tiefe, und …

Die Stufen. Blut.

Überall Blut.

Mamas Blut.

Mein Blut.

Das Weinen.

Das Weinen.

»... und dann drehte sich alles. Meine Beine fanden keinen Halt mehr. Ich stürzte die Treppe hinab. Und dann weiß ich nichts mehr. Gar nichts. Das Nächste, das ich klar vor Augen sehe, ist, wie ich im Krankenhaus aufgewacht bin.«

Schweigen. Ich sage nichts. Tine und Knud ebenfalls nicht. Ich höre gedämpft den Straßenverkehr von draußen. Geräusche auf dem Flur vor meinem Zimmer. Atmen. Mein Herzschlag.

»Er wollte mich umbringen«, sage ich dann. »Er ruckte so heftig an mir, dass ich die Treppe hinabstürzen musste. Er wollte mich stoßen. Davon bin ich überzeugt. Normalerweise hätte ich mich am Handlauf festhalten können. Aber ich umklammerte ja mit beiden Händen das Tagebuch. Und dazu noch die Höhenangstattacke – ich hatte keine Chance.« Ich hebe den Blick und sage: »Er wollte mich ermorden, und fast hätte er es geschafft. So wie er Vigga umgebracht hat. Ich hoffe, er wird in der Hölle schmoren oder in seiner Gefängniszelle vermodern.«

Knud und Tine sind weiterhin stumm. Schauen mich an. Dann wechseln sie einen Blick, und Knud sieht so aus, als sei er die ganze Sache leid, und macht eine Geste mit der Hand, die ich nicht deuten kann. Tine nickt ihm zu, was ich ebenfalls nicht deuten kann – ich begreife nur, dass die beiden eine Art Übereinkunft getroffen haben.

»Hat Magnus«, frage ich vorsichtig, »denn alles zugegeben? Sicher streitet er es ab, richtig?«

»Das kann er nicht mehr«, sagt Knud. »Magnus ist tot. Er wurde ermordet, und ich glaube Ihnen kein Wort.«

20.

Ich fühle mich, als würde mir gleichzeitig das Gehirn und das Herz gefrieren. Es dauert, bis zu mir durchdringt, was Knud gerade gesagt hat.

Ich glaube Ihnen kein Wort.

Magnus. Ermordet.

Meine Welt zerplatzt wie eine Verbundglasscheibe, in die ein Geschoss einschlägt.

»Was?« Mehr bringe ich nicht zustande. Ich sehe zwischen den beiden Polizisten hin und her. Keiner von beiden macht Anstalten, das Gesagte zu korrigieren oder abzuschwächen.

»Er ist … was?«, frage ich erneut und hoffe immer noch auf einen Scherz, einen schlechten, oder eine Art Taktik, um mich zu provozieren, oder …

Knud schlägt die Aktenmappe auf, die mit meinem Namen beschriftet ist. Darin gibt es jede Menge Papiere und Bilder. Ich kann sie nicht erkennen. Knud nimmt Ausdrucke daraus hervor, dreht sie um und legt sie mir vor.

»Erklären Sie uns das«, sagt er.

Ich glaube Ihnen kein Wort.

Magnus. Ermordet.

Ich betrachte die Fotos. Es sind Ausdrucke von Handyaufnahmen. Ich erinnere mich daran. Ich weiß nicht genau, was ich Knud dazu erklären soll, aber ich frage: »Woher haben Sie die?«

»Von Ihrem und von Magnus' Telefon. Wir haben beide ausgelesen«, sagt Knud.

»Sie haben … mein Telefon …«

Tine erklärt: »Liv, wir haben Ihr Telefon sicherstellen müssen und es ausgelesen. Genau wie das von Magnus. Können Sie uns die Aufnahmen erklären?«

»Wozu?«

Ich glaube Ihnen kein Wort.

»Tun Sie es einfach.«

Ich blicke wieder auf die Ausdrucke. Sie zeigen mich unten am Leuchtturm, bevor wir hinaufgestiegen sind, und mich am Strand. Magnus ist ebenfalls drauf. Johann hat die Fotos mit Magnus' Handy gemacht. Wir sehen darauf aus wie ein Paar, das am Strand spazieren geht und für die Kamera posiert. »Wir haben ein wenig herumgealbert«, sage ich. »Die Stimmung löste sich, nachdem sie so fürchterlich bedrückt gewesen war.«

»Auf den ersten Blick könnte man Sie für Vigga halten«, sagt Tine.

»Ich trage ja auch ihre Sachen.«

Ich glaube Ihnen kein Wort.

Magnus. Ermordet.

»Und die anderen Bilder?«

Die Selfies habe ich beim Pizzaessen gemacht. Einfach so. Ich hatte mein WhatsApp gecheckt, und wir hatten bereits die zweite Flasche Rotwein geleert. Die Bilder zeigen Magnus und mich. Ich erkläre, wo und wann ich sie gemacht habe, und fühle mich wie eine leere Hülse.

»Magnus«, höre ich mich selbst sagen, »ist tot?«

»Sie wissen das wirklich nicht?«, fragt Knud.

Ich schreie ihn an. »Woher sollte ich das wissen?! Er wollte mich umbringen! Er hat es fast geschafft! Ich war tot! Er wollte mich ermorden, wie er Vigga ermordet hat!«

»Andersherum«, sagt Knud, »wird nach Lage der Dinge eher ein Schuh daraus.«

Mir verschlägt es die Sprache.

Ich glaube Ihnen kein Wort.

Tine blättert in ihrem Notizblock. »Ihr Kollege oder Freund Frederik hat Sie in dem Haus aufgefunden. Nach seiner Aussage war er an den Fjord gekommen, um zu sehen, ob es Ihnen gut ging. Er war sehr besorgt. Er fand die Tür offen stehend, betrat dann das Haus, wo er Sie bewusstlos vorfand und Magnus leblos. Frederik hat sofort einen Notruf abgesetzt.«

Frederik?

Ja, ich erinnere mich – er hatte angekündigt, dass er nach mir sehen wollte. *Er* hat mich gefunden?

»Magnus«, spricht Tine weiter, »ist mit vier Messerstichen in den Hals getötet worden. Er wies Abwehrverletzungen auf. Der Fußboden und die Küchenmöbel waren mit Blut bespritzt. Es muss einen Kampf gegeben haben. Sie, Liv, sind neben Magnus' Leiche aufgefunden worden, sofort ins Krankenhaus gekommen und wiesen eine Reihe von Verletzungen auf. Es könnte sich um Abwehrverletzungen handeln oder mit dem von Ihnen beschriebenen Sturz zusammenhängen. Beides ist möglich.«

Knud nimmt weitere Fotos aus seiner Mappe und legt sie mir vor. Es sind entsetzliche Bilder. Sie zeigen die Küche. Die Leiche. Das Brotmesser.

»Magnus«, schreie ich zitternd, »wollte mich töten! Er hat mich die Treppe hinabgestoßen! Ich war … ich war tot und bin wiederbelebt worden!«

Ich kann den Blick nicht von den Fotos abwenden. Sie verschwimmen mit Bildern aus meiner Erinnerung. Auch meine Mutter wurde in der Küche gefunden.

Ich höre Tine wie durch Watte weiterreden. »Ihre Verletzungen, Liv, zeigen, dass Sie eine Treppe hinabgefallen sein könnten. Es gibt multiple Prellungen und Abschürfungen, aber keine Brüche. Die Verletzungen könnten auch davon stammen, dass Sie während eines Kampfes auf die Treppe oder auf der Treppe gestürzt sind.«

Blut auf der Treppe.

Blut auf den Stufen.

Blut auf dem Handlauf.

Mamas Blut.

»Magnus«, sage ich und versuche zu schlucken, aber ein Kloß im Hals verhindert es. »Magnus wollte mich umbringen.«

»Das bestätigen Ihre Verletzungen eher nicht, Liv. Sie könnten aus unterschiedlichen Ursachen gestürzt sein.«

»Aber ich war tot, mein Gott! Man hat mich wiederbelebt!«

»Laut Befund der Klinik hat eine Mischung verschiedener Faktoren zu dem Herzstillstand im Rettungswagen geführt. Sie haben Prellungen im Brustbereich erlitten, was die Herz- und Lungenfunktion kurzfristig beeinträchtigt haben kann. Sie kamen im Rettungswagen kurz zu sich, fanden sich über und über mit Blut beschmiert, hyperventilierten und wurden dadurch wieder bewusstlos, wobei Sie einen Atemstillstand erlitten und gleichzeitig eine Herzrhythmusstörung, die zu einem kurzfristigen Stillstand führte. Ihr Zustand wurde mit einer Adrenalininfusion und dem Einsatz eines Defibrillators stabilisiert.«

Ich kann mich an nichts erinnern. Es ist weg. Alles ist nur ein schwarzes Loch. Ich bin die Treppe hinabgefallen. Ich habe mir den Kopf angeschlagen. Dann ist da nichts mehr. Aber ich *weiß*, ich weiß, dass ich Magnus nicht umgebracht habe!

»Ich«, stammle ich, »ich glaube, dass er mich umbringen wollte, weil ich herausgefunden habe, dass er Vigga getötet hat. Er wollte das Buch. Er … vielleicht ist er verrückt geworden und hat Vigga in mir gesehen, weil ich ihre Sachen anhatte. Weil … Vielleicht – keine Ahnung, vielleicht wollte er mich auch nicht bewusst umbringen, sondern es war eine Affekthandlung, ein Unfall, und …«

»Ich glaube«, sagt Knud und beugt sich gelassen vor, »dass Sie sich bewusst in die Kopie einer Toten verwandelt haben, Liv.«

»Nein! Und ich habe ihn nicht umgebracht!«

»Liv«, sagt Tine, »Sie wurden neben Magnus' Leiche gefunden und waren mit seinem Blut beschmiert. Sie hatten die Tatwaffe noch in der Hand. Ein Brotmesser mit zwanzig Zentimeter langer Klinge. Daran befinden sich Ihre blutigen Fingerabdrücke. Und zwar nur Ihre.«

Ich verstehe nichts mehr. Mir wird schlecht. Ich glaube, ich muss mich übergeben. Das Bett dreht sich wie ein Karussell.

»Ich denke, es war folgendermaßen«, sagt Knud. »Dass Ihr Vater freigelassen wurde, hat Sie in einen traumatischen Zustand versetzt, wenngleich schon etwas Zeit verstrichen ist. Hinzu kam die Trennung von Ihrem Freund Frederik und eine Überforderung mit zu vielen Aufträgen in der letzten Zeit. Sie waren unglücklich und haben es Ihr Leben lang nicht verwinden können, dass Sie damals Magnus Ihrer Freundin Vigga vorgestellt haben und die beiden zusammenkamen. Vigga war glücklich. Sie nicht. Sie haben es ihr niemals vergönnt und wollten endlich Rache – mehr als das. Sie wollten ihr Leben. Also haben Sie sich mit Vigga getroffen und sie umgebracht und ihre Leiche verschwinden lassen. Daraufhin haben Sie sich in ihr Leben gestohlen, sogar ihre Sachen angezogen und wollten Magnus verführen. Aber der lehnte ab. Sie drehten durch. Dann brachten Sie ihn um.«

»Nein!«

»Liv, ist es ein Zufall, dass das Szenario im Haus von Vigga und Magnus nahezu identisch ist mit dem Tatort, den Sie als Kind erlebt haben?«

»Das …« Gott, ich muss wirklich kotzen. »Das kann nicht sein! Es ist nicht so! Es war anders! Sie haben doch das Tagebuch, und …«

»Es gibt kein Tagebuch«, sagt Knud. »Wir haben das gesamte Haus noch einmal auf den Kopf gestellt, nachdem Sie uns zum ersten Mal von dem Tagebuch erzählt hatten. Aber wir haben keines gefunden. Nirgends. Es gibt außerdem keinerlei Anzeichen, dass Vigga schwanger gewesen sein könnte. Es gibt nur Ihre Behauptung. Im Übrigen gibt es auch keinerlei Anzeichen dafür, dass es der Firma von Magnus und Johann schlecht geht. Wir haben das überprüft: Tekksolv ist solide. Zu einem Projekt namens ›Heimdall‹ kann Johann keine Auskunft erteilen. Es sagt ihm nichts. Er und weitere Personen, die wir befragt haben, sagen außerdem, dass die Ehe der beiden tadellos war.«

»Nach außen hin!«, schreie ich, und mein Magen dreht sich von links auf rechts. »Jeder hat das geglaubt, aber es stimmte nicht!«

»Was nicht stimmt«, sagt Knud, »ist Ihre Geschichte, Liv. Sie haben sich das ausgedacht. Sie sollten gestehen und nicht alles noch schlimmer machen, als es schon ist. Und wir möchten wissen, wo wir Viggas Leiche finden.«

Ich drehe mich ruckartig nach rechts und übergebe mich auf den Boden, wobei ich beinahe den Tropf zu Fall bringe. Magensäure und Galle schießen mir beißend die Speiseröhre hinauf und aus den Nasenlöchern heraus. Mein Magen krampft, bis nichts mehr kommt.

»Sie glauben mir nicht«, röchle ich und wische mir mit dem Handrücken über den Mund, die Augen voller Tränen. »Sie haben mir von Anfang an nicht geglaubt.«

»Das stimmt nicht«, sagt Tine. Sie beugt sich vor, um mir eine Packung Taschentücher zu reichen, aber ich schlage ihre Hand zur Seite und tupfe mir das Gesicht mit der Bettdecke ab. Ich höre Tine sagen: »Wir haben uns Ihre Darstellung wieder und wieder angehört, Liv, aber es haben sich keine neuen Gesichtspunkte ergeben, die erklären könnten, wie der Mord an Magnus anders geschehen sein könnte als auf die Art und Weise, von der wir ausgehen müssen.«

»Sie … Sie haben mir die ganze Zeit nicht gesagt, dass er tot ist.«

»Nein, haben wir nicht«, sagt Knud. »Wozu auch? Das wissen Sie längst. Sie haben ihn ermordet.«

»Das habe ich nicht!«

»Wo ist Vigga?«

»Ich weiß es nicht. Ich weiß nicht, was mit Vigga passiert ist. Ich weiß nicht, was mit Magnus geschehen ist. Ich erinnere mich daran, wie er mich die Treppe hinabstieß. An mehr erinnere ich mich nicht.«

»Die Ärzte haben gesagt«, höre ich Tine, »dass es aus unterschiedlichen Gründen möglich sein kann, dass Sie sich nicht erinnern. Dabei kann eine Rolle spielen, dass Sie auf den Hinterkopf gestürzt sind, möglicherweise auf die Kante einer Treppenstufe. Vielleicht hat die retrograde Amnesie mit dem Trauma der Vorfälle zu tun oder mit der Tatsache, dass Sie einen Herzstillstand erlitten haben. Es kann alles zusammenkommen. Aber vielleicht funktioniert Ihre Erinnerung auch ganz wunderbar – und Sie lügen uns an. Wir müssen das genauer untersuchen lassen, Liv. Wir müssen feststellen, was wir glauben können und was nicht. Und im Augenblick sieht es so aus, dass vieles von dem, was Sie uns wieder und wieder erzählt haben, einfach nicht mit dem im Einklang steht, was wir im Haus vorgefunden und was wir ermittelt haben. Oder auch noch nicht ermittelt, je nachdem, wie man es sieht.«

»Ich …« Meine Kehle brennt wie Feuer.

»Ich möchte Ihnen sehr gerne glauben«, fährt Tine fort. »Aber ohne dass wir sicher wissen, ob Sie an einer Amnesie oder einer Verwirrung leiden, kann ich Ihnen nur einige Dinge glauben, die belegbar sind. Andere nicht. Auf genau die kommt es aber an.«

»Sie haben gesagt, dass mein Zimmer bewacht wird. Es wird nicht bewacht, um mich zu schützen, richtig?«

»Nein«, erwidert Tine. »Es wird bewacht, damit Sie in Ihrem Zustand nicht abhauen und Ihnen dann vielleicht etwas geschieht, das wir zu verantworten hätten. Wir wollen nicht, dass Ihnen etwas geschieht.«

»Das ist doch Blödsinn … Sie fürchten«, flüstere ich, »dass ich fliehen würde. Darum geht es doch, richtig? Sagen Sie es ruhig: Ich bin Ihre verdammte Gefangene!«

Mein Blick klärt sich. Ich schaue die beiden an. Knud atmet tief ein und dann wieder aus.

Wie im Traum, einem Albtraum, höre ich ihn sagen: »Liv Solberg, Sie sind verhaftet.«

Den Rest nehme ich nicht mehr wahr. Es ist, als ob jemand den Lautstärkeregler auf null gestellt hätte. Meine Welt, die bereits zersprungen war wie eine Glasscheibe, fällt in sich zusammen. Dahinter ist nur noch Leere, ein großes Nichts, das sich den Naturgesetzen entzieht. Nichts ist mehr messbar oder zu begreifen. Gar nichts.

Der Klang kehrt zurück, als Tine und Knud aufstehen.

Tine nimmt ihre Sachen, stopft einiges in eine Umhängetasche und sagt: »Die Ärzte sagen, dass Sie noch eine Nacht bleiben sollten. So lange stehen Sie weiterhin unter Bewachung. Morgen früh wird es eine Abschlussuntersuchung geben. Dann sehen wir uns wieder. Wenn die Ärzte grünes Licht für den Transport geben, wovon wir ausgehen, bringen wir Sie mit einem Rettungswagen ins Untersuchungsgefängnis. Sie kommen dort zunächst auf die Krankenstation. Zwischenzeitlich werden wir ein psychologisches Gutachten und eine fachärztliche Untersuchung Ihrer Amnesie gerichtlich verfügen lassen. Wenn Sie einen Anwalt kontaktieren möchten, kann Ihnen eine der Schwestern hier in der Klinik sicherlich ein Telefon bringen. Sie dürfen ein Telefonat führen. Mehr nicht. Ich gebe der Polizistin vor Ihrem Zimmer Bescheid, dass Ihnen eines gebracht wird, wenn Sie es wünschen. Ich werde sowieso eine Schwester schicken, damit Sie nach Ihnen sieht und sich um das dort kümmert.« Tine zeigt auf die Pfütze mit meinem Erbrochenen. »Das mit dem Anwalt«, ergänzt Tine, »würde ich übrigens unbedingt empfehlen.«

Sie lassen mich allein.

21.

Tine checkt ihr Handy auf dem Flur, während Knud der Polizistin neben der Tür zu Livs Zimmer erklärt, dass sich die Regeln jetzt geändert haben, weil die Patientin verhaftet sei. Tine geht weiter zum Aufenthaltsraum der Stationsschwestern und bittet eine von ihnen, in Livs Zimmer nachzusehen und das Erbrochene wegzuwischen.

»Die Patientin ist verhaftet worden«, erklärt sie. »Wir geben eine entsprechende Notiz an die behandelnden Ärzte, aber bitte richten Sie das schon einmal aus.«

Die Frau schaut Tine fragend an – unsicher, wie sie mit der neuen Situation umgehen soll.

»Es gibt keinen Grund«, sagt Tine daher mit einem Lächeln, »jetzt mehr Angst vor der Patientin zu haben als vorher. Es kann sein, dass sie einen Anruf tätigen möchte. Das darf sie – nur geben Sie dann bitte vorher unserer Kollegin vor der Tür Bescheid, ja?«

Knud schließt zu Tine auf, und beide verlassen das Krankenhaus. Draußen atmet sie einige Male tief durch.

»Glaubt die eigentlich«, fragt Knud, während sie zum Auto gehen, »dass wir bescheuert sind?«

Liv zuckt die Achseln. »Falls eine Amnesie vorliegt …«

»Quatsch.«

»Das weißt du doch gar nicht.«

Knud bleibt stehen. »Doch, weiß ich. Wenn du an einer Amnesie leidest, denkst du dir nicht ellenlange Tagebucheinträge aus. Du erfindest nicht Projekte namens Heimdall. Die ganze Story hat sie sich zurechtgelegt. Aber ihr muss doch klar gewesen sein, dass wir ihr das nicht abkaufen – dass wir kein Tagebuch finden werden, weil es keines gibt. Dass niemand schwanger war und die Firma Tekksolv ein Projekt namens Heimdall nicht kennt, wie uns der noch lebende Geschäftsführer glaubhaft bestätigt hat.«

»Er hat gesagt, dass er dazu nichts sagen kann.«

»Was meinst du damit?«

»Er hat nicht gesagt, dass es das Projekt nicht gibt. Seine Aussage war, dass er dazu nichts sagen kann, und das ist etwas anderes, Knud. Vielleicht hat Magnus auf eigene Faust an etwas gearbeitet, von dem sein Partner nichts wusste.«

»Wie auch immer. Das ändert nicht viel, oder?«

»Im Moment nicht, nein.«

Knud mustert Tine. Sie spürt, dass ihm eine Frage auf der Zunge liegt.

»Ich meine …« Tine versucht, die passenden Worte zu finden. »Ich meine, dass der Fall reichlich merkwürdig ist. Es gibt in der Vita von Liv bislang keinerlei Anzeichen von Psychosen oder gewalttätiger Paranoia. Dass sie über Magnus hergefallen ist und ihn umbrachte, weil er sie verschmähte … Dass Liv plötzlich, nach Jahren, durch den Kopf geht, dass sie ihrer Freundin Magnus ausspannen will, und sie umbringt, um in ihr Leben zu schlüpfen … Ein solcher Ausbruch kommt mir höchst ungewöhnlich vor.«

»Es könnte aber so passiert sein.«

»Ja.«

»Es ist im Moment die einfachste und griffigste Theorie. Und sie hatte einen Zusammenbruch, nachdem ihr Vater vergangenes Jahr entlassen worden war. Sie nahm Psychopharmaka. Ihre Therapeutin haben wir angerufen. Sie hat es nicht explizit gesagt – das darf sie ja nicht –, aber ich glaube, sie hält Liv für instabil.«

»Ich gebe dir recht, aber …«

»Die einfachsten und griffigsten Theorien sind meist die besten.«

»Ja.«

»Und wir haben keine andere.«

»Nein.« Tine atmet wieder tief ein und aus. »Egal. Vergiss es.« Sie winkt ab.

Knud setzt sich wieder in Bewegung. »Komm, wir machen uns einen schönen Abend und fahren Berichte schreiben.«

Tine nickt.

»Jetzt sag schon«, bittet Knud, als er den Wagen mit der Fernbedienung öffnet.

»Was denn?«

»Jetzt sag schon, wo du das Problem siehst.«

»Habe ich doch gerade?«

»Da ist noch mehr. Ich sehe es dir an.«

Tine öffnet die Beifahrertür. »Dasselbe Problem wie vorher.«

»Die Tür?«

Tine klopft gegen die Beifahrertür. »Die Tür.«

Die Haustür.

Sie stand nach Aussage des Zeugen, der die Leiche und die Tatverdächtige gefunden und dann die Polizei verständigt hat, offen. Eine offen stehende Tür ist im Grunde kein Problem. Aber sie wird zu einem, wenn ein Mensch getötet wurde.

Zunächst ist es ganz einfach: Jemand hat die Tür geöffnet und nicht wieder verschlossen. Es könnte sein, dass Magnus oder Liv rausgehen wollte – und dann wieder hereinkam. Die Tür schloss nicht richtig. Deswegen stand sie danach offen.

Oder jemand stand vor der Tür, wurde hereingelassen – und machte die Tür nicht richtig zu beziehungsweise wurde sie nicht richtig geschlossen, nachdem Magnus wieder nach Hause gekommen war. Kann alles sein. Aber wie gesagt: Es wird zum Problem, wenn ein Mensch getötet wurde und kurz nach der Tat jemand durch diese ausgerechnet in diesem besonderen Moment offen stehende Tür Zutritt zum Tatort erhält, um das Blutbad vorzufinden und die Polizei zu benachrichtigen.

Was, fragt sich Tine, wenn ein Dritter im Haus war und den Tatort fluchtartig verließ, wobei die Tür nicht richtig schloss?

Knud sagt: »Wahrscheinlich werden wir auch dafür noch eine Erklärung finden. Es deutet nichts darauf hin, dass eine dritte Person im Spiel war.«

»Es gibt Fremdspuren im Haus, die wir noch nicht zuordnen können.«

»Es gibt in jedem Haus Fremdspuren.«

»Und der Zeuge, der die Leiche von Magnus und die bewusstlose Liv gefunden hat …«

»Ja, ich weiß. Er könnte geklingelt haben. Ihm wurde geöffnet. Er bringt Magnus um und ruft die Polizei an. Aber wir wissen, dass wir das ausschließen können.«

»Ja«, sagt Tine.

Denn das haben sie natürlich akribisch gecheckt, den Zeugen in der Vernehmung gelöchert, und der Mann hat ein Alibi. Er kann zur Tatzeit nicht vor Ort gewesen sein. Das ist belegt. »Trotzdem«, fügt sie an.

»Trotzdem was?«, fragt Knud beim Einsteigen.

»Trotzdem komisch«, erwidert Tine und steigt ebenfalls ein. »Trotzdem will ich mir das noch einmal genauer ansehen.«

Aber heute nicht mehr, überlegt sie. Heute Abend will sie noch mit Gunnar zum Essen und danach die letzte Staffel von

»The Fall« auf Netflix sehen, in der Gillian »Scully« Anderson einen Serienmörder in Belfast jagt, der auf clevere Weise in Häuser eindringt und seine Opfer vorher tagelang beobachtet. Gruselig. Gunnar sagt immer, dass Tine etwas Ähnlichkeit mit Scully hat. Aber hoffentlich bekommt sie es niemals mit so einem Killer zu tun, denkt Tine und schnallt sich an. Und hoffentlich denkt sich Gunnar nichts dabei, wenn die Polizistin in der Serie sich einfach so irgendwelche Kerle herauspickt, um mit ihnen Sex zu haben.

22.

Eine Stunde später bin ich erneut allein. Die Schwester, die nach mir gesehen und das Erbrochene weggewischt hat, ist wieder fort. Ebenso der Stationsarzt, der mich noch einmal untersucht, mir Beruhigungsmittel angeboten und wiederholt hat, was ich schon von Tine und Knud weiß: dass ich jederzeit ein Telefonat mit einem Anwalt führen darf. Aber ich weiß nicht, wen ich anrufen soll. Ich kenne keinen Anwalt. Als sich die Tür öffnete, konnte ich einen Blick auf meine Bewacherin werfen – eine uniformierte Polizistin mit dunklem Teint und schwarzen Haaren. Sie trägt eine Waffe und hielt eine Coladose in die Hand, als sich unsere Blicke für einen Moment kreuzten, bevor sich die Tür wieder schloss.

Jetzt sitze ich hier auf meinem Bett und versuche wieder und wieder, meine Situation zu begreifen. Es gelingt mir nicht.

Ich glaube Ihnen kein Wort.

Magnus ist tot. Er wurde ermordet.

Ich bin verhaftet worden. Morgen komme ich ins Gefängnis. Ich soll mir einen Anwalt nehmen – für Verbrechen, die ich nicht begangen habe.

Ich habe nicht gelogen.

Ich habe Magnus nicht getötet.

Ich weiß es.

Ich weiß es.

Ich weiß es.

Es gelingt mir nicht, zu verstehen, was passiert ist. Ich habe mir nichts ausgedacht. Alles ist genau so geschehen, wie ich es der Polizei erzählt habe. Einzig bei einer Sache bin ich mir nicht vollends sicher. Ich bin die Treppe hinabgefallen und glaube, dass Magnus mich gestoßen hat. Aber es kann sein, dass er das nicht mit Absicht getan hat, dass ich es falsch interpretiere.

Vielleicht bin ich während unserer Rangelei um das Tagebuch gestürzt. Es könnte – mitten in einer Panikattacke – ein Unfall gewesen sein. Und sosehr ich es versuche, ich kann mich absolut nicht daran erinnern, dass ich im Krankenwagen wieder zu mir gekommen bin, wenn offenbar auch nur für einen Moment. Das mag eine Folge meines Sturzes sein, wie Tine gesagt hat, oder eine kurzfristige Amnesie wegen des Traumas – denn ich muss ja zu mir gekommen sein, als ich blutüberströmt im Krankenwagen lag, und das hat mich dann vollends aus der Bahn geworfen und zutiefst geschockt. Aber ich kann mich nicht daran erinnern. Es ist so, als ob man sich am anderen Morgen fragt, ob man in der Nacht aufgewacht und zur Toilette gegangen ist, wofür es einen Beleg gibt, denn die Tür zum Bad steht offen, obwohl man sie nach dem Zähneputzen geschlossen hat. Aber man kann sich einfach nicht daran erinnern. Oder wenn man sich während der Fahrt im Auto fragt, ob man die Kaffeemaschine oder den PC wirklich ausgestellt hat.

Aber es ist wohl das geringste meiner Probleme, zu klären, ob ich für ein paar Sekunden wieder zu mir gekommen bin oder nicht. Ich habe sehr viel größere Probleme, denn man wird mich morgen ins Gefängnis stecken – für etwas, das ich nicht getan habe. Hätte ich mal besser auf Frederik gehört und mich nicht so lange am Fjord aufgehalten.

Frederik.

Frederik hat mich und Magnus gefunden, haben die Polizisten gesagt. Er kommt ausgerechnet an dem Tag zum Fjord, um nach mir zu sehen, an dem alles eskaliert? Tja, so sieht es aus. Und ich bin in großer Versuchung, ihn anzurufen und zu fragen, was genau er da gesehen hat. Ob es stimmt, was Knud und Tine sagen, denn es kommt mir absolut unwirklich vor. Wer sagt, dass die beiden nicht lügen? Vielleicht sind sie Teil einer Verschwörung, die zum Ziel hat, mir die Schuld für etwas in die Schuhe zu schieben.

Verschwörung, denke ich.

In die Schuhe schieben.

Ich weiß, dass ich Magnus nicht getötet habe.

Aber wer dann?

Und wie beweise ich meine Unschuld, wo doch niemand daran zu glauben scheint und die Beweislage laut Polizei – wenn denn alles stimmt – so sehr gegen mich spricht?

Tränen steigen in mir auf. Ich weine hemmungslos. Dann stehe ich auf. Den Tropf hat die Schwester abgestöpselt. Ich gehe zum Fenster und schaue hinaus in den Abend. Vielleicht ist es der letzte Abend, den ich betrachten darf. Ab morgen soll ich durch Gitterstäbe schauen.

Weil jemand anders es so will, denke ich.

Weil jemand will, dass ich schuldig bin. Und nicht er oder sie. Wenn man mich für Mord verurteilt, dann sitze ich jahrelang im Gefängnis. Was für eine bittere Ironie. Mein Vater, der Mörder, kommt frei – und ich soll ins Gefängnis, obwohl ich nichts getan habe. Vielleicht schafft es ein findiger Anwalt angesichts meiner Vergangenheit, auf Unzurechnungsfähigkeit zu plädieren – und dann komme ich in die Psychiatrie. Mein Leben ist im einen wie im anderen Fall im Eimer.

Streng genommen ist es das jetzt schon. Jemand will mich zur Mörderin machen, und ich dachte, dass ich ermordet werden sollte. Und wenn derjenige Magnus umgebracht hat und vielleicht auch Vigga – warum dann nicht mich? Warum mich am Leben lassen?

Damit man eine Täterin hat, ganz einfach.

Mich.

Nein, das lasse ich nicht zu.

Ich presse die tränenfeuchten Handflächen gegen die Scheibe, wie um die Luft auf der anderen Seite zu spüren, nach den Wolken zu greifen und nach dem Licht der untergehenden Sonne. Ich presse die nasse Wange gegen das warme Glas, um sie in den Abend dahinter zu schmiegen.

Ich muss wissen, was passiert ist, denke ich.

Und das kann ich nicht, wenn ich im Gefängnis sitze.

Nein, das kann ich nicht.

Ich muss hier raus.

Ich muss wissen, was an jenem Abend wirklich geschah.

23.

Ich schließe die Augen und versuche, mich auf das zu konzentrieren, was mir bei den Panikattacken hilft. Es gelingt mir nicht. Also öffne ich die Augen wieder und starre eine Weile ins Nichts.

Was hat mich in diese Lage gebracht?

Warum ich?

Ich möchte laut kreischen. Vor Verzweiflung und Wut. Herausschreien, dass ich mit nichts etwas zu tun habe und sich alle irren. Es ist alles falsch, und noch schlimmer ist, dass sich meine Wirklichkeit vollkommen verkehrt anfühlt. Als wäre alles von links nach rechts gekrempelt worden. Wie in einem Albtraum oder einem surrealistischen Bild.

Ich gehe zu dem leeren Tisch, setze mich auf einen der Stühle und blicke auf die weiße Fläche vor mir. Sie ist wie ein Blatt Papier, wie eine leere Datei. Wie die Flächen, die ich mit Bauplänen fülle. Mit Rastern, Linien, Konstruktionen, mit Zahlen und Dingen, die sich berechnen lassen. Und ich überlege, dass ich so vorgehen muss, um zu verstehen, was passiert ist – was mit mir geschieht. Ich muss es nachzeichnen, um zu begreifen, wo die Schwachstellen der Statik sind. Ich muss konstruieren. Ich muss alles versachlichen und herunterbrechen auf berechenbare Größen. Ich brauche Strukturen.

Ich betrachte meine Fingernägel. Ich weiß nicht, wie lange ich das tue. Ich frage mich, was ich tun soll, denn am nächsten Morgen, daran habe ich keinen Zweifel, werden Knud und Tine mich abholen und ins Gefängnis bringen. Einerseits bin ich überzeugt davon, dass sich alles aufklären wird! Andererseits …

Sie haben Magnus' Blut an mir gefunden.

Sie haben die Tatwaffe in meinen Händen und mit meinen Fingerabdrücken sichergestellt.

Wie soll ich aus dieser Nummer herauskommen, wenn ich nicht weiß, wie ich das erklären soll? Ich kann es nicht. Dabei bin ich mir sicher, dass es nicht so gewesen ist. Ich habe Magnus nichts getan.

Natürlich denke ich darüber nach, einen Anwalt anzurufen. Doch wie soll der mir helfen? Der könnte allenfalls sagen, dass ich das Messer aus Magnus herausgezogen habe und dann ohnmächtig wurde. Aber das wird mir niemand abkaufen. Außerdem kenne ich wie gesagt keinen. Ich könnte Frederik anrufen, damit er mir hilft, aber er hat mich und Magnus gefunden. Er ist also ein Zeuge und wird daher nicht mit mir reden dürfen. Aber ich kann es ja probieren. Doch: Was sollte er schon tun können? Er wird nichts daran ändern, dass ich morgen früh ins Gefängnis gesteckt werde.

Ich will nicht ins Gefängnis.

Ich gehe nicht ins Gefängnis.

Jemand anders gehört dorthin.

Jemand, der mich dort sehen will statt seiner.

Meine Fäuste ballen sich. Die Nägel, auf die ich gestarrt habe, graben sich in das Fleisch meiner Hände, bis es wehtut. Ich blicke erneut auf die weiße Fläche vor mir, schließe dann die Augen und beginne gedanklich, die Tischplatte mit Linien und Winkeln zu füllen, bis ich eine Risszeichnung des Hauses in den Dünen vor mir sehe. Ich sehe mich selbst auf der Galerie und Magnus, der die Treppe hinaufstürmt, um mir Viggas Tagebuch zu entreißen. Ich sehe mich stürzen und fülle dann die Leere aus, die meine Bewusstlosigkeit ausgelöst hat.

Ich sehe mich stürzen, bis ich am Fuß der Treppe liegen bleibe. Das Tagebuch fällt mir aus der Hand. Ich sehe, wie

Magnus die Treppe hinabgeht, das Tagebuch an sich nimmt und nach meinem Puls fühlt. Ich sehe ihm zu, wie er in dem Buch blättert, wie ihm Tränen die Wangen hinabfließen. Dann sieht er wieder zu mir und entscheidet, dass er das Buch verschwinden lassen muss und mich als Zeugin, die alles weiß, was Vigga aufgezeichnet hat. Er geht in die Küche, holt das Messer, um mich zu erstechen. Als er sich über mich beugt, komme ich zu mir, kämpfe mit ihm um mein Leben, entreiße ihm das Messer und steche ihm in den Hals, bevor ich wieder zusammenbreche.

War es so?

Nein, denn ich war es nicht. Und dann hätte die Polizei das Tagebuch finden müssen. So schnell hätte er es nicht verschwinden lassen können. Gut, vielleicht hat er sich Zeit gelassen, ging nach draußen, um es zu verbrennen. Dann kam er wieder herein, ließ versehentlich die Tür offen und wollte dann mich töten. Es würde erklären, wie Frederik ins Haus gelangen konnte.

Aber ich erinnere mich an nichts. Ich bin mir nur hundertprozentig sicher, dass ich Magnus nicht erstochen habe. Und ich kann mir zwar vorstellen, dass Magnus mich bewusst die Treppe hinabgestoßen hat. Aber er wäre dann doch dumm gewesen, mich erstechen zu wollen. Das ganze Blut … Nein, denke ich nüchtern und zeichne im Geiste weitere Konstruktionslinien und prüfe sie auf ihre Statik, nein, es wäre viel leichter gewesen, meinen Körper einfach in den Wagen zu packen und verschwinden zu lassen wie Viggas. Noch einfacher wäre gewesen, mir das Genick zu brechen und das auf den Sturz zurückzuführen.

Und was ist mit Frederik?

Ich bin mir sicher, dass die Polizei ihn überprüft und nach Strich und Faden vernommen haben wird. Warum kam Frederik an diesem Abend vorbei? Ich sehe ihn an der Tür. Er klingelt, erkundigt sich nach mir. Magnus steht vor ihm, aufgelöst. Frederik sieht mich durch den Türspalt am Boden liegen. Er will mich retten, kämpft mit Magnus. Das Brotmesser kommt ins Spiel, und Frederik tötet Magnus im Affekt. Dann drückt er mir das Brotmesser in die Hand und ruft die Polizei an.

Nein. Auch in diesem Fall hätten Knud und Tine das Tagebuch finden müssen. Frederik hat nichts davon gewusst. Er hätte keinen Grund gehabt, es verschwinden zu lassen. Vielleicht, denke ich, kam er, als Magnus das Tagebuch bereits vernichtet hatte. Aber auch dann … Nein, ich traue das Frederik nicht zu. Er würde mir keinen Mord in die Schuhe schieben. Dazu ist er viel zu ehrlich und anständig.

Und Johann?

Johann war nicht da. Vielleicht ja doch. Vielleicht kam er überraschend vorbei, sah mich da liegen, und zwischen ihm und Magnus entbrannte ein Kampf, wegen … wegen »Heimdall«. Weil etwas damit nicht in Ordnung war, dubios, wie auch Vigga im Tagebuch berichtet hat. Oder weil er Magnus zurückhalten wollte, mich zu töten. Dann richtete Johann den Tatort her, um mich zu belasten, ließ die Tür offen stehen, ob absichtlich oder nicht – und dann kam Frederik und fand mich. Tine und Knud haben allerdings gesagt, dass Johann ein Alibi hat. Vielleicht spielt noch jemand anderes eine Rolle. Eine Person, die ich nicht kenne oder auf die ich gerade nicht komme.

Ich öffne die Augen, blicke auf meine Fäuste und löse den Griff. Ich sehe die Halbmonde meiner Fingernägel, die sich in das Fleisch eingegraben haben. Mir ist klar, dass ich alle diese Varianten der Polizei immer und immer wieder vorbeten könnte. Sie würden mir nicht glauben, denn ihre Indizien sprechen gegen mich. Und ich weiß ja selbst nicht, was ich glauben soll. Ich weiß nur, dass ich niemanden umgebracht habe.

Die Einzige, die mich retten könnte, wäre Vigga. Wenn sie doch nur wiederauftauchen würde, lebendig, und erzählen, wie es wirklich war … Oder wenn doch ihre Leiche gefunden würde und damit Beweise, wer sie umgebracht hat – denn ich war es nicht. Man würde keinen Fitzel meiner DNA an ihr finden. Oder wenn doch nur das Tagebuch auftauchen würde.

Das Tagebuch oder Vigga, denke ich.

Das Tagebuch.

Ein unangenehmer Gedanke fährt mir durch den Kopf. Könnte die Polizei recht haben? Ich meine: Sie hat nicht damit recht, dass ich mir eine wilde Geschichte zusammengesponnen habe, dass ich in Viggas Rolle schlüpfen wollte. Das ist irres Zeug, wirklich, kompletter Unsinn. Aber habe ich mir womöglich eingebildet, dass es ein Tagebuch gibt? Ich bin mir sicher, das habe ich nicht. Doch wenn … Kann ich mir dann auch andere Dinge eingebildet haben? Vielleicht wegen meines Traumas, und …

Im nächsten Moment wische ich die Zweifel beiseite. Ich habe es mir nicht eingebildet. Das Tagebuch war da. Vielleicht ist es immer noch da. Vielleicht hat Magnus es versteckt, und die Polizei hat nur halbherzig danach gesucht. Und sie müsste doch mindestens die Schublade an der Kommode gefunden haben und den Briefumschlag, in dem das Tagebuch steckte.

Ich schließe die Augen wieder. Ich sehe erneut die Architekturzeichnung des Hauses vor mir, sehe mich am Boden liegen und Magnus auf der Treppe. Vielleicht ist er gar nicht nach unten zu mir gegangen. Vielleicht ging er nach oben in sein Büro und las dort das Buch. Und dann …

Was dann?

Ich öffne die Augen und starre auf den Tisch.

Es könnte mich retten, wenn Vigga auftaucht. Aber das wird sie nicht. Meine einzige Option ist das Tagebuch.

Es muss irgendwo sein.

Ich kann nur herausfinden, wo das Buch ist, wenn ich zurück ins Haus gehe.

Aber dazu muss ich hier raus. Und es wird dann alles noch viel schlimmer werden. Es ist faktisch ein Schuldeingeständnis, wenn ich versuche zu fliehen.

Doch kann es noch schlimmer kommen als jetzt?

Glaubt die Polizei nicht ohnehin an meine Schuld?

Habe ich irgendetwas in der Hand, um mich zu entlasten?

Dreimal nein. Schlimmer kann es nicht werden. Für noch schuldiger kann man mich kaum halten.

Ich brauche das Tagebuch.

Oder Vigga.

Oder ihren Leichnam.

Ich muss wissen, was mit mir passiert und warum.

Es gibt nur einen Weg, denke ich und schaue zum Fenster, zur Tür und wieder zum Fenster.

Wie komme ich hier raus?

24.

Krankenhäuser.
Krankenhausfenster.

Ich trete ans Fenster und denke zurück an mein Studium. Ich erinnere mich an einen Vortrag, den uns ein Ingenieur vor Ort auf einer Baustelle gehalten hatte. Es gibt sehr strenge Verordnungen über die Belüftung in Kliniken, und es gibt ebenfalls sehr strenge Vorschriften über die Beschaffenheit von Fenstern. Es muss zum Beispiel sichergestellt sein, dass sich niemand an einem Fenster verletzen kann. Es muss außerdem sichergestellt sein, dass niemand hinausspringt. Das hat auch rechtliche Gründe. Wenn jemand Suizid begehen will und aus dem Fenster springt, ist mit hoher Wahrscheinlichkeit das Krankenhaus zum Zahlen von Schmerzensgeldern verpflichtet. Deshalb muss die Trägergesellschaft nicht nur einer Verkehrssicherungspflicht nachkommen, sondern hat außerdem eine Fürsorgepflicht gegenüber Patienten, um sie vor Schäden und Gefahren zu schützen.

Wenn sich Fenster öffnen lassen, ist das also ein Problem. Deswegen lassen sich Krankenhausfenster in der Regel gar nicht, nur mit Schlüsseln oder lediglich auf Kipp öffnen. Sie sind zudem meist robust. Das wiederum hat statische Gründe. Krankenhäuser sind oft hoch und haben große Fensterflächen, auf die der Wind einwirkt. Es gibt daher Normen und Vorschriften, die festzurren, wie stabil ein Fenster in einer Klinik zu sein hat – wie dick das Glas und wie stark der Rahmen.

Das Fenster fällt also aus. Ehrlich gesagt: Es war nie eine ernsthafte Option.

Also sehe ich zur Tür.

25.

Tine und Knud haben mir gesagt, dass eine Polizistin zu meiner Bewachung vor der Tür sitzt. Aber die kann ja kaum die gesamte Nacht dort verharren. Ich nehme an, dass sie sich innerhalb der Schicht mit einer Kollegin abwechselt.

Denn sie wird ja auch gelegentlich zur Toilette gehen müssen. Gut, sie könnte dann jemanden bitten, für die paar Minuten meine Zimmertür zu bewachen, vielleicht eine Stationsschwester. Das wäre allerdings bestimmt gegen die Vorschriften, weswegen die Dinge vielleicht doch anders liegen könnten und zwei Polizisten Dienst schieben. Trotzdem: Tine und Knud haben nicht den Plural benutzt.

Wie auch immer. Der einzige Weg nach draußen führt an der Polizistin vorbei.

Ich trete an die Tür heran, berühre sie mit der Hand, als wollte ich mit den Fingern die Vibrationen dessen auffangen, was auf der anderen Seite vor sich geht. Ich stelle mir den Flur vor, einen gewöhnlichen Krankenhausflur auf einer Station. Links und rechts liegen die Zimmer. Irgendwo wird es Untersuchungszimmer geben und einen Personalraum, eine Teeküche, Ruhezonen sowie eine zentrale Anlaufstelle am Eingang zur Station, die für gewöhnlich barrierefrei ist und mit sich selbst öffnenden Glaselementen vom Treppenhaus und den Fahrstühlen abgegrenzt. Meine Tür, das sehe ich an den Scharnieren, wird nach außen und, von mir aus gesehen, nach links geöffnet. Der Türgriff ist rechts. Also stelle ich mir vor, dass die Polizistin auf einem Stuhl sitzen wird, der sich rechts von mir befindet, weil ansonsten ihr Sichtfeld beschränkt würde, wenn sich die Türe öffnet. Dass sie direkt gegenübersitzt, glaube ich nicht – auf Krankenhausfluren wird viel hin und her geschoben, da wäre sie im Weg, wenngleich es Abend ist, und abends und nachts ist es auf den Stationen für gewöhnlich ruhig.

Andererseits: Auf Klinikfluren gibt es manchmal fest installierte Stühle – beispielsweise, wenn auf den jeweiligen Stationen auch ambulante Untersuchungen stattfinden.

Überhaupt kann ich von Glück sagen, dass Tine und Knud die Polizistin nicht in meinem Zimmer platziert haben. Vielleicht hat das rechtliche Gründe, weil die Polizistin nicht mit mir reden darf oder so. Vielleicht auch medizinische, weil die Ärzte gesagt haben, dass ich meine Ruhe brauche.

Letztlich spielt das keine Rolle.

Ich drehe mich wieder um und gehe zum Fenster. Ich presse die Wange an das Glas, um so gut wie möglich nach links und rechts schauen zu können, denn ich will die Lage meines Zimmers verorten. In meinem Kopf blühen Linien auf. In Gedanken zeichne ich einen Grundriss des Flügels, in dem ich mich befinde. Ich verquicke das, was ich sehe, mit dem, was ich über solche Gebäude weiß, wie sie für gewöhnlich gebaut werden. Schließlich bin ich der Meinung, eine recht gute Vorstellung von der Lage zu haben. Demnach befinde ich mich in der Mitte der Station. Es dürften etwa zwanzig Meter bis zu den Fahrstühlen und dem Treppenhaus sein.

Wie komme ich dahin?

Ich spiele verschiedene Möglichkeiten durch. Doch immer wieder gleiten meine Gedanken ab, ergreift mich das Entsetzen über meine Situation, dass ich für eine Mörderin gehalten werde. Ich könnte ein Beruhigungsmittel brauchen. Dabei fällt mir ein, dass ich heute Abend noch keine Tabletten bekommen habe. Die Schwester war zwischendurch hier, der Arzt auch. Aber mein Blutdruck und mein Puls sind noch nicht überprüft worden. Meine Infusion nicht erneuert. Mir wurde noch kein Abendessen gebracht. Normalerweise hätte das alles längst geschehen sein müssen. Weil Knud und Tine mich so lange befragt haben, wurde es wohl verschoben. Ich hinke gewissermaßen im Zeitplan hinterher.

Ich setze mich auf die Matratze. Das Bett steht in einem günstigen Winkel. Wenn sich die Tür öffnet und eine Schwester hereinkommt, kann ich von hier aus zumindest für einen Moment einen Blick auf den Flur werfen, bevor sich die Tür wieder schließt. Ich müsste sehen können, ob die Polizistin direkt neben der Tür sitzt und ob sie alleine ist.

Ich ziehe die Beine an und starre auf die Tür. Minute um Minute.

Und warte.

26.

Mir kommt ein Gedanke. Es könnte sein, dass die Polizistin zusammen mit der Schwester hereinkommen wird. Das war zwar bisher nie der Fall, aber die Lage hat sich mit meiner Verhaftung verändert. Ich stehe unter Mordverdacht. Man will mich in die Klinik einer JVA bringen. Vielleicht ist es aus Sicherheitsgründen erforderlich, dass ich nicht mehr ohne Polizeischutz versorgt und verarztet werden darf. Es könnte ja sein, dass ich der Schwester oder einem Arzt etwas antue. Das Herz schlägt mir bis zum Hals. Dann fällt mir ein: Das medizinische Personal war bereits einmal bei mir, nachdem Knud die offizielle Verhaftung ausgesprochen hatte. Das kann etwas bedeuten, muss aber nicht. In jedem Fall sollte ich vom schlechtesten Fall ausgehen.

Mein Herz schlägt noch schneller, als ich Schritte auf dem Flur höre und Geräusche vor der Tür. Stimmen. Der Türgriff bewegt sich, wird nach unten gedrückt. Eine Krankenschwester kommt herein. Sie lässt die Tür offen stehen. Ich schaue an ihr vorbei auf den Flur und sehe rechts neben dem Eingang zu meinem Zimmer die Polizistin sitzen. Sie ist allein, hat schwarze Haare und dunkle Haut, trägt eine Uniform. Unsere Blicke treffen sich, als sie in das Zimmer herein- und der Pflegerin hinterherschaut. Dann wendet sie sich ab und blickt auf ihren Schoß, auf dem ein Smartphone liegt. Vielleicht spielt sie oder verschickt Textnachrichten. Jedenfalls macht sie keine Anstalten, aufzustehen und ebenfalls hereinzukommen. Es scheint ihr zu reichen, dass die Schwester die Tür offen stehen lässt.

Aber ich sehe, dass die Tür sehr langsam wieder zufällt. Sie scheint nicht korrekt in den Angeln zu hängen, verzogen zu sein, oder es gibt einen Luftzug. Die Polizistin daddelt weiter auf ihrem Telefon herum.

»Wie geht es Ihnen?«, fragt die Schwester mit einem künstlichen Lächeln und kommt näher.

»Schlecht«, sage ich.

Die Schritte ihrer Gummiclogs quietschen auf dem Boden. Entweder scheint es sie nicht zu interessieren, dass ich inzwischen von einem Opfer zu einer mutmaßlichen Täterin geworden bin, oder sie weiß es nicht oder sie überspielt es gekonnt. Sie hält ein Tablett in den Händen, auf dem eine Teetasse und ein abgedeckter Teller stehen. Außerdem sehe ich ein Döschen mit Pillen. Die Schwester hat ein Blutdruckmessgerät und ein Schreibbrett unter den Arm geklemmt und wirkt von der Statur her recht schmal. Sie hat meine Haarfarbe, trägt die Haare zum Dutt gebunden und dürfte in meinem Alter sein, ist aber ganz bestimmt kleiner als ich und hat eine randlose Brille auf der Nase sitzen. Aus der Seitentasche ihres weißen Kittels baumeln die Schläuche eines Stethoskops.

»Schlecht?«, fragt sie und stellt das Tablett auf dem Tischchen ab, das an meinem Bett befestigt ist. Neben die noch fast volle Mineralwasserflasche. »Soll ich einen Arzt rufen?«

»Nicht nötig«, erwidere ich und reibe mir die Schläfen.

»Kopfweh?«

Ich nickte. »Kopfweh – und insgesamt geht es mir schlecht. Emotional.«

»Mir würde es auch schlecht gehen, wenn ich eine Polizistin vor der Tür sitzen hätte«, sagt die Schwester und ringt sich ein Lächeln ab. »Sie sollen morgen in die JVA verlegt werden, habe ich gehört.«

»Ja. Falls ich transportfähig bin. Ich habe das Gefühl, dass ich das wohl sein werde.«

Ich sehe, dass hinter ihr die Tür langsam und leise ins Schloss fällt. Die Polizistin scheint es nach wie vor nicht zu bemerken oder nicht zu interessieren.

»Das wird der Stationsarzt beurteilen«, sagt die Schwester. Ich finde sie nett. Deswegen tut mir leid, was ich gleich tun werde, falls ich mich traue.

»Nehmen Sie die Tabletten gegen die Schmerzen. Wer hat Ihnen die Infusion aus dem Zugang gezogen?«

Ich zucke mit den Schultern. »Ist wohl nicht mehr nötig.«

»Waren Sie das selbst?«

»Kann sein, dass sie mir im Schlaf herausgerutscht ist. Ich weiß es nicht.«

»Das rutscht nicht raus.«

Ich zucke wieder mit den Schultern.

»Na ja, ich mache das gleich. Erst mal messen wir den Blutdruck, Puls, Sie kennen das ja.«

Ich nicke, kremple meinen Ärmel hoch und strecke der Schwester den linken Arm hin, in dem auch der Zugang sitzt. Sie legt die Manschette um meinen Oberarm, pumpt sie auf. Über sie hinweg blicke ich wieder zur Tür. Sie ist nach wie vor geschlossen. Keine Polizistin in Sicht. Ich presse die Zähne aufeinander, hebe die rechte Hand etwas an und lege sie auf dem Tischchen neben dem Tablett ab. Die Schwester beugt sich etwas über mich, prüft den Blutdruck und greift nach dem Stethoskop in ihrer Kitteltasche.

Und ich greife nach dem Hals der Mineralwasserflasche und hasse mich. Aber ich habe keine Wahl. Es trifft immer die, die mit nichts etwas zu tun haben. Zum Beispiel mich. Und in wenigen Sekunden auch meine Krankenschwester. Sie betrachtet die Anzeige des Blutdruckmessgeräts und will irgendetwas mit dem Stethoskop anfangen.

Sie sagt: »Ihr Puls rast. Vielleicht sollten wir doch den Arzt holen.«

»Nicht nötig«, erwidere ich.

Meine Finger schließen sich um das Glas. Dann schwinge ich die Flasche mit einer kräftigen Bewegung durch die Luft. Mit einem schrecklich hohlen Geräusch trifft sie auf den Hinterkopf der Frau. Sie gibt einen leisen Seufzer von sich und sackt auf meinem Bett zusammen, als habe man die Luft aus ihr herausgelassen. Der Oberkörper liegt über meinen Beinen. Die Flasche ist ganz geblieben – vermutlich, weil sie noch sehr voll ist.

»Es tut mir leid, tut mir so leid …«, flüstere ich wie ein Mantra und begutachte den Hinterkopf der Frau.

Ich sehe kein Blut. Keine Platzwunde. Ich hoffe, ich habe sie nicht schwer verletzt. Ich bete, dass ich es nicht getan habe und dass sie nur Kopfschmerzen und eine dicke Beule davontragen wird. Ich halte die Hand vor ihren Mund, spüre ihren flachen Atem. Meine zitternden Finger greifen nach ihrem Handgelenk. Der Puls ist da. Gott sei Dank, denke ich.

Immer wieder blicke ich zur Tür. Sie ist weiterhin geschlossen. Ich ziehe meine Beine unter ihr fort und zerre die Schwester an den Schultern auf das Bett. Ich streife das Blutdruckgerät von meinem Oberarm. Dann beginne ich, ihr die weiße Kleidung aus- und mir anzuziehen. Ich streife die Gummiclogs von ihren Füßen und fühle mich dabei wie eine Leichenschänderin, wie ein entsetzlicher Ghul. Dann schlüpfe ich hinein. Ich nehme ihr die Brille ab und setze sie mir auf, binde mir die Haare wie sie zusammen und sage etwas, damit die Polizistin vor der Tür auch weiterhin Stimmen aus dem Zimmer hört. Ich schnappe mir die Pillendose, stecke sie ein, nehme das Blutdruckgerät und das Stethoskop und ziehe die Bettdecke über die Pflegerin.

Ich drehe mich zur Tür, höre mich selbst schwer atmen und knirsche mit den Backenzähnen. Ich will das Zimmer nicht verlassen. Ich will hier drinnen bleiben, denn hier ist es sicher. Hier passiert mir nichts. Ich will zurück ins Bett schlüpfen, mir die Decke über den Kopf ziehen und dieses Zimmer niemals wieder verlassen. Aber es ist zu spät. Ich schließe die Augen.

Reiß dich zusammen.

Du schaffst das.

Augen zu und durch.

Ich balle die Fäuste und lasse die linke Hand, in der der Zugang steckt, in der Kitteltasche verschwinden. Dann setze ich mich in Bewegung.

27.

Ich öffne die Zimmertür und weiß, dass es keinen Weg zurück gibt. Ich betrete den Flur, spüre den Blick der Polizistin auf mir und schaue mit einem Lächeln zurück.

»Alles okay«, sage ich leise. »Schönen und ruhigen Abend noch.«

Die Polizistin betrachtet mich, nickt mir mit dem Handy in der Hand zu.

»Ebenfalls.«

Ich marschiere einfach weiter, schnell, aber nicht zu schnell, auf den Ausgang der Station zu. Die Sohlen der Clogs quietschen auf dem Boden. Nur noch wenige Meter bis zur Schiebetür, die mich von den Fahrstühlen trennt. Ich kann sie durch das Glas bereits sehen.

»Hallo?«, höre ich hinter mir eine Stimme durch den Flur hallen.

Das ist die Polizistin. Ich zucke zusammen, gehe aber einfach weiter, so als habe ich nichts gehört oder sei in Gedanken. In der Spiegelung der Glasscheiben vor mir sehe ich, dass die Beamtin aufgestanden ist, aber sich weit hinter mir befindet.

»Hallo?«, ruft sie wieder. »Bleiben Sie bitte mal kurz stehen?«

Mist. Verflucht. Sie hat den Braten nun doch gerochen. Wie konnte ich auch annehmen, sie würde es nicht tun? Für einige Augenblicke war sie überrumpelt, aber dann …

Und jetzt?

Was jetzt?

Geh weiter.

Einfach weiter.

Die Schiebetür öffnet sich automatisch. Ich biege nach rechts ab, wo sich das Treppenhaus samt Fahrstühlen befindet. Einer davon steht bereit. Ich schaue kurz über die Schulter und sehe, wie die Polizistin in meinem Zimmer verschwindet. Es ist klar, was sie dort finden wird und welche Schlüsse sie daraus zieht. Es ist ebenfalls klar, wie sie handeln wird: Alarm schlagen und mich verfolgen.

Mir bleibt nicht viel Zeit.

Ich drücke auf den Anforderungsknopf am Fahrstuhl. Mit einem Zischen öffnen sich die Edelstahltüren. Ich gehe hinein und drücke mit zitterndem Daumen auf das Symbol mit dem »E«.

Es dauert unerträgliche Sekunden, bis sich die Schiebetür schließt und sich die Kabine in Bewegung setzt. Das übliche Gefühl im Bauch, wenn ein Fahrstuhl nach unten fährt, fühlt sich gerade um ein Vielfaches verstärkt an. Mir ist schlecht vor Aufregung. Ich habe das Gefühl, mich übergeben zu müssen, schaffe aber, es zu unterdrücken. Die Fahrstuhltüren öffnen sich wieder und geben den Blick frei auf einen langen Flur, der ins Klinik-Foyer führt. Von dort aus geht es, an einer Cafeteria und dem Infotresen vorbei, nach draußen.

Ich trete aus der Kabine und gehe mit schnellen Schritten voran. Menschen sehe ich kaum, aber mein Blick ist ohnehin auf den Ausgang fixiert. Dazwischen schaue ich nach links und rechts, ob irgendwo eine Polizistin auftaucht, sehe aber keine. Doch ich bin mir sicher, dass sie hinter mir her ist.

Endlich bin ich draußen. Einige Patienten stehen vor der Tür und rauchen. Es ist warm. Mir selbst ist heiß. Ich meine, hinter mir schwere Schritte zu hören, drehe mich aber nicht um. Ich gehe eilig weiter die Treppe hinab.

Dann renne ich los.

Die verdammten Clogs behindern mich. Ich stoppe kurz, ziehe sie aus, blicke über die Schulter zurück und bilde mir ein, die Polizistin aus der Klinik kommen zu sehen. Ich nehme die Schuhe in die Hand und laufe barfuß weiter, eine Straße entlang, bis ich schließlich in einen Park einbiege und immer weiterlaufe.

Meine Lungen brennen. Mein Kopf dröhnt. Mir ist übel und schwindelig, aber ich bleibe nicht stehen.

Ich spüre Gras unter den Füßen, dann scharfen Splitt, den ich ignoriere. Ich habe keinen Schimmer, wo ich bin, aber ich renne. Renne um mein Leben, um meine Freiheit zu behalten. Ich biege nach links vom Weg ab, dränge mich durch Büsche und Unterholz. Äste schlagen mir ins Gesicht. Tannenzapfen und Steine stechen in meine bloßen Sohlen. Ich höre mich selbst weinen und wimmern und keuchen und sage mir, dass ich mich beherrschen soll.

Dann stehe ich auf einem Bürgersteig an einer Straße. Sie ist einsam, schwach beleuchtet. Ich höre ein Martinshorn in der Ferne – keine Ahnung, ob es von einem Krankenwagen stammt oder ob es eine Polizeisirene ist. Ich tippe auf die Polizei.

Schlagartig werde ich mir meiner Situation bewusst. Die Erkenntnis trifft mich wie ein Bus in voller Fahrt und drückt mich nach unten.

Ich bin auf der Flucht und werde als Mörderin gesucht. Ich habe eine Frau niedergeschlagen. Ich habe kein Geld, kein Auto, kein Telefon, keine Papiere. Ich bin in einer Stadt, die ich nicht kenne, und bin außerdem noch angeschlagen und verletzt. Ich habe nichts zu essen und nichts zu trinken und keine Ahnung, wie ich von hier aus an den Fjord und ins Haus in den Dünen gelangen soll. Ich habe nur mich und das Wissen, dass ich unschuldig bin, und hoffe, dort, am Fjord, den Beweis dafür zu finden.

Ich halte mich am Mast der Straßenlampe fest, aber meine Beine geben nach. Ich falle auf die Knie, spüre, dass sich mein Magen zusammenkrampft, und muss mich beinahe übergeben. Ich heule Rotz und Wasser und zucke zusammen, als mich jemand an der Schulter berührt. Ich blicke auf und sehe in das besorgte Gesicht einer älteren Frau. Sie hat einen Hund an der Leine.

»Geht es Ihnen gut? Was ist denn los?«, fragt sie.

Ich schluchze. »Ich bin überfallen worden«, höre ich mich lügen.

Ich blicke auf, kann die Frau aber nicht erkennen, weil ich genau in das Licht der Laterne schaue. Von der gegenüberliegenden Straßenseite kommt jemand. Es ist ein älterer Mann, weißhaarig mit einem ebenso weißen Bart. Er trägt einen dunklen Mantel und eine Brille.

»Ein Überfall«, höre ich die Frau sagen und rapple mich wieder auf.

»Wie geht es Ihnen?«, höre ich die Worte des Mannes. »Kann ich helfen?« Er berührt mich an der Schulter. Ich schüttle seine Hand ab. Solche Aufmerksamkeit kann ich gerade überhaupt nicht gebrauchen.

»Nein, danke …«

Ich massiere mir die Augen, blicke mich um. Lichtflecken tanzen auf meiner Netzhaut.

»Ich helfe ihr schon«, sagt die Frau.

»Sicher?«, fragt der Mann.

Beide scheinen nicht zusammenzugehören.

»Alles in Ordnung. Wir kommen klar. Suchen Sie im Park lieber nach dem Räuber«, sagt die Frau. Dann hakt sie mich unter und führt mich regelrecht ab.

»Kommen Sie!«, sagt sie zu mir.

Der alte Mann bleibt unter der Straßenlaterne zurück. Ich zucke kurz zusammen, als ich die Geräusche höre, als er mit der Fernbedienung sein Auto öffnet. Ich glaube, es ist ein BMW.

28.

Tine hat lang und heiß geduscht. So heiß, dass ihr Nacken ganz rot ist. So steht sie gerne da: den Kopf nach unten gebeugt, das Wasser plätschert ihr auf Schultern und Hinterkopf. Tine hat häufig Nackenverspannungen. Sie führt das auf die viele Computerarbeit im Büro zurück, denn davon gibt es mehr und mehr. Spaßeshalber reden die Kollegen immer wieder davon, dass man die eigentliche Polizeiarbeit inzwischen an private Firmen outsourcen müsste, weil man ständig vor der Tastatur hängen und Berichte tippen müsse und sich mit der Dokumentation herumschlage, damit es bloß niemals zu einem bürokratischen Fehler kommt. Ein solcher kann in einer Verhandlung schlimme Folgen haben und dafür sorgen, dass ein Verdächtiger von einem Richter wieder auf freien Fuß gesetzt werden muss. Und dann reißt einem der Staatsanwalt den Kopf ab.

Alles wird immer komplizierter, dennoch hat Tine manchmal das Gefühl, dass nicht die Welt an sich immer komplizierter und schwieriger wird, sondern dass sie immer komplizierter und schwieriger gemacht wird – zum Beispiel in den Büros von Ministerien, in denen Hunderte von Leuten sitzen, die schließlich den ganzen Tag mit etwas beschäftigt sein müssen und daher einen neuen Gesetzentwurf nach dem nächsten raushauen. Ein normaler Mensch findet da absolut nicht mehr durch, noch nicht mal ein geschulter. Früher hat sie ihre Steuererklärung immer selbst gemacht. Heute weiß sie nicht mehr, wie das geht – obwohl sich an der Sache selbst ja nichts geändert hat. Nur der Weg zum Ziel ist viel komplizierter.

Aber natürlich haben die Nackenschmerzen auch generell mit der Anspannung im Job zu tun. Der Druck wächst, die Schichten wechseln viel häufiger, die Verdichtung nimmt zu.

Heute hat sie außergewöhnlich lange geduscht. Sie wollte sichergehen, dass sie auch die allerletzten Keime von sich wäscht, die sie aus der Klinik mitgebracht hat.

Als ihr Vater starb, lag er fast drei Monate in der Klinik, und Tine fuhr dauernd hin. Tag für Tag, weil sie wusste, dass jeder Tag der letzte sein konnte. Und die Atmosphäre, der permanente Geruch nach Krankheit und Tod wurden ihr unerträglich.

Psychosomatisch also, aber na und? Spielt das eine Rolle? Egal. Hat sie eben eine psychosomatische Krankenhausgeruch-Allergie. Es gibt Schlimmeres, zum Beispiel, wenn sich eine solche Sache zur Bakterien-Phobie und zu einem Waschzwang entwickelt, aber davon ist sie zum Glück weit entfernt. Wenngleich Tine manchmal registriert, dass sie sich weitaus öfter die Hände wäscht, wenn sie mit sehr blutigen Verbrechen oder abartigen Dingen zu tun hat. Ebenfalls psychosomatisch, aber noch im grünen Bereich.

Genauso wie es noch im grünen Bereich liegt, dass man keine krankenhausverseuchten Klamotten im Haus haben will, in denen sich Viren und wer weiß was ungehindert vermehren können. Ihre Kleidung steckt daher bereits in der Waschmaschine, und den Pullover wird sie mit der Hand waschen – allerdings nicht mehr heute, weil Gunnar zum Essen kommt.

Das heißt: Er bringt welches mit. Am Telefon meinte er, dass er bei Tine vorbeikommen und auf dem Weg zwei Currys vom Thailänder holen wolle, die sie dann vor dem Fernseher essen könnten. Klang gemütlich, also hat Tine ihr Okay gegeben – wenngleich sie jetzt beim Haaretrocknen denkt, dass sie inzwischen eigentlich aus dem Alter heraus sein sollte, mitgebrachtes Essen mit ihrem Freund beim Seriengucken zu sich zu nehmen. Eigentlich sollte sie in dem Alter sein, in dem sie entweder in guten Restaurants isst oder in der Küche kunstvolle Gerichte zaubert, die man fotografieren, mit einem Bildbearbeitungsprogramm verschönern und auf seinem Instagram-Kanal hochladen kann, um dafür viele Likes zu bekommen.

Es macht sie neidisch, wenn sie sieht, was andere da so hinbekommen, die deutlich jünger sind als sie. Und wie sie ihre Wohnungen dekorieren – wow. Tines Wohnung ist mehr, na ja, vorhanden und zweckmäßig eingerichtet. Nichts Besonderes. Keine Deko. Dafür hat sie weder Sinn noch Zeit, hätte aber beides gerne. Was auch für einen goldenen Ring am Finger gilt, aber davon sind sie und Gunnar wohl noch weit entfernt, falls es überhaupt jemals dazu kommen sollte und Tine es nicht vorher ruiniert, indem sie mit irgendwem schläft und Gunnar es herausfindet.

Gunnar ist Arzt und schon einmal verheiratet gewesen und hält nicht mehr sehr viel von der Ehe als Institution. Tine hat behauptet, dass sie auch nicht so viel davon halte, aber am Ende war das eine Lüge, um Gunnar nicht unter Druck zu setzen und ihn möglicherweise zu verlieren, denn sie passen nach Tines Meinung sehr gut zusammen. Auch ihre Lebensrhythmen. Sie sind beide unstet und schlecht vorherzusagen. Man muss erst mal jemanden finden, der damit klarkommt.

Gunnar ist der Erste in Tines Leben, der das vorbehaltlos tut. Er nimmt sogar Rücksicht auf ihren Krankenhaustick und wechselt die Klamotten, bevor er Tine trifft, und desinfiziert sich die Hände mit dem medizinischen Desinfektionsmittel, das er für Tine im Fachhandel besorgt hat.

Tine zuckt zusammen, als sich die Badezimmertür mit einem Ruck öffnet und Gunnar erscheint. Gunnar bringt Kälte mit herein. Er trägt eine Lederjacke und riecht etwas nach Thailänder.

»Bist du irre!«, sagt Tine und macht den Föhn aus, ohne ihre Blöße zu bedecken.

»Entschuldigung. Ich wollte dich nicht erschrecken.«

Er nimmt Tine in die Arme, um ihr einen Begrüßungskuss zu geben. Er gleitet an ihr vorbei, desinfiziert sich die Hände und redet über den bescheuerten Verkehr und eine Straßensperrung. Dann dreht er sich um und begrüßt Tine noch einmal. Dieses Mal richtig. Es fühlt sich gut an, wenn er sie einfach so packt, wenn sie nackt ist und er nicht. Das kühle, glatte Leder von seiner Jacke auf ihrer erhitzten Haut …

»Kann ich es wiedergutmachen, dass ich dich so erschreckt habe?«, raunt er ihr ins Ohr.

»Ich hätte da eine Idee«, gurrt Tine und lässt sich von Gunnar gegen die Waschmaschine drücken.

Sie sitzt schon fast mit dem Hintern auf dem Rand, als sie die Melodie ihres Telefons hört. Tine hat zwei: ein privates, ein dienstliches. Und das, was klingelt, ist nicht ihr privates Smartphone.

Sie seufzt. Gunnar seufzt ebenfalls und lässt Tine los, die sich schon aus seinem Griff wendet und nackt durch die Wohnung geht, auf deren Esstisch eine dünne, grüne Plastiktüte mit zwei Styroporverpackungen steht. Daneben liegt ihr Handy, summt wie eine wild gewordene Hummel und gibt gleichzeitig eine Art Techno-Beat von sich. Tine sieht, dass es bereits einen Anruf in Abwesenheit gab. Den hat sie wohl nicht gehört, als sie unter der Dusche stand.

Sie geht dran und hört Knuds Stimme, während sie aus den Augenwinkeln wahrnimmt, dass Gunnar aus dem Badezimmer kommt und seine Lederjacke auszieht.

Knud erzählt, was passiert ist.

»Das kann doch wohl nicht wahr sein. Fuck. Habt ihr eine Fahndung eingeleitet?«, fragt Tine.

Knud fragt: »Natürlich, was denkst du denn? In zehn Minuten hole dich ab.«

Die Lust auf Sex mit Gunnar, thailändisches Curry und Scully auf Killerjagd in Belfast ist ihr mit einem Schlag vergangen.

29.

Die Standuhr tickt leise. Im Wohnzimmer von Lotte Andersen riecht es nach Tee und geschmortem Kohl. Der Raum ist gemütlich eingerichtet, die Sofas und Sessel mit geblümtem Stoff bezogen. Auf einer Kommode stehen Familienfotos, auf einer anderen ein kleiner Röhrenfernseher, der wie aus der Zeit gefallen wirkt und mit einem Häkeldeckchen dekoriert ist. Neben der Kommode liegt ein brauner Dackel namens Hans in einem Körbchen und schaut ins Leere, wobei sein Schwanz von links nach rechts schlägt, gelegentlich gähnt er. Eine Stehlampe brennt. An der Wand hängen ein Kreuz sowie geklöppelte Bibelverse in kleinen Rahmen.

Lotte kommt aus der Küche zurück und schenkt noch etwas Tee nach. Ich schätze sie auf Anfang, Mitte siebzig. Sie ist sehr nett, und ich fühle mich ganz entsetzlich deswegen.

»Es treibt sich viel Gesindel im Park herum«, sagt sie. »Jetzt sind Sie nicht einmal mehr als Krankenschwester auf dem Nachhauseweg sicher. Sollen wir wirklich nicht die Polizei anrufen?«

Ich verneine mit einem Kopfschütteln und trinke noch etwas Tee. »Es war mein Ex. Er hat mich angegriffen. Wir hatten Streit, und er hat mir aufgelauert und …«

»Sie sollten ihn anzeigen, Sofia.«

Sofia. Das ist der Name, den ich ihr genannt habe.

»Nein.« Ich schüttle wieder den Kopf. »Vielleicht. Noch nicht. Ich … Ich bin sehr durcheinander, aber auch sehr dankbar für Ihre Hilfe, Lotte.«

Ja, das bin ich wirklich. Dankbar dafür, dass ich durch sie die Chance bekommen habe, erst mal von der Straße zu verschwinden und mich etwas sammeln zu können.

»Wenn wir einander nicht mehr helfen«, sagt sie, »sind wir hoffnungslos verloren. Auch vor Gott.« Lotte fasst in die Tasche ihrer Strickjacke, zieht eine Packung Kopfschmerztabletten heraus und legt sie mir hin. »Damit wird es gleich besser gehen, zumindest körperlich«, fügt sie an. Ich habe zwar meine eigene Pillendose in der Tasche, drücke aber direkt zwei Tabletten aus dem Blister, den Lotte mir reicht, werfe sie ein und spüle sie mit einem Schluck aus der Teetasse hinunter.

»Danke«, sage ich und verfolge, wie Lotte sich hinsetzt, die Hände im Schoß faltet und mich ansieht.

Es fühlt sich fast so an, als würde sie in mir lesen, und ich fürchte, dass ich ein offenes Buch für sie sein könnte. Ein Psychothriller.

Sie lehnt sich vor und schiebt mir den Teller mit den Butterbroten zu. »Essen Sie, Sofia. Ich gebe zu, dass sie nicht mehr ganz taufrisch sind, aber sehr lecker. Sie stammen vom Empfang im Gemeindehaus heute Nachmittag.«

Ich nehme welche, kleine belegte Schnittchen, und esse gierig. Lotte mustert mich nach wie vor. Ich kann ihren Blick nicht deuten.

»Wir helfen Menschen«, sagt sie, »die Probleme mit Drogen oder Alkohol haben. Haben Sie Probleme mit Drogen oder Alkohol, Sofia?«

Ich verneine energisch.

»Es tut mir leid, ich wollte Sie nicht beleidigen oder sagen, dass ich Ihnen nicht glaube. Ich sehe nur, dass Sie einige Blessuren davongetragen haben. Doch diese Blessuren sind nicht so frisch, dass sie von einem Überfall im Park herrühren würden, sondern als seien sie bereits verarztet worden. Menschen, die den Drogen anheimgefallen sind, machen manchmal verrückte Sachen und schleichen sich in Kliniken, um dort Medikamente zu stehlen. Vielleicht verkleiden sie sich sogar dazu, wobei ich Ihnen nichts unterstellen will, Sofia.« Lotte deutet mit einer Kopfbewegung auf mich. »Sind Sie aus dem Krankenhaus weggelaufen? Sie haben noch den Zugang in der Vene stecken.«

Oh nein, ich blöde Kuh. »Können wir das Thema wechseln?«, bitte ich und stopfe mir die letzten Häppchen rein.

Lotte beobachtet mich weiter und schweigt.

Als ich heruntergeschluckt habe, sage ich: »Ich bin Ihnen zu großem Dank verpflichtet, Lotte. Danke, dass Sie sich um mich gekümmert haben. Sie sind ein guter Mensch. Ich sollte nun besser gehen.«

Aber wohin?, frage ich mich. Ich weiß es nicht. Irgendetwas wird mir schon einfallen. Lotte, die mir geholfen hat, darf ich in nichts hineinziehen.

»Wohin wollen Sie gehen?«, fragt Lotte.

Ich zögere vermutlich einen Moment zu lang, als ich antworte: »Nach Hause.«

»Ganz bestimmt?«

»Ganz bestimmt.«

»Wie kommen Sie dorthin?«

Ich stehe auf, streiche meine schmutzige Schwesternkleidung am Körper glatt. »Danke schön, Lotte.«

Lotte steht ebenfalls auf. Sie geht durchs Wohnzimmer zur Kommode, auf der die Bilderrahmen stehen, und öffnet eine Schublade. »Meine Tochter Karla war heroinsüchtig. Ich habe sie an die Droge verloren«, sagt sie, dreht sich mit einigen Geldscheinen in der Hand um und hält sie mir hin. Es sind siebenhundert Kronen, rund hundert Euro.

»Das tut mir sehr leid mit Ihrer Tochter«, sage ich. »Aber ich nehme keine Drogen.«

»Nehmen Sie das Geld, Sofia.«

»Oh, bitte, Lotte, nicht …«

»Nehmen Sie. Ich leihe es Ihnen. Wenn Sie es mir zurückgeben können, tun Sie es. Ich weiß, dass Sie es nicht vergessen werden, Sofia.«

»Lotte, ich kann nicht …«

»Doch, das können Sie.«

»Bitte, ich kann das nicht annehmen. Sie sollten das nicht tun.«

»Behandelt die Menschen so, wie ihr selbst von ihnen behandelt werden wollt, steht in Matthäus 7:12, Sofia. Ich helfe Ihnen, weil ich mir wünsche, dass mir ebenfalls einmal in der Not geholfen werden wird. Nehmen Sie das Geld. Es ist kein Geschenk. Es ist geliehen. Sie werden es mir zurückgeben.«

Schließlich nicke ich und nehme die Kronen aus ihrer Hand. Ich spüre einen Gegenstand zwischen den Scheinen und sehe, dass es ein kleines Metallkreuz mitsamt einer angedeuteten Jesusfigur an einer Halskette ist.

Ich blicke auf zu Lotte. Sie sagt: »Die Arme des Herrn sind gütig, aber sie können auch wie eine Rüstung sein oder ein flammendes Schwert tragen. Der Herr ist bei Ihnen, Sofia, denken Sie immer daran. Und versprechen Sie mir, dass sie das Geld nicht für Drogen ausgeben.«

»Ich nehme keine …«

»Versprechen Sie es.«

»Ich verspreche es.«

Lotte lächelt und nickt. Dann geht sie zur Garderobe und nimmt eine wetterfeste Softshell-Jacke ab, auf deren Oberarm das Emblem eines Outdoorherstellers gestickt ist.

»Die Jacke gehörte meiner Tochter. Ich habe sie einfach an der Garderobe hängen lassen, weil es sich dann so anfühlt, als sei Karla noch da. Ich leihe Ihnen die Jacke ebenfalls. Ohne ist es draußen zu kalt.«

In meiner Kehle steckt ein Kloß, den ich herunterschlucke. »Danke«, sage ich leise und ziehe die Jacke an. »Sie werden das Geld und die Jacke zurückbekommen. Versprochen.«

Lotte lächelt. »Dann bin ich zufrieden.«

Ich kann nicht anders und nehme die Frau zum Abschied in den Arm. Dann gehe ich hinaus in die Dunkelheit, wo ich spüre, dass Lotte mir aus dem erleuchteten Fenster hinterhersieht.

30.

Ich gehe die Straße entlang, die am kleinen Klinik-Park vorbeiführt. Es sind nur wenige Autos unterwegs, und ich bilde mir bei jedem, das an mir vorbeifährt, ein, dass Knud und Tine oder andere Polizisten darin sitzen, die mich suchen.

Ich weiß, dass ich in Holstebro bin. Aber ich war noch nie in Holstebro. Es ist eine Kleinstadt mit etwa fünfunddreißigtausend Einwohnern, schätze ich, und liegt nicht weit von der Nordsee und vom Fjord entfernt. Mehr weiß ich nicht.

An einer größeren Kreuzung bleibe ich stehen. Ich versuche mich zu orientieren und suche nach einem Kirchturm. Kirchen stehen meist im Zentrum eines Ortes. Kliniken liegen meist ebenfalls im Zentrum – oder am Ortsrand. Ich vermute, dass ich irgendwo dazwischen bin. Ich sehe ein Hinweisschild auf ein Best Western Hotel sowie ein weiteres, das in Richtung Bahnhof deutet. An Hotels oder Bahnhöfen gibt es Taxis. Und am Bahnhof könnte man ein Ticket lösen.

Ich verwerfe beide Überlegungen, denn die Polizei wird eine Fahndung eingeleitet haben. Das bedeutet, dass der Bahnhof überwacht wird, an dem es obendrein sicherlich jede Menge Videokameras gibt. Ich kann mir außerdem vorstellen, dass Polizeistreifen unterwegs sein werden. Vielleicht gibt es sogar Sperren? Möglicherweise hat die Polizei an die Taxiunternehmen in Holstebro Fahndungsfotos geschickt, die mein Konterfei tragen. Oder ginge das zu weit? Dürfen sie das aus Datenschutzgründen? Würden sie das innerhalb so kurzer Zeit möglich machen? Meine Flucht liegt nicht einmal zwei Stunden zurück.

Ich weiß es nicht. Aber ich will nichts riskieren. Irgendwie muss ich aus dieser Stadt herauskommen – außerdem aus den Schwesternsachen, wenngleich die Hälfte davon von der Jacke verdeckt wird. Aber die Hose und die Gummiclogs nicht. Beide werden Bestandteile jeder Personenbeschreibung sein. Und nichts ist in der Dunkelheit auffälliger als weiße Kleidung.

Dann eben doch ein Taxi, denke ich und gehe in Richtung des ausgeschilderten Hotels weiter. Nach einigen Minuten komme ich an einer Pizzeria vorbei. Ich senke den Kopf, als ich die Fenster des Restaurants passiere, in dem ziemlich viel los zu sein scheint. Ich komme an einem ebenfalls gut gefüllten Fahrradständer vorbei – und gehe etwas langsamer.

Einige Fahrräder sehen so aus, als stammten sie von einem Verleih. Mir kommt der Gedanke, dass der Nissum-Fjord nicht weit ist und sich Touristen nach einer Radtour in der Pizzeria stärken. Ich gehe noch langsamer, betrachte die Fahrräder genauer. Die wenigsten sind abgeschlossen.

Ein Fahrrad ist besser als ein Taxi.

Du kannst auf Nebenstrecken fahren.

Du bist flexibler.

Ich gehe auf den Ständer zu, fasse nach einem weißen Damenrad, ziehe es aus der Halterung und bewege mich dabei so selbstverständlich, als sei es mein eigenes. Ich hoffe, dass nicht ausgerechnet in diesem Moment jemand die Pizzeria verlässt. Aber das geschieht nicht. Dann schwinge ich mich in den Sattel.

Ich fahre los und denke zum Glück daran, das Licht einzuschalten. Das würde mir noch fehlen, dass ich einem Polizeiwagen auffalle, weil ich ohne Licht radle. Ich will nicht ausschließen, dass Polizeistreifen auf der Suche nach mir auch Radfahrer kontrollieren – vor allem, wenn man eine weiße Hose ausmacht, die zur Krankhauskluft passen könnte.

Ich drehe und fahre auf dem Radweg zurück zu der größeren Kreuzung, wo ich die Hinweisschilder gesehen hatte. Ich stoppe kurz und entscheide mich dann für den Weg, der in Richtung Ringkøbing führt. Vierzig Kilometer sind es bis dorthin. Doch so weit werde ich nicht radeln müssen. Es sind zehn bis fünfzehn Kilometer weniger, schätze ich. Das Haus liegt nicht so nah an der Stadt und der Fjord ebenfalls nicht. Er ist nur nach ihr benannt. Dennoch beeindruckt mich der Gedanke an die Distanz, die ich fahren muss, schon ziemlich. In Kopenhagen bin ich viel mit dem Rad unterwegs – häufiger als mit dem Auto. Dänemark verfügt über ein ausgezeichnet ausgebautes Radwegesystem. Doch die Vorstellung, so viele Kilometer am Stück zu fahren, flößt mir Respekt ein.

Habe ich eine Wahl?

Nein.

Daher trete ich in die Pedale.

Meine Kopfschmerzen sind nicht mehr so schlimm. Auch meine Knochen spüre ich nicht mehr so deutlich wie noch zuvor. Lottes Tabletten scheinen zu wirken. Ich fahre entlang einer zweispurigen Straße durch die Stadt, erreiche einen Kreisverkehr und orientiere mich wiederum in Richtung Ringkøbing. Die frische Nachtluft scheint meine Gedanken zumindest ein wenig zu klären, und das Rad findet wie automatisch nach einem weiteren Kreisverkehr den Weg auf den Ringkøbingvej, eine Bundesstraße, an der ein gut ausgebauter Radweg entlangläuft.

Nach einigen Minuten passiere ich die Ortsgrenze. Die Straße führt schnurgerade zwischen flachen Wäldern hindurch. Nur selten kommt mir ein Auto entgegen oder taucht hinter mir auf – so wie gerade. Ich sehe mich über die Schulter um, weil ich das Gefühl habe, dass das Auto seine Fahrt verlangsamt, schaue aber nur in Scheinwerferlicht – wenigstens scheint es kein Polizeiwagen zu sein. Das Auto fährt mit reduziertem Tempo an mir vorbei. Ich kann nicht erkennen, wer drinnen sitzt. Dann beschleunigt der Wagen – es ist ein BMW. Im nächsten Moment fährt er um eine Kurve und verschwindet aus meinem Sichtfeld.

Ich atme auf, steige kräftiger in die Pedale. Ich fühle mich merkwürdig frei. Ich kann es nicht beschreiben. Ich bin ein Outlaw auf der Flucht.

Andererseits ist der Gedanke entsetzlich einschüchternd. Für einen Moment befällt mich Panik, weil mir durch den Kopf geht, dass man auf mich schießen könnte.

Ja, ich darf mir nichts vormachen. Ich bin eine Mordverdächtige. Ich bin geflohen, habe jemanden niedergeschlagen und verletzt. Ich habe gestohlen und gelogen, bin beinahe gestorben und habe unfassbare Dinge über meine beste Freundin herausgefunden. Und es gibt jemanden, der will, dass ich statt seiner büßen soll. Noch vor drei Tagen wäre mir im Traum nicht eingefallen, dass ich einmal in eine solche Situation geraten könnte. Beim besten Willen nicht. So schnell kann sich das Leben ändern – als ob ein Komet einschlägt, der alles neu sortiert. Ein Wirbelsturm. Das Schicksal hat mein Leben umgekrempelt, obwohl ich mir nichts habe zuschulden kommen lassen.

Ich denke an das Kreuz in meiner Hosentasche. Der Herr wäre mit mir, hat Lotte gesagt. Ich mache mir nichts aus Religion. Aber ich muss gestehen, dass ich es in extremen Situationen doch tue. Ich weiß, dass ich zu Gott gefleht habe, dass alles wieder in Ordnung kommt, als ich meinen Zusammenbruch hatte. Ich erinnere mich ebenfalls daran, dass ich vor Wut zum Himmel geschrien habe, wie Gott es zulassen konnte, dass mein Vater meine Mutter umgebracht hat, und wie Gott zulassen konnte, dass ein Kind wie ich das alles miterleben muss. Ich bekam natürlich keine Antwort. Vielleicht gibt es keine. Ich stelle mir vor, wie mein Vater in seiner Zelle auf ein Kreuz an der Wand gestarrt haben könnte. Ob er um Vergebung gebetet hat? Falls ja, dann wurde sie ihm hoffentlich versagt. Ich frage mich ohnehin, warum er sich nicht im Gefängnis umgebracht hat. Dort hätte er es eigentlich schaffen sollen. Aber vielleicht war er noch immer zu schwach für den Schritt. Möglicherweise hat ihn auch die Hoffnung davon abgehalten, dass ihm irgendwann vergeben werden wird. Von mir jedenfalls nicht, so viel ist mal sicher, und wenn er diese Vergebung wollte, hätte er doch versucht, sich mit mir in Verbindung zu setzen, schon aus dem Gefängnis heraus. Er hätte sich in einem Brief an mich zu erklären versuchen können und dann seinen Frieden mit Gott machen. Ich weiß nicht, ob ich einen solchen Frieden jemals finden werde. Trotzdem gestehe ich, dass ich gelegentlich Zuversicht fühle, wenn ich mir Gott und seine undurchsichtigen Pläne als eine Art personifiziertes Schicksal vorstelle, so wie gerade jetzt durch das Kreuz in meiner Tasche. Einen gewissen Trost in der Not, ja, den fühle ich tatsächlich.

Ich schaue in den sternenklaren Himmel, der sich weit über dem flachen Jütland spannt. Die Bäume sind mittlerweile Feldern gewichen, und einem weiteren Wegweiser entnehme ich, dass ich bereits zehn Kilometer geradelt sein muss, als der Radweg zu Ende ist und ich auf der Bundesstraße weiterfahren muss.

Ich gelange an eine Abzweigung. Dann kommt mir wieder ein Auto entgegen. Es ist kein Zivilfahrzeug. Dieses Mal ist es ein Streifenwagen.

31.

Der Wagen kommt aus Richtung Ringkøbing. Mir bleibt fast das Herz stehen. Sie werden mich garantiert stoppen, denn ich bin auf einer Bundesstraße unterwegs, an der es keinen Radweg gibt, und ich glaube, das darf man nicht. Instinktiv halte ich die Hand nach rechts und biege in die Straße ab, die an dieser Stelle einmündet.

Tu so, als sei es ganz selbstverständlich.

Du bist auf dem Heimweg.

Alles ganz normal.

Benimm dich so, als würdest du nach Hause fahren wie jeden Abend. Sie sollen denken, dass du hier wohnst, damit sie nicht auf die Idee kommen, dich zu kontrollieren. Sei ganz natürlich. Dein Haus. Dein Feierabend. Den Polizeiwagen siehst du gar nicht. Und selbst wenn, dann ist ja nichts Schlimmes daran, einen Polizeiwagen zu sehen, man sieht dauernd welche, das hat nichts mit dir zu tun.

Nichts. Mit. Dir.

Ich höre das Motorengeräusch hinter mir, was nur bedeuten kann, dass die Streife ebenfalls abgebogen ist. Rasch halte ich die Hand nach rechts und biege in die geschotterte Einfahrt eines Wohnhauses ab. Dort brennt Licht. Ich steige aus dem Sattel, schiebe das Rad über den Kies und bemerke einen Lichtreflex hinter mir. Ich schaue über die Schulter zurück, gehe aber weiter. Der Polizeiwagen fährt langsamer. Jemand sieht mir von der Beifahrerseite aus hinterher. Da bin ich mir ganz sicher. Meine Beine wollen nachgeben, aber ich schiebe das Rad noch einige Meter und stelle es dann am Haus ab und tue so, als würde ich in meiner Jacke nach dem Schlüssel suchen. Ich gehe zur Haustür.

Der Polizeiwagen fährt weiter.

Ich sende ein Stoßgebet zum Himmel. Ich schwitze. Mein Atem rast. Es hört sich an, als würde der Polizeiwagen in eine Einfahrt setzen, um zu wenden.

Ich mache zwei Schritte zur Seite, wo sich eine Garage befindet. Das Tor steht offen. Mit zwei weiteren Schritten bin ich drin und presse mich an die Wand und neben einen SUV, damit mich die Polizisten nicht sehen, falls sie noch einen Blick in die Einfahrt werfen. Sie sollen denken, dass ich inzwischen im Haus bin.

Es riecht nach Benzin und Abgasen. Ich halte mir selbst den Mund zu – auch um mein Wimmern zu unterdrücken. Ich nutze den Ärmel der Jacke, die einmal Lottes Tochter gehörte, wie einen Schalldämpfer für meinen Atem. Das Motorengeräusch klingt, als würde der Streifenwagen zurückkommen und langsam fahren. Wieder sehe ich einen Lichtreflex, der von der Einfahrt her kommt. Dann ist er fort. Der Wagen beschleunigt und fährt zurück zur Kreuzung. Schließlich verschwindet sein Geräusch in der Nacht.

Ich schluchze auf und warte eine weitere Minute. Dann noch eine. Ich blicke zum Haus hinüber, zu dem dort abgestellten Fahrrad. Es scheint mich niemand bemerkt zu haben. Die Bewohner sehen wahrscheinlich fern oder sind schon im Bett, haben aber die Außenbeleuchtung angelassen.

Ich versuche, einen Blick in den Wagen zu werfen, sehe keine Uhr. Dafür sehe ich in der Garage ein Regal, in dem sich verschiedene Sachen befinden: Gartengeräte, Werkzeug … Ich greife nach einem spitzen Schraubenzieher und stecke ihn ein. Zur Not, denke ich, kann ich mich damit zur Wehr setzen. Außerdem ist da eine Taschenlampe. Ich probiere sie aus, und sie funktioniert. Ich schalte sie sofort wieder aus. Im Lichtschein habe ich eine Latzhose gesehen. Sie ist grün, vermutlich für die Gartenarbeit. Ich nehme sie aus dem

Fach und ziehe sie an, um damit meine weiße Krankenhaus-Hose zu verstecken. Brauchbare Schuhe sehe ich leider nicht, denn die Gummiclogs mögen noch so bequem sein, aber ich werde garantiert Blasen bekommen. Das spüre ich jetzt schon. Im Regal steht eine Flasche Sprudel. Ich schraube sie auf. Mineralwasser. Ich nehme einen Schluck. Es scheint okay zu sein. Also stecke ich die Flasche in die Jackentasche.

Schließlich verlasse ich die Garage und nehme mein Fahrrad. Ich schiebe es zurück auf die Straße, sehe mich um und setze mich wieder in den Sattel, um mich zur Kreuzung rollen zu lassen.

Mein Hintern tut inzwischen etwas weh. Die Waden spannen. Zwei Hinweisschilder zeigen an, dass es links zurück nach Holstebro geht – von dort bin ich gekommen. Rechts geht es nach Ringkøbing. Es sind noch dreißig Kilometer bis zu der Stadt. Aber bis nach Ulfborg nur noch acht. Ringkøbing liegt im Südwesten. Die Nordsee ist im Westen. Von Ulfborg aus, denke ich, sollte ich zur Küste gelangen. Und von dort aus ist es dann nicht mehr weit.

Ich frage mich, ob ich es riskieren kann, weiter auf der Bundesstraße zu radeln. Die Alternative wäre, abseits, aber parallel der Straße zu Fuß zu gehen. Das wird in den verdammten Schlappen nicht klappen, und ich kann wohl kaum barfuß laufen. Das wäre noch schlimmer. Also biege ich nach rechts in Richtung Ulfborg ab und fahre weiter.

32.

Tine stöhnt genervt und umklammert den Kaffeebecher mit beiden Händen. Sie starrt aus dem Fenster des Lage- und Besprechungsraums in der Polizeibehörde. Die Lichter der Straßenlampen und der Häuser spiegeln sich von außen, die Deckenbeleuchtung, das Whiteboard und einige eingeschaltete Monitore sowie die verschwommenen Umrisse von Menschen von innen. Sie laufen hinter Tine hin und her. Im Glas sehen sie aus wie Geister. Nur ein Geist ist unbeweglich – der von der Polizistin, die Livs Zimmer bewachen sollte und es vergeigt hat.

Sie tut Tine etwas leid, denn irgendwie haben es ja alle vergeigt. Ihr gibt man nun die Schuld dafür, dass eine verhaftete Mordverdächtige aus einem bewachten Zimmer geflohen ist und eine Krankenschwester bewusstlos geschlagen hat. Die Frau ist zum Glück nicht schwer verletzt worden, und im Krankenhaus hat man sich sofort um sie kümmern können.

Aber alle hätten besser aufpassen müssen, findet Tine – sie inklusive. Man hätte damit rechnen müssen, dass Liv nach der Verhaftung eine Sicherung durchbrennen könnte und Fluchtgefahr besteht. Andererseits hätte man eben nicht damit rechnen können, dass sie aufersteht wie Lazarus, eine Schwester ausknockt und deren Sachen anzieht, um aus dem Zimmer an einer bewaffneten Polizistin vorbei zu fliehen, weil Menschen so etwas zu 99,9 Prozent nicht tun, wenn sie keine professionellen Schwerkriminellen sind.

Also: Dass es grundsätzlich passieren kann, daran haben sie ja auch gedacht, aber es saß halt nur eine einzelne Polizistin vor der Tür, doch es hätten zwei sein müssen. Und am besten vor der Tür draußen noch einen Streifenwagen, hat der Chef gesagt, als er Tine und Knud vorhin einen Einlauf verpasst hat. Ganz toll. Hinterher ist man bekanntlich immer klüger. Aber das hilft kein Stück weiter.

Trotzdem tut die Kollegin Tine leid, die auf dem Stuhl hockt, ihre Hände knetet und hin und her schaut, während alle um sie herumlaufen und -surren wie ein Bienenschwarm – denn sie wird sich ohne Zweifel sagen: Das tun alle nur meinetwegen, weil ich nicht gut genug aufgepasst habe. Die Kacke ist meinetwegen am Dampfen, und alle müssen ihren verdienten Feierabend aufgeben und eine Nachtschicht einlegen, weil ich so dämlich war, die Verhaftete entkommen und mich auch noch von ihr verarschen zu lassen.

Aber helfen, denkt Tine und fokussiert wieder auf die Welt auf der anderen Seite der Scheibe, kann ich der Kollegin nicht. Damit muss sie alleine klarkommen, ich habe andere Probleme.

Nämlich: Wo da draußen, zum Teufel, ist Liv Solberg unterwegs?

Ist sie nur geflohen, um sich der Verhaftung zu entziehen? Oder hat sie einen Plan?

»Das Warum ist doch egal«, hat Knud eben gemeint. Das sieht Tine anders. Sie denkt vielmehr, dass das Warum essenziell ist, um Anhaltspunkte für Livs Aufenthaltsort herauszufinden. Wenn jemand flieht, um sich in Sicherheit vor der Polizei zu bringen, wird er ganz andere Fluchtorte und -routen wählen als jemand, der ein Ziel vor Augen hat und sich zum Beispiel rächen will – oder herausfinden, ob er verrückt ist oder Opfer einer Intrige. Das wären die rationalen Motive. Die irrationalen sind problematischer.

Nach Tines Meinung gelten für Liv eher die rationalen Motive. Sie hat während der Vernehmungen den glaubhaften

Anschein erweckt, dass sie absolut nicht weiß, was an dem Tatabend wirklich passiert ist. Sie scheint davon überzeugt, dass es ein Tagebuch gab oder dieses »Heimdall«-Projekt und dass ihre Freundin Vigga schwanger war. Dass Liv davon überzeugt ist – und im Übrigen auch davon, dass Magnus sie töten wollte und nicht sie ihn –, mag mit ihrer Amnesie und einem Trauma zusammenhängen. Aber, denkt Tine, das wird auch ihr Handeln bestimmen. Es sei denn, alles ist erstunken und erlogen, aber das glaubt Tine eher nicht. Es ist … alles ziemlich verrückt, denkt Tine, und ihre Sicht auf die Dinge hat sich seit Livs Flucht aus dem Krankenhaus tatsächlich ein wenig verschoben.

Für eine Lügengeschichte hat die Story, die Liv der Polizei aufgetischt hat, zu viele Passagen enthalten, die sozusagen unsicher waren. Das heißt: Wenn Liv über ein nicht existentes Tagebuch gelogen hätte, hätte ihr ja klar sein müssen, dass die Polizei ein solches Tagebuch nicht gefunden haben kann – denn es gibt ja offensichtlich keines. Es wäre folglich dämlich, darüber eine Lügengeschichte zu erzählen. Lügen sind nur dann sinnvoll, wenn sie die Wahrheit und belegbar sein könnten. Ein Tagebuch zu erfinden, das nach Livs Version das Motiv für Magnus gewesen wäre, Liv zu Tode zu stürzen …

Es ist quasi der Dreh- und Angelpunkt in Livs Geschichte, denkt Tine. Magnus hätte kaum eine Möglichkeit gehabt, es verschwinden zu lassen. Außerdem hat die Polizei alles abgesucht. Die Spurensicherung hat das Haus und das Areal von links auf rechts gezogen. Nirgends wurde ein Tagebuch entdeckt. Kein verbranntes Papier. Gar nichts.

Bleibt nur die Schlussfolgerung, dass Liv sich einbildet, es gäbe ein solches Tagebuch. Oder es war noch eine dritte Person im Spiel, aber … Nein, wahrscheinlicher erscheint im Moment, dass Liv es sich so intensiv einbildet, dass sie glaubt, es existierte wirklich – und damit machen Schein und Sein für sie keinen Unterschied mehr. Ihre Version der Wahrheit hält sie für die richtige Version – und so wird sie nach Tines Einschätzung auch handeln.

Sie trinkt einen Schluck Kaffee und dreht sich um. Sie schaut Knud dabei zu, wie er auf zwei Kollegen einredet und sich mit ihnen wieder die Videoaufnahmen der Überwachungskameras aus dem Krankenhaus ansieht und die Polizistin namens Marie hinzubittet, die verkrampft nickt und zum Whiteboard geht.

Tine folgt ihr.

»Also noch mal«, sagt Knud, und Marie gibt ihre Sichtweise des Geschehens erneut wieder.

»Ich wusste nicht, wie Liv Solberg aussieht«, sagt sie am Ende. »Echt nicht. Ihr habt mich nicht in das Zimmer geführt und mir kein Foto gezeigt, und ich bin auch nicht mit reingegangen. Okay, das war ein Fehler. Klar. Aber nicht meiner alleine. Die Krankenschwester habe ich auch nur kurz gesehen. Sie ist reingegangen. Ich habe kurz aufgeschaut. Dann kam sie wieder heraus. Es dauerte etwas, bis mir klar wurde, dass die Personen nicht dieselben waren. Ich habe doch nicht damit gerechnet, dass Liv die Frau bewusstlos schlagen und ihre Kleidung anziehen würde …«

»Waren Sie abgelenkt?«, fragt Knud.

Marie zuckt mit den Achseln, will etwas sagen, tut es dann aber doch nicht.

»Waren Sie …«

Tine geht dazwischen. »Wir müssen das nicht wieder und wieder durchkauen. Wir wissen, wie Liv entkommen ist. Wir müssen sie fassen. Das hat Priorität. Also überlegen wir lieber, wo sie sein könnte und was sie will.«

»Wir haben alles draußen, was Dienst und Räder hat«, sagt

Knud. »Keine Spur von ihr. Fußstreifen, Zivile, Hunde, ich habe sogar einen Hubschrauber mit Wärmebildkamera angefordert. Sie kann nicht weit sein.«

»Nein«, sagt Tine, »kann sie nicht. Sie ist zu Fuß unterwegs, sie ist verletzt, sie hat kein Geld, keine Papiere und trägt Schwesternkleidung. Sie kann die Stadt nicht verlassen haben.«

»Per Anhalter?«, fragt Marie.

Knud schüttelt den Kopf. »Daran glaube ich nicht. Wir haben Fahndungsfotos herausgegeben, außerdem eine Fahndung per Radio. Wer nimmt denn eine Krankenschwester mit, die einen verwirrten Eindruck macht?«

»Vielleicht wirkt sie nicht verwirrt«, sagt Tine.

»Trotzdem.« Knud brummt.

Er ist nicht überzeugt, und Tine ist es auch nicht. Per Anhalter … Nein. Eher nicht. Heutzutage sind ohnehin kaum noch Anhalter unterwegs, und es gibt viel weniger Menschen als früher, die bereit sind, welche mitzunehmen. Erst recht nicht, wenn ihnen etwas merkwürdig erscheint. Und eine Krankenschwester am Straßenrand mitten in der Nacht? Eher merkwürdig. Okay, man könnte annehmen, dass sie Hilfe braucht, und deswegen stoppen.

Aber … Nein. Liv würde das Risiko nicht eingehen wollen, denkt Tine. Sie hätte nicht die Nerven, sich mit dem Daumen im Wind an eine Straße zu stellen, bis endlich jemand anhält – denn das könnte ein ziviler Polizeiwagen sein. Außerdem muss sie damit rechnen, dass nach ihr mit einem Foto gefahndet wird, was ja auch der Fall ist. Damit scheiden auch Taxifahrer aus, Busse, Bahn – alles, wo es Überwachungskameras gibt. Abgesehen davon hat sie kein Geld.

Knud und Tine sehen einander eine Weile schweigend an.

Tine liest an Knuds Gesicht ab, dass er dasselbe denkt wie sie und gedanklich alle Möglichkeiten abklappert.

»Wenn sie noch in der Stadt ist oder zu Fuß unterwegs, ergreifen wir sie spätestens morgen früh«, sagt Knud. »Soweit wir wissen, hat sie keinerlei private Kontakte in Holstebro, und die Stadt ist nicht groß. Falls sie sich in irgendeinem Verschlag oder einer Garage verkrochen hat, spüren wir sie mit den Hunden auf. Sie hat eigentlich keine Chance.«

»Ich glaube nicht«, sagt Tine, »dass sie in der Stadt bleiben will.«

»Nein«, antwortet Knud. »Sie wird nach Kopenhagen wollen, nach Hause, um sich dort mit Geld, Kleidung und eventuellen Reisepapieren auszustatten beziehungsweise bei Bekannten Unterschlupf zu finden. Sie wird nach dem Vertrauten suchen.«

»Das meine ich nicht.«

»Was denn?«

»Du meinst, warum sie geflohen ist?«, fragt Marie und zuckt bei Knuds Seitenblick zusammen, der besagt: Sie ist geflohen, weil du Kuh nicht aufgepasst hast.

»Genau«, sagt Tine und nickt zu Marie. »Warum.«

»Weil sie sich der Verhaftung entziehen will, ganz einfach?« Knud vergräbt die Hände in den Hosentaschen.

»Ich glaube eher Folgendes: Falls sie uns keine Lügengeschichte aufgetischt hat, sondern wirklich davon überzeugt ist, recht zu haben, geht es ihr um mehr als nur um die Angst, verhaftet zu werden.«

»Tine.«

»Knud.«

»Tine, sie würde so oder so alles dransetzen, uns von ihrer Unschuld zu überzeugen. Wozu soll sie da weglaufen? Es wäre doch viel sinnvoller, uns mit der Hilfe eines gewieften

Anwalts zu bearbeiten. Wenn ihr allerdings klar ist, dass das nichts wird – dann flieht sie eben. Ein klares Schuldeingeständnis.«

Tine zuckt mit den Achseln und blickt auf die Uhr. Kurz nach Mitternacht. Sie sagt mit einem Seufzer: »Tragen wir erst mal alles zusammen, was wir über ihr Privatleben wissen – Freunde, Bekannte, Kollegen, Familie, basteln uns einen Fahndungsplan für die Region über Holstebro hinaus und telefonieren mit den jeweils zuständigen Polizeidirektionen und betteln um Hilfe.«

»Gute Idee«, sagt Knud. »An die Arbeit.«

33.

Eine Kirchturmuhr hat mir unterwegs die Zeit angezeigt. Es muss jetzt eine oder zwei Stunden nach Mitternacht sein, als ich in den Weg einbiege, der mich zum Haus von Vigga und Magnus führt. Alles ist dunkel. Alles ist still. Ich höre nur den Wind, der mit dem fernen Rauschen der Brandung kämpft.

Ich steige vom Rad und zerre es in ein Gebüsch. Dann gehe ich zu Fuß weiter und bewege mich langsam und so leise wie möglich vorwärts. Meine Augen sind längst an die Dunkelheit gewöhnt, deswegen bereitet es mir kein Problem, den Weg zu finden, und ich muss die Taschenlampe nicht einschalten. Der Kies knirscht unter meinen Gummisohlen. Als das Haus in Sichtweite kommt, halte ich inne. Es könnte sein, dass die Polizei das Haus bewacht. Es wäre möglich, dass sie annimmt, ich könnte hierherkommen, obwohl es Wahnsinn wäre, das zu tun.

Ich gehe weiter vorwärts, Schritt für Schritt. Meine Perspektive verändert sich mit jedem Meter, aber ich entdecke immer noch keinen Streifenwagen oder einen Privatwagen, der hier nicht hingehören würde. Genau genommen sehe ich gar kein Auto. Nicht das von Magnus, nicht das von Vigga und nicht meines. Die Polizei muss sie alle beschlagnahmt haben, um Spuren zu sichern, nehme ich an.

Schließlich gelange ich zur Auffahrt. Rot-weiß gestreiftes Absperrband mit der Aufschrift »Politi« flattert träge in den Böen, die von der See her wehen, und knistert leise wie Papier. Ich ducke mich unter dem Absperrband hindurch und gehe auf das Haus zu. Nirgends brennt Licht. Alles scheint verlassen zu sein. Niemand bewacht das Haus. Der Eindruck bestätigt sich, nachdem ich einmal ganz herumgegangen bin. Und jetzt stehe ich vor der Haustür, die von der Polizei versiegelt worden ist, und frage mich, wie ich hineinkommen soll.

Magnus hat mir einen Schlüssel gegeben. Aber der steckt an meinem Schlüsselbund, und ich weiß nicht, wo der ist. Wahrscheinlich hat ihn die Polizei konfisziert. Jedenfalls habe ich keinen und sehe unter der Fußmatte nach sowie unter dem Blumentopf, finde aber keinen Schlüssel. Ich gehe noch einmal um das Haus herum auf die Terrasse, dort schaue ich ebenfalls unter jeden Blumenkübel, werde aber nicht fündig. Vor der Küche taste ich unter einige Terrakottafiguren, die Vigga dort aufgestellt hat. Ihr Geschmack und ihr Sinn für Stil sind eigentlich über jeden Zweifel erhaben, aber als ich diese Steintrolle sehe, die sie irgendwo in Norwegen gekauft haben muss, muss ich für einen Moment grinsen.

Ich will gerade zum Carport gehen, um dort unter den Mülltonnen nachzuschauen, als mir etwas auffällt. Alle Fenster sind geschlossen. Aber eines der drei an der Küche scheint nur zugedrückt worden zu sein. Ich schalte die Taschenlampe an. Ja. Beim linken und beim rechten Fenster zeigen die Griffenden nach unten. Bei dem in der Mitte zeigt es nach oben. Es muss auf Kipp gestanden haben. Jemand hat es in den Rahmen gedrückt, damit es zu ist, hat aber die Fensterolive nicht nach unten gedrückt, um es zu verschließen.

Eine Unachtsamkeit. Eine Chance.

Vor einigen Jahren habe ich am Seminar einer Fensterfirma teilgenommen, die für ihre Produkte geworben hat. Dabei haben Polizisten vorgeführt, wie einfach es ist, in eine Wohnung einzubrechen, wenn die Türen und Fenster nicht entsprechend gesichert sind. Profis knacken eine Tür oder ein Fenster innerhalb von kürzester Zeit und brauchen dazu nur einen Schraubenzieher. Einen Schraubenzieher, wie ich ihn eingesteckt habe.

Das größte Problem sind meist gekippte Terrassentüren oder Fenster. Man meint, dass man nur eben rasch mal fünf Minuten etwas einkaufen geht oder an einem heißen Sommerabend ruhig für etwas Lüftung sorgen sollte. Für Einbrecher ist es dann ein Leichtes, in ein Haus oder eine Wohnung einzusteigen.

Ich gehe zum Carport und sehe mich dort um. An einem der weiß gestrichenen Balken rankt wilder Wein empor, den Vigga festgebunden hat. Sie hat dazu keinen Bindfaden genommen, sondern ein stabiles Kabel, das in etwa so dick ist wie ein herkömmliches. Es ist hell ummantelt – weiß wie der Pfeiler. Das könnte klappen und ausreichen. Ich suche den Anfang und finde einen akkuraten Knoten, der sich leicht lösen lässt. Einen Moment später halte ich etwa zwei Meter Elektrokabel in der Hand. Ich wickle es auf und gehe zu den Mülltonen. Ich wühle im Altpapier herum und komme mir schäbig vor, aber finde dort, was ich suche: eine Klorolle und eine etwas größere vom Küchenpapier. Ich wähle die größere Rolle. Sie wirkt stabiler, und weil sie länger ist, dürfte die Hebelwirkung besser sein.

Ich gehe zum Küchenfenster zurück und drücke dagegen, bis es nach innen klappt und auf Kipp steht. Jetzt kommt es darauf an.

Ich führe das Kabel durch die Papprolle, schiebe sie durch den handbreiten Schlitz ganz oben und baue dann etwas Zug an den Kabelenden auf, mit denen ich die Rolle steuere – wie eine Marionette an Fäden. Ich benötige einige Versuche, bis die Rolle endlich wie eine Hülse über den Fenstergriff rutscht. Mit der linken Hand fädele ich das Kabel um das Fenster herum, bis es auf der linken Fensterseite herauskommt und in etwa waagerecht sitzt. Das kurze Ende straffe ich etwas mit der rechten Hand, damit die Rolle nicht wieder vom Griff rutscht. Schließlich klemme ich mir das linke, lange Ende zwischen die Zähne und halte es. Dann fasse ich mit den Fingerkuppen oben ans Fenster, um es in den Rahmen zu ziehen.

Ein Fingernagel knickt um, aber ich ignoriere den Schmerz. Nach drei Anläufen klappt es tatsächlich. Schließlich ziehe ich am langen Kabelende. Es ist nicht ganz einfach, denn es ist an der Fensterseite eingeklemmt. Ich brauche etwas Kraft. Aber ich sehe, wie sich die Rolle bewegt und mit ihr der Fenstergriff. Ich habe Angst, dass die Pappe knicken könnte und ich meinen eigenen Einbruchsversuch damit ruiniere. Also gebe ich mir einen Ruck und ziehe einmal kräftig am Kabel.

Es gibt ein leises Klicken, als der Griff in die Horizontale kippt und die Fenstermechanik einrastet. Mit der Schulter stoße ich auf der rechten Seite gegen das Glas – und kann es kaum fassen, dass das Fenster tatsächlich problemlos aufspringt. Ich stelle mich auf die Zehenspitzen, klettere auf das Fensterbrett und dann in die Küche hinein, setze erst den rechten, dann den linken Fuß auf die Arbeitsplatte und schließe das Fenster hinter mir.

Mit einem Sprung bin ich inmitten des Grauens, für das ich büßen soll.

Und mitten in meiner Vergangenheit.

34.

Der Raum kommt mir vor wie eine Zeitkapsel. Das gesamte Haus ist eine. Darin ist konserviert, was vor einigen Tagen geschah. Meine eigene Geschichte ist hier eingefangen worden – nur mit anderen Akteuren.

Das Erste, was mir auffällt, ist der Geruch. Er ist vollkommen anders, als ich ihn in Erinnerung habe. Er ist leicht metallisch, toxisch. Es riecht nach Tod. Die völlige Abwesenheit von Geräuschen verstärkt den Eindruck. Im Dunkel erkenne ich, dass überall kleine Aufsteller herumstehen. Sie haben unterschiedliche Farben und Nummern. Es sind Markierungen der Spurensicherung. Genauso, wie es im Fernsehen an Tatorten zu sehen ist, und damit ist meine allerletzte Hoffnung zerstört, dass Knud und Tine nur einen extrem schlechten Scherz gemacht haben könnten oder ich mir alles nur einbilde und mich in einem erschütternd realistischen Traum befinde.

Ich schalte die Taschenlampe ein. Im nächsten Moment bohrt sich ein Eiszapfen durch mein Herz, als das Licht auf einer glänzenden Fläche reflektiert wird. Es sieht aus wie auf den Boden gegossener Lack. Aber das ist kein Lack. Das ist Blut. Magnus' Blut. Ein ganzer See davon. Der Umriss seines Körpers ist mit hellem Klebeband auf den Fliesen fixiert. Dort stehen ebenfalls die farbigen, nummerierten Aufsteller. Sie stehen überall. Auf der Treppe, im Flur. Und dann sehe ich einen weiteren auf den Boden geklebten Umriss. Das muss meiner sein. Dort habe ich gelegen. Ja. Keine Frage. Aber ich kann mich beim besten Willen nicht daran erinnern.

Meine Knie geben nach. Ich muss mich an der Kochinsel festhalten und lasse die Taschenlampe sinken. Genauso muss es ausgesehen haben, als man Mama fand. Die gleiche Lache. Die gleichen Aufsteller. Klebestreifen auf dem Boden als letzte Anzeichen dafür, dass ein Mensch da gewesen ist. Wie bei den Atombombenopfern von Hiroshima, die nur einen Schatten auf dem Boden hinterlassen haben – ihre eigene Asche.

Das Blut.

Die Treppe.

Das Wimmern.

Ich sehe mich selbst als Kind im Blut meiner Mutter sitzen. Alles ist rot. Meine Hände. Ich sehe Beine, die in Hosen stecken. Ein Messer fällt klirrend zu Boden. Und ein Messer in meiner Hand. Mama, die sich nicht bewegt. Weinen. Blut. Mein Kopf dröhnt. Magnus liegt am Boden. Blut ist über mir. Ich liege ebenfalls am Boden. Krieche zu Mama. Krieche zu Magnus. Die Beine entfernen sich. Schnelle Schritte. Das Messer in meiner Hand. Es rutscht heraus. Alles ist dunkel. Dunkelrot.

Ich keuche auf, wische mir mit beiden Händen durchs Gesicht und über die Augen, um die Bilder zu verdrängen. Alles verschwimmt. Ist es Zufall, dass dieses Szenario so sehr an meine eigene Vergangenheit erinnert? Es wurde sogar ein Messer verwendet.

Für einen schrecklichen Moment frage ich mich, ob Knud und Tine doch recht haben könnten. Ob es stimmt, dass ich Magnus umgebracht habe und auf verrückte Art und Weise das Szenario nachempfunden haben könnte, das mein Lebenstrauma darstellt.

Oder wollte es jemand anderes genau aus diesem Grund so aussehen lassen? Vigga weiß, was in meiner Kindheit geschehen ist. Frederik weiß es. Ich bin mir nicht sicher, ob Vigga mit Magnus jemals darüber gesprochen hat. Es wäre möglich.

Oder auch nicht. Ich betrachte die Umrisse auf dem Boden. Ich stürzte, fiel die Treppe herab, wurde bewusstlos – und kam knapp zwei Meter vor der letzten Stufe und halb in der Küche zum Liegen. Exakt dort, wo die Klebestreifen angebracht sind.

Dort sehe ich mich liegen.

Blut.

Magnus' Körper.

Das Messer in meiner Hand.

Erneut verschwimmen meine Erinnerungen mit anderen Bildern in meiner lebhaften Fantasie. Oder kommt etwas in meiner Erinnerung zurück? Ich weiß es nicht. Warum habe ich ein Messer in der Hand? Ist es eines der Messer, mit denen Mama getötet wurde? Oder stelle ich es mir vor, weil Tine und Knud erzählt haben, ich hätte das Messer in der Hand gehabt?

Wieder schaue ich zur Treppe. Und ich beschließe, dass ich mich erst ausruhen sollte, bevor ich mich weiter umsehe. Ich muss etwas essen und trinken und eine weitere Tablette nehmen. Ich muss raus aus den Sachen, die mir nicht gehören und die schmutzig und verschwitzt sind. Ich muss mich waschen und Kaffee trinken, damit ich wieder klar werde und zu Kräften komme – oder eine Runde schlafen, aber: Nein, dazu habe ich keine Zeit. Einerseits bin ich nach wie vor angeschlagen. Andererseits hat mich die Radtour körperlich geschwächt, und mental …

Mental bin ich ein Totalschaden. Also drehe ich mich um und gehe zum Kühlschrank. Er ist noch ganz gut gefüllt. Ich nehme eine Flasche Cola, eine Packung Käse und Wurst und Butter. Ich stoße auf eine Packung Knäckebrot im Vorratsschrank, nehme mir ein Messer und verziehe mich damit ins Gästezimmer, denn ich kann unmöglich in der Küche essen und dabei auf die Blutlache starren.

Im Zimmer sind ebenfalls Pappaufsteller zu sehen. Die Bettdecke wurde abgezogen. Die Bezüge sind fort. Meine Reisetasche ist nicht mehr da. Gar nichts von mir. Die Polizei muss alles beschlagnahmt haben, was sie in die Finger bekam.

Ich werfe die Taschenlampe aufs Bett, trinke die Colaflasche zur Hälfte leer. Dann setze ich mich und mache mir ein paar Brote, die ich in kürzester Zeit aufgegessen habe. Ich spüle mit Cola nach, werfe noch zwei Ibuprofen ein und ziehe schließlich die Sachen aus, bis ich nur noch Unterwäsche trage. Am liebsten würde ich alles verbrennen. Wer weiß, vielleicht tue ich das auch noch, denn ich kann die Kleidung ja wohl schlecht hier liegen lassen. Das würde der Polizei sofort auffallen, wenn sie das Haus wieder betritt. Damit, denke ich, muss ich allerdings sowieso rechnen. Ich glaube zwar nicht, dass ich hier vermutet werde. Aber man kann ja nie wissen.

Schließlich fühle ich mich stark genug, das Zimmer zu verlassen. Ich gehe zurück in die Küche und schalte den Kaffeeautomaten ein. Es dauert, bis er betriebsbereit ist. In der Zeit suche ich einen Becher, stelle ihn unter die Maschine und drücke den Knopf für Espresso dreimal hintereinander. Der Automat sirrt, faucht und schnurrt. Ich trinke den heißen Espresso in kleinen Schlucken und wandere durchs Wohnzimmer. Ich stehe vor der Terrassentür, vor den riesigen Fenstern, und starre in die Nacht. Es kommt mir vor, als blicke ich in mich selbst – in die Schwärze, in das Nichts, und genauso fühle ich mich: dunkel und leer.

Ich merke kurz auf, als ich meine, eine Bewegung aus den Augenwinkeln wahrzunehmen. Ein kurzes Aufblitzen von etwas. Licht? Ich schaue nach rechts, aber da ist nichts. Ich warte, ob mir noch einmal etwas auffällt. Es geschieht nichts. Auch nach fünf Minuten nicht. Das Einzige, was sich ändert, ist, dass sich meine Augen an die Dunkelheit gewöhnen. Im

Haus ist alles still. Totenstill. Ich höre nur den Wind durch das Glas und das leise Knacken der Scheiben im Rahmen, wenn ein Windstoß dagegenschlägt. Doch dann sehe ich wieder etwas aufblitzen – wie eine Taschenlampe oder das Licht von einem Leuchtturm. Es scheint mir näher. Ich halte die Luft an. Könnte das die Polizei sein, die mich hierher verfolgt? Der Streifenwagen, der an mir vorbeifuhr – haben die Polizisten mich doch erkannt? Oder dieses andere Auto, der BMW, hat dessen Fahrer jemanden benachrichtigt? Gott, ich sitze in der Falle. Es war so dumm von mir, hierherzukommen. Dann natürlich ist es nur eine Frage der Zeit, dass Tine und Knud mich hier suchen werden. Aber weglaufen kann ich jetzt auch nicht – einerseits habe ich noch nicht gefunden, wonach ich suchen will. Andererseits wäre draußen alles voll von Polizei und …

Ich starre weiter auf das Fenster. Ich sehe kein Licht mehr. Höre nichts außer meinem Herzschlag und meinem Atem. Ich warte wiederum fünf Minuten, überlege mir, was ich tun soll, falls jemand ins Haus kommt, denke über einen Fluchtplan nach. Ich frage mich, ob es vielleicht gar nicht die Polizei ist, sondern … Ich weiß es nicht – jemand anderes, der mich verfolgt? Aber es kommt niemand ins Haus. Es passiert gar nichts, und langsam beruhige ich mich.

Auf die Welt vor dem Fenster konzentriert, fällt mir plötzlich ein, dass in meiner Hosentasche noch die Kette mit dem Kreuz steckt, die Lotte mir gegeben hat. Ich darf auf keinen Fall vergessen, es herauszunehmen.

Als die Tasse leer ist, gehe ich die Treppe hinauf, um mir alles von oben anzusehen. Es ist eine grauenvolle Ansicht, wie aus einem meiner Albträume entsprungen. Von der Treppe herab auf diesen Tatort schauen. Für einen Moment wird mir schlecht und schwindelig. Dann sammle ich mich wieder. Ich strahle mit der Taschenlampe in die Küche, aber der Perspektivwechsel bringt mir keine neuen Erkenntnisse. Ich stelle mir erneut alles bildhaft vor, sehe wieder das Blut an meinen Händen – aber es sind nicht mehr die Kinderhände, die ich sonst sehe. Es sind meine Erwachsenenhände. Und die Beine, die in Hosen stecken. Sind das die Beine meines Vaters, die ich aus der Froschperspektive sehe? Seine Schritte? Das wäre neu. Oder habe ich mich vorher schon einmal an dieses Bild erinnert? An das Geräusch? Ich bin mir nicht sicher.

Schließlich gehe ich ins Schlafzimmer, wo Chaos herrscht. Die Polizei hat offenbar alles durchsucht. Die Schranktür steht offen. Die Kommodenschubladen sind hervorgezogen. Ich betrachte die Bilder darüber, die alten Fotos, die Vigga dort aufgehängt hat. Keines fehlt. Als ich mich herumdrehe, sehe ich mich selbst im Spiegel und erschrecke.

Ich sehe aus, als sei ein Panzer über mich gerollt. Ich wage es nicht, das Licht einzuschalten, sondern strahle mich selbst mit der Taschenlampe an, sehe die Pflaster auf meinem Körper, den Verband am Bein. Immer noch steckt der Zugang für die Infusion in meinem Handrücken. Ich bin blass, die Augen sind blutunterlaufen und haben Ringe. Mein Haar hängt mir vom Kopf wie trockene Algen. Ich trage Krankenhausunterwäsche – die, die ich anhatte, hat man mir wohl ausgezogen, um sie zu untersuchen.

Bei dem Gedanken komme ich mir noch schmutziger vor, als ich schon bin.

Ich scanne den Raum eher oberflächlich, denn ich nehme nicht an, dass ich Viggas Tagebuch hier finden werde. Wäre es hier gewesen, hätte die Polizei es entdeckt. Also gehe ich zurück auf den Flur und öffne die Dachluke. Selbst dort oben entdecke ich Markierungen der Spurensicherung. Und als ich zu dem Schränkchen gehe, sehe ich die herausgezogenen Schubladen.

Das Tagebuch entdecke ich natürlich nirgends. Ich hatte es ja auch in der Hand, als alles geschah, aber ... Aber wo ist es?

Ich verlasse den Dachboden, halte die Luft an und steige sehr vorsichtig die Leiter hinab. So langsam spüre ich die belebende Wirkung des Espresso und bewege mich über die Galerie hinweg in Magnus' Arbeitszimmer, dessen Tür sperrangelweit offen steht. Ich gehe hinein, leuchte mit der Taschenlampe alles ab und sehe, dass einiges fehlt. Zum Beispiel erinnere ich mich an externe Festplatten. Staubige Umrisse auf dem Schreibtisch und lose Kabel deuten darauf hin, dass ich mich nicht irre. Jetzt sind die Festplatten weg, der Computer ebenfalls. Auf dem Schreibtisch steht eine Markierung, wo sich der Mac zuvor befand. Wo die Festplatten standen, gibt es keine.

Ich setzte mich auf Magnus' Drehstuhl und ziehe die Schreibtischschubladen auf, breche und ignoriere die polizeilichen Siegel. In einer liegt ein Laptop, auf dem das Emblem von Magnus' Firma klebt. Es liegt unter einer Mappe, auf die jemand von Hand »Heimdall« geschrieben hat. Und für einen kurzen Moment verspüre ich Genugtuung. Es gibt »Heimdall«. Die Polizei wollte mir nicht glauben, aber ich habe gewusst, dass ich mich nicht irre – und jetzt weiß ich ganz sicher, dass ich mir nichts einrede.

Die Mappe habe ich schon einmal gesehen. Oder war es eine andere? Heimdall, der Wächter von Asgard. Das allsehende Auge. Ich erinnere mich daran, was Knud dazu im Krankenhaus erklärt hat. An die Gespräche zwischen Magnus und Johann erinnere ich mich ebenfalls. Aber ich brauche das Tagebuch, keine »Heimdall«-Aktenmappen oder dienstliche Laptops.

Wobei ich mich frage: Warum hat die Polizei den Inhalt der Schublade nicht konfisziert, sondern die Schubladen nur versiegelt? Und wo sind die beiden Festplatten?

Ich nehme die Mappe heraus, lege die Taschenlampe auf den Tisch und schlage die Akte auf. Darin befinden sich Abrechnungen, Ausdrucke von Grafiken, die mir nichts sagen. Es gibt Satellitenbilder und merkwürdige andere Aufnahmen, die wie Ultraschallbilder wirken und Meterangaben aufweisen. Was soll das sein? Was hat das hier zu suchen? Auf den Blättern stehen technische Daten, irgendwelches Softwarechinesisch, und die meisten tragen den Kopf von Magnus' und Johanns Firma. Einige zeigen auch ein staatliches Wappen, und ich sehe als Absender eine Adresse in Kopenhagen und eine Dienststelle im Verteidigungsministerium.

Wow, denke ich kurz. Magnus hat für die Regierung gearbeitet? Warum auch nicht. Ich habe das selbst schon getan, als es um den Anbau am Staatlichen Vermessungsamt ging. Okay, das ist nicht ganz das Verteidigungsministerium, aber immerhin.

Dennoch nutzt mir das nichts. Das Laptop könnte mir schon eher nutzen – falls es aufgeladen und nicht passwortgeschützt ist. Aber vor allem brauche ich das Tagebuch. Ich muss es finden, um meine Unschuld zu beweisen. Ich muss es außerdem finden, um mir selbst zu beweisen, dass ich nicht verrückt geworden bin und mir Dinge einbilde, die es gar nicht gibt. Ich glaube zwar nicht daran, aber ich bin verunsichert. Also schließe ich die Schublade wieder – und suche weiter.

35.

Das Tagebuch ist nicht da.

Es ist wie vom Erdboden verschluckt.

Entweder die Polizei hat es doch, und ich wurde von Tine und Knud angelogen.

Oder Magnus hat es vernichtet.

Oder jemand anderes hat es.

Oder ich spinne.

Aber ich weiß, ich *weiß*, *weiß*, *weiß*, dass es da war.

Ich liege auf dem Bett im Gästezimmer, weil ich körperlich am Ende bin. Der Espresso kann es nicht mehr rausreißen. Es muss inzwischen gegen vier Uhr morgens sein, und ich habe das ganze Haus abgesucht. Restlos alles. Jedes Zimmer. Jede Nische. Ich habe mir das Schlafzimmer noch einmal richtig vorgenommen, das Wohnzimmer und die Küche.

Nichts. Kein Tagebuch.

Dafür sieht es im Haus jetzt reichlich chaotisch aus, aber das ist mir egal. Zuerst war ich noch peinlich genau darauf bedacht, keine Spuren meiner Anwesenheit zu hinterlassen. Aber inzwischen ist es mir gleichgültig. Soll die Polizei ruhig wissen, dass ich hier war. Sollen Tine und Knud sich fragen, warum ich hier alles auf den Kopf gestellt habe – und zu dem Schluss kommen, dass ich wahrscheinlich das Tagebuch gesucht habe und es damit wohl keine Einbildung sein kann.

Ich habe mich auf die Treppe gestellt, bin alles noch einmal genau durchgegangen, habe meinen Sturz nachvollzogen und das, was Magnus danach getan haben könnte. Das Nachstellen hat zu keiner neuen Erkenntnis geführt – lediglich dazu, dass meine Kindheitserinnerungen wieder aufflammen und mit dem Film in meinem Kopf verschwimmen.

Draußen habe ich ebenfalls alles abgesucht. Das heißt: Ich hatte mir im Schlafzimmer erst etwas angezogen und das Kreuz von Lotte aus der Hosentasche genommen. Sie hat es gut gemeint, als sie es mir gab – in Erinnerung an ihre Tochter. Sie hat instinktiv verstanden, dass ich mich in einer Ausnahmesituation befinde, und wollte, dass mich das Kreuz beschützt. Ich legte mir die Kette um den Hals. Schutz kann ich gebrauchen. Jede Menge davon. Auf dem Boden lagen eine Jogginghose und ein Sweater von Vigga. Von meinen eigenen Sachen ist ja nichts mehr da. Schuhe habe ich nicht gesucht, sondern bin wieder in die Gummilatschen geschlüpft, habe einen Keil unter die Haustür geschoben und dann alles abgesucht. Ich war im Carport und habe die Mülleimer durchforstet, wobei ich mir vorkam wie eine Mischung aus Stalkerin, Paparazzo und einer Obdachlosen. Na ja, und irgendwie stimmt ja auch alles drei. Ich stalke in Viggas und Magnus' Leben und krame in ihrem Haus herum. Ich jage wie eine Schmierenblattreporterin nach intimen Informationen aus ihrem Leben, um sie zu meinen Gunsten publik machen zu können, falls sie mir nutzen, und ein Obdach habe ich auch nicht mehr. Ich kann wohl kaum zurück in meine Wohnung nach Kopenhagen. Zumindest im Moment nicht.

In den Mülltonnen habe ich nichts gefunden. Jedenfalls in der Papiertonne nicht, die fast leer war. Die anderen waren komplett leer. Bestimmt hat die Polizei den Abfall mitgenommen, um nach Beweismitteln zu suchen. Auch im Regal und im Garten habe ich keinen Hinweis auf das Buch gefunden oder darauf, dass Magnus es verbrannt oder verbuddelt haben könnte.

Es ist einfach nicht da.

Aber in meiner Erinnerung ist es da.

Ich weiß es.

Ich kann mir das nicht einbilden, denn ich habe mehrfach darin gelesen. Es wäre viel besser gewesen, wenn ich daran gedacht hätte, die Seiten abzufotografieren, um sie in Ruhe lesen zu können. Dann wären die Bilder auf meinem Handy, und alles wäre ein Leichtes gewesen. Aber diese Bilder gibt es nicht. Es gibt nur die verdammten Selfies, die die Polizei so interpretiert, dass ich ein Verhältnis mit Magnus anfangen wollte. Aber das habe ich nicht gewollt. Zu keinem Zeitpunkt.

Okay, als wir uns damals an der Uni kennenlernten, hätte sich durchaus etwas entwickeln können. Aber so weit kam es ja gar nicht erst, und wegen eines Kerls hätte ich niemals meine Freundschaft mit Vigga aufs Spiel gesetzt. Im Leben nicht. Männer kommen und gehen. Freunde zwar auch, aber Vigga und ich waren mehr als bloß Freunde. Es müsste eigentlich ein eigenes Wort dafür geben.

Frederik hatte mir damals fast schon Vorwürfe gemacht, dass ich so oft von Vigga erzählte. Eigentlich paradox, wo ich doch fand, dass Vigga viel zu viel über Frederik geredet hat. Ich denke zurück an den Tag, an dem ich die beiden miteinander bekannt machte. Ich schaue an die Decke und sehe uns im Restaurant zusammensitzen. Ich höre Viggas Lachen über Frederiks Witze und sehe das Funkeln der Begeisterung in ihren Augen, als sie mir sagt, dass Frederik nach ihrer Meinung der Mr Right sei. War das Funkeln in den Augen mehr als Begeisterung? So wie damals, als ich ihr Magnus vorstellte? Und … und als dann Schluss mit uns war und Vigga und ich uns zerstritten … Ihre Reaktion auf meinen schnippischen Kommentar, dass sie ihn ja übernehmen könne …

Nein, zu verrückt. Oder? Im Moment kann ich nichts ausschließen. Warum war Frederik so bedacht darauf, dass ich gar nicht erst an den Fjord fahre? Er hat nicht im Detail nachgefragt, was eigentlich bei Vigga und Magnus so los ist. Ich meine, ich habe es ihm erzählt, aber gefragt hat er nicht. Er war eher bekümmert um mich. Er hat immer wieder Kontakt mit mir aufgenommen – okay, ich zu ihm auch, ich habe ihn ja immerhin gefragt, ob er meinen Auftrag übernehmen könne, wenn ich an den Fjord fahre … Er wollte mich kontrollieren. Aus Sorge, wie er sagt. Stimmt das? Dann hat er sich sogar ins Auto gesetzt und ist hierhergekommen. Und er erscheint ausgerechnet in diesem speziellen Moment auf der Bildfläche, findet Magnus tot und mich halb tot auf? In einer Situation, die sich so sehr mit meiner eigenen Vergangenheit deckt und die er zumindest in ihren Grundzügen kennt?

Ich schließe die Augen. Die Bilder und Gedanken rasen in meinem Kopf. Der Strudel reißt mich mit in eine abgründige Tiefe, saugt mich durch die Matratze und durch den Fußboden in eine Schwärze, die von flüssigem, glänzendem Rot durchdrungen wird.

36.

Tine steht vor dem Waschbecken und betrachtet ihre geröteten Augen. Sie lässt das Wasser laufen, wirft sich etwas davon ins Gesicht, zieht ein Papiertuch aus dem Spender und tupft es ab. Keine Schminke da, die verschmiert werden könnte – gestern Abend nach dem Duschen hatte sie weder Zeit noch Muße dazu. Sie ist sofort zu ihrer Dienststelle gefahren, und dort ist sie jetzt immer noch. Die ganze Nacht durch, in der es keinen Fahndungserfolg gegeben hat. Liv ist auf der Flucht, verschwunden wie ihre Freundin Vigga, und bei der Morgenbesprechung würden Knud und Tine ohne Frage noch einen Einlauf vom Chef bekommen. Eine Abreibung, die sich gewaschen hat.

In Erwartung dessen haben sie sich hier die Nacht um die Ohren gehauen. Einfach, um Präsenz zu zeigen. Dabei konnten sie nicht viel tun, außer ein paar Dinge koordinieren und darauf warten, dass einer der Streifen etwas auffiel. Sie hätte sich auch zu Hause ins Bett legen können und darauf warten, dass das Handy klingelte und irgendwann einen Erfolg vermeldete. Aber sie und Knud waren der Meinung, dass sie besser Initiative zeigen sollten, wo ihnen schon eine Mordverdächtige durch die Lappen gegangen war – selbst wenn diese Initiative darin bestand, herumzusitzen, Dinge zu koordinieren, die andere auch koordinieren konnten, und so zu tun, als steuerte man etwas Wichtiges zur Fahndung bei, und in Kauf zu nehmen, dass dieses Verhalten allen anderen wahrscheinlich auf die Nerven ging.

Tine trocknet die Hände, knüllt das raue Papier zusammen und wirft es in den Mülleimer, nimmt ein Pfefferminzbonbon aus der Handtasche und schiebt es in den Mund. Ein schlechter Ersatz für die Zahnbürste. Ihr Magen ist vom vielen Kaffee übersäuert. Sie geht zurück ins Büro, wo Knud in den noch dunkelgrauen Morgenhimmel starrt. Er sieht aus, als würde er mit offenen Augen schlafen. Er zuckt kurz, als Tine den Raum betritt, um sich dann geschäftig wieder den Papieren auf seinem Schreibtisch zu widmen.

Tine nimmt ihren dünnen Parka von der Garderobe. »Komm«, sagt sie zu Knud, »fahren wir.«

Knud mustert Tine und scheint vergeblich zu versuchen, den Sinn ihrer Worte zu ergründen.

Tine zieht die Jacke an. »Ich will hier nicht mehr herumsitzen und auf meine Hinrichtung warten. Lass uns etwas Nützliches tun.«

»Das wäre?«, fragt Knud.

»Ich bin nach wie vor der Meinung, dass Liv ein Ziel hat. Ich glaube nicht, dass sie uns eine Lügengeschichte erzählt hat. Ich bin der Meinung, dass sie von der Wahrheit ihrer Aussagen überzeugt ist – auch, wenn es nicht stimmt. Sie hat ihre eigene Wahrheit und wird nach Indizien dafür suchen. Und ich glaube, dafür kommt nur ein Ort in Betracht.«

»Das Haus?«

»Das Haus.«

Knud fährt sich müde mit der Hand durchs Gesicht. »Aber wie soll sie denn da hinkommen?«

»Weiß ich nicht«, erwidert Tine, schultert die Umhängetasche und sucht nach dem Autoschlüssel. »Wenn ich Liv wäre und davon überwältigt, dass ich jemanden getötet haben soll, von dem ich eigentlich annahm, dass er mich umbringen wollte, würde ich unbedingt wissen wollen, ob ich verrückt bin oder alle anderen um mich herum. Ich würde den Tatort sehen wollen. Ich würde nach dem Tagebuch suchen und anderen Dingen, die beweisen, dass ich mich nicht täusche. Auch wenn es gar kein Tagebuch gibt.«

»Das hatten wir schon, Tine.«

»Also, kommst du mit? Ich fahre auf jeden Fall zum Haus.«

»Wir können eine Streife vorbeischicken, damit du beruhigt bist.«

»Wir hätten dort bereits eine postieren lassen sollen, die das Haus überwacht.«

»Es ist besser, wenn die diensthabenden Kollegen auf der Straße sind und nach der Flüchtigen suchen. Denn selbst, wenn du mit dem Haus recht haben solltest, müsste sie ja über die Straße …«

»Also«, schneidet Tine Knud das Wort ab, »wenn du weiter diskutieren willst, dann nicht mit mir.«

Sie dreht sich um und geht raus, um sich abzumelden und zum Parkplatz zu gehen. Sie atmet kurz auf, als sie hinter sich Geräusche hört: die untrüglichen Schritte von Knud, die sich selbst dann nach schwerem Schlurfen und Schleichen anhören, wenn er rennt.

37.

Als ich die Augen wieder öffne, ist es bereits Tag. Ich schrecke auf. Mein Kopf dröhnt. Es dauerte einige Momente, bis sich mein Blick klärt und ich begreife, wo ich bin und dass ich innerhalb von Sekunden eingeschlafen sein muss. Jedenfalls bin ich nicht im Gefängnis, und das ist schon eine Menge wert.

Trotzdem springe ich regelrecht aus dem Bett, obwohl mir alles wehtut, laufe in die Küche und sehe auf der im Herd eingebauten Digitaluhr, dass es halb acht Uhr morgens ist. Bei Tageslicht sieht das Grauen im Haus noch viel entsetzlicher aus als bei Dunkelheit im Taschenlampenlicht. Das Blut überall auf dem Boden, die Hinterlassenschaften der Spurensicherung, das Chaos, das ich hier verbreitet habe. Die Erkenntnis kommt über mich wie ein Tsunami.

Ich bin eine gejagte Mordverdächtige, die zum Tatort zurückgekehrt ist.

Ich muss weg.

Aber wohin?

Im nächsten Moment werde ich etwas ruhiger. Wenn die Polizei bis jetzt nicht hier war, wird sie so schnell auch nicht auftauchen. Vielleicht wiege ich mich aber auch in falscher Sicherheit. Wahrscheinlich tue ich das. Doch ich werde nichts ändern können. Und meine Panik weicht einem gewissen Fatalismus.

Ich drücke daher auf das Kaffeetassensymbol am Vollautomaten. Während die Maschine schnurrt, mache ich mir noch ein paar Käsebrote. Mittlerweile stört es mich nicht mehr, dass ich dabei auf die Körperumrisse und das getrocknete

Blut sehen muss. Ich habe mich offenbar daran gewöhnt. Während ich den Kaffee trinke und esse, treffe ich einige Entscheidungen.

Auch wenn ich niemandem mehr vertrauen kann: Ich muss mit Frederik reden. Ich muss wissen, was er gesehen hat, als er mich und Magnus hier auffand. Ich muss auch mit Johann reden, um zu erfahren, was er weiß und was er nicht weiß. Ich muss wissen, warum die Haustür offen stand, und ich muss wissen, was es mit »Heimdall« auf sich hat – denn es geht nicht mehr nur um das Tagebuch. Okay, es kann meine Unschuld beweisen, aber: Es geht auch ganz entscheidend um das, was in dem Tagebuch stand. Außerdem muss ich hier verschwinden sowie mein Erscheinungsbild verändern.

Ich drücke zwei Tabletten aus dem Blister und schlucke sie mit etwas Mineralwasser runter. Dann gehe ich die Treppe hinauf und ins Badezimmer. Ich weiß, wo ich finde, was ich brauche. Es ist alles in einem Schrank neben der Duschkabine. Ich nehme zunächst ein Erste-Hilfe-Set heraus, öffne es und lege alles, was ich benötigen werde, am Waschbeckenrand parat.

Als Erstes löse ich die Pflaster vom Zugang, der mir im Krankenhaus gelegt wurde. Es tut nicht sehr weh, als ich die Kanüle herausziehe, aber es ist unangenehm und blutet ein wenig, weswegen ich ein Pflaster draufklebe und den Rest im Badezimmermülleimer entsorge. Ich untersuche meinen restlichen Körper und löse einen Verband am Bein. Darunter kommt eine genähte Platzwunde zum Vorschein, die nicht sehr groß ist. Ich drehe den Rasierspiegel etwas, sodass ich meinen Hinterkopf betrachten kann, von dem ich vorsichtig das große Pflaster abziehe. Auch darunter kommt eine genähte Wunde zum Vorschein. Die Stiche kann ich nicht zählen, aber sie dürfte einige Zentimeter lang sein. An der Stelle muss ich mit dem Schädel auf der Kante einer Treppenstufe aufgeschlagen sein. Um die Naht herum sind mir die Haare in der Fläche eines Bierdeckels rasiert worden. Aber die längeren Haare darüber verdecken die Wunde.

Ich löse zwei weitere Pflaster vom Schienbein und vom Knie, die wie die anderen bereits mit einer Mischung aus etwas Blut und Wundflüssigkeit durchgesuppt sind, bevor ich die Dusche anstelle, um mich gründlich mit klarem, heißem Wasser abzuspülen. Es ist herrlich, ich könnte stundenlang so verharren, aber schon im nächsten Moment könnte die Polizei herkommen.

Also stelle ich die Dusche aus und trockne mich vorsichtig ab.

Ich kämme die nassen Haare glatt. Dann nehme ich die Schere aus dem Erste-Hilfe-Set und schneide sie ab. Strähne für Strähne fällt ins Waschbecken. Die Deckhaare lasse ich hinten etwas länger, damit sie auch weiterhin die kahle Stelle am Schädel verdecken. Den Pony lasse ich ebenfalls lang, die Nackenhaare und die an den Seiten schneide ich kurz. Schließlich wische ich die Büschel zusammen und werfe sie in den Mülleimer. Aus dem Schrank nehme ich eine Packung Färbemittel. Vigga benutzt es, um sich die grauen Haare nachzufärben.

Blauschwarz steht auf der Packung – und ich hoffe, dass es gut decken und sich mit meinem aschblonden Haar gut vertragen wird. Ich nehme ein Zahnputzglas, lese den Beipackzettel durch und setze die Mischung an, die schrecklich chemisch riecht. Ich streife die Latexhandschuhe aus der Packung über und schmiere mir die Paste in die Haare, wobei ich darauf achte, die rasierte Stelle und die Wundnaht auszulassen. Die umliegenden Haare pappe ich mit der Färbepaste zusammen.

Das Zeug muss eine halbe Stunde lang einwirken. Die Zeit nutze ich, um meine Wunden mit Desinfektionsspray zu behandeln und Pflaster draufzukleben – auch zwei Blasenpflaster, die ich wegen der Gummiclogs für meine Füße brauche.

Dann gehe ich in Magnus' Arbeitszimmer, öffne die versiegelte Schublade und nehme das Laptop und die »Heimdall«-Akte heraus, gehe ins Schlafzimmer und lege beides auf dem Bett ab. Ich betrachte mich nackt im Spiegel. Dann tue ich, was getan werden muss, obwohl ich es hasse. Ich suche einen Slip und ein Trägerhemdchen aus Viggas Unterwäsche und ziehe beides an.

Ich finde ein Paar gemusterte, eingerollte Wollsocken und lege sie zum Laptop. Außerdem nehme ich eine Jeans, schaue nach der Größe – dürfte passen – und ziehe sie an. Sie ist einen Hauch zu weit, aber ein Nietengürtel schafft Abhilfe. Ich finde einen dünnen, schwarzen Pullover aus Kaschmir, lege ihn zu den Strümpfen, und im Schrank sehe ich ganz unten einen Aufbewahrungsbeutel für Stiefel, und darin befindet sich ein Paar knöchelhohe Doc Martens 1860 aus weichem Leder, die auf den Herbst warten. Ich brauche sie deutlich eher und bin froh, dass Vigga eine Nummer größer als ich trägt – zusammen mit den Wollsocken dürften die Docs wohl passen.

Ich werfe den Beutel zum Bett und sehe mich nach weiteren brauchbaren Dingen um. Meine Blicke streichen wieder über die alten Fotos über Viggas Kommode. Die Fischerhütte …

Wieder muss ich an unsere Kindheit denken. Wir beide als Prinzessinnen in unserem Schloss. Viele Geheimnisse haben wir in unserem Schloss ausgetauscht, in dem es immer erbärmlich nach Fisch und Tang roch. Wir kauften ein Deospray, um den Geruch zu vertreiben.

Später, als wir so um die vierzehn Jahre alt waren, habe ich in der Hütte meine erste Zigarette geraucht. Vigga hatte welche von ihren Eltern geklaut, und wir husteten uns die Seele aus dem Leib, gaben uns aber alle Mühe, cool dabei auszusehen. Einmal kam ich zur Hütte und roch die Zigaretten schon von Weitem. Ich machte die Tür auf – und sah Vigga mit Lars dasitzen, beide mit hochrotem Kopf und Kippen in der Hand. Mir war klar, dass sie sich zum Knutschen getroffen hatten, obwohl Vigga es später vehement bestritt.

Ich war ziemlich sauer darüber, dass sie unser geheimes Schloss mit jemand anderem teilte. Es war ein Vertrauensbruch, und außerdem hatte sie mir bis dahin nie etwas von Lars erzählt. Nicht ein einziges Mal – und das Blöde war, dass mir Lars gefiel. Er war größer als die meisten anderen Jungs, sah gut aus und war kräftig. Außerdem hörte er Nirvana sowie andere Bands aus Seattle, auf die ich zufälligerweise ebenfalls stand, und lief meist in Holzfällerhemden herum, was ich mochte. Aber ihm gefiel Vigga offenbar besser als ich. Nun, ich war das gewohnt: Vigga kam immer besser an als ich.

Viel verletzender fand ich, dass sie Geheimnisse vor mir hatte, worüber wir dann ausgiebig sprachen, bis zwischen uns alles wieder gut war. Doch wie früher wurde es nie wieder, was wohl normal ist – Freundschaften entwickeln sich, Menschen entwickeln sich, man wird erwachsen, und die Hormone machen einen in der Pubertät gelegentlich zu einer hirnlosen und überemotionalen Marionette. Aber wie sagt man: *The first cut is the deepest*. Und Vigga und Lars in unserer Hütte – das war mein *first cut* hinsichtlich unserer Freundschaft. Dann, dass sie mir Magnus quasi weggeschnappt hat, der nächste Schnitt. Schließlich der Riss wegen Frederik …

Ich setze mich auf den Bettrand, ziehe die Socken an, danach die Boots und starre weiter auf das Foto. Ich stehe auf, prüfe den Sitz der Stiefel und bin zufrieden. In ihrem Tagebuch hat Vigga über ihre Affäre geschrieben. Mit einer Liebschaft trifft man sich an geheimen Orten. Es kommt darauf an, ob der andere auch verheiratet ist. Dann kann man nicht in dessen Wohnung. Es gibt Treffen im Hotel, im Wald oder im Auto, das an einem Feldweg geparkt ist. Wenn der Liebhaber nicht weit entfernt lebt, trifft man sich eher in Hotels, die zwar auswärts liegen, aber doch schnell erreichbar sind. Am besten in wechselnden Hotels. Oder man mietet ein Ferienhaus. Lebt derjenige in einer entfernteren Stadt, wird es problematischer. Man muss Ausreden erfinden, falls man nicht regelmäßig auf Dienstreisen ist und ständig woanders übernachtet.

Ich gehe zurück ins Badezimmer, beuge mich über die Dusche und spüle mir das Färbemittel aus den Haaren. Eine tiefschwarze Suppe sammelt sich im Abfluss, und ich nehme mir vor, die Verpackung und die leeren Tuben nicht hier im Haus zu entsorgen. Wenn die Polizei sie findet, weiß sie, was ich getan habe. Das gilt auch für meine abgeschnittenen Haare, weswegen ich beschließe, den Inhalt des kleinen Eimers in eine Plastiktüte zu kippen und mitzunehmen – am besten auch das Handtuch, mit dem ich mir nun den Kopf trocken rubble.

Ich spüle die Dusche gründlich durch. Dann nehme ich ein großes Pflaster, lupfe die Haare im Nacken und pappe es auf die Naht. Die Haare lasse ich wieder fallen und betrachte mich im Spiegel. Ich bin fast zufrieden. Ich durchsuche Viggas Schminkutensilien, trage mehr auf, als ich es sonst tun würde, knallroter Lippenstift und viel Eyeliner, und schaue wieder in den Spiegel.

Ich erkenne mich selbst kaum wieder. Mit der asymmetrischen Punkfrisur und in den Docs sehe ich aus wie die Schwester von Lisbeth Salander, bloß ohne Tätowierungen. In einem Fach im Schrank sehe ich eine ordentlich zusammengefaltete Plastiktüte. Ich kippe den Inhalt des Mülleimers hinein, knote die Tüte zusammen und gehe zurück ins Schlafzimmer, wo ich mir den Pullover überziehe und mir das Laptop mit der Mappe nehme. Da schaue ich noch einmal zur Kommode und den alten Fotos.

Die Hütte. Unser Schloss.

Ich erinnere mich an die Hütte, die ich am Fjord gesehen habe, als ich herkam und einen kurzen Stopp einlegte. Es gibt sicherlich mehr als eine am Fjord – aber diese glich unserem Schloss so augenscheinlich. Das muss auch Vigga aufgefallen sein. Jedes Mal, wenn sie daran vorbeifuhr. Ich denke daran, wie sie mit Lars geknutscht hat. Wäre eine solche Hütte am Fjord ein geheimer Ort für Treffen mit einem Liebhaber?

Vielleicht für einen Teenager. Aber nicht für Vigga.

Langsam gehe ich die Treppe hinunter, hole das Geld von Lotte aus dem Besucherzimmer und stopfe die Scheine in die Jeans. An der Garderobe sehe ich eine schwarze Lederjacke von Vigga, die ich überziehe. Sie ist eng, aber passt. Etwas steckt in der Innentasche. Ich sehe nach und finde, außer einigen Einkaufsbelegen, ein Etui, in dem eine Sonnenbrille steckt. Außerdem fällt mir ein Rucksack auf, mit dem ich zurück in die Küche gehe. Ich stopfe den Müllbeutel hinein, das Laptop und die Akte sowie meine restlichen Tabletten, eine Flasche Wasser und eine Rolle Kekse. Außerdem packe ich den Schraubenzieher dazu – scharfe Messer finde ich nämlich nirgends mehr. Wahrscheinlich sind alle konfisziert worden, um sie zu untersuchen.

Jetzt schaue ich mich nach dem Telefon um, das in der Ladestation im Flur steckt. Ich muss mit Frederik sprechen. Ich weiß nicht, ob er mit mir reden wird, weil er ja ein wichtiger Zeuge ist und ich eine Verdächtige bin. Aber es führt kein Weg daran vorbei. Ich muss den Abend so genau wie möglich rekonstruieren, und Frederik hat wichtige Informationen. Ich muss außerdem wissen, ob er irgendeine Rolle spielt. Falls er lügen sollte, werde ich es merken. Frederik ist ein unfassbar schlechter Lügner.

Ich will gerade zum Telefon gehen, als mir ein Lichtreflex auffällt, der durchs Küchenfenster blitzt. Es ist nicht die Sonne. Es sind die Tagscheinwerfer eines Autos, das langsam auf der Straße zwischen den Dünen fährt.

Es ist ein Polizeiwagen.

38.

V*erdammt, verdammt, verdammt!*

Es war eine Frage der Zeit. Ich schnappe den Rucksack, laufe zur Wohnungstür. Mist, die Polizisten könnten es sehen, wenn ich hier rausgehe. Also laufe ich zurück, quer durch das Wohnzimmer, und öffne die Terrassentür einen Spalt weit, die den Dünen zugewandt ist.

Ich dränge mich hinaus. Kalter Wind schlägt mir entgegen. Mit etwas Gewalt schiebe ich die Tür von außen wieder zu – und gehe über die Terrasse hinweg schnurstracks auf die Dünen zu und durch das kniehohe Riedgras, bis ich einen Trampelpfad erreiche, der zum Meer führt. Einmal blicke ich nach hinten – und sehe, dass der Streifenwagen genau dort hält, wo ich das Fahrrad in die Büsche habe fallen lassen.

Jemand steht vor dem Wagen. Eine Frau. Ist das Tine? Tine, die mich im Krankenhaus vernommen hat? Hier? Sie haben das Fahrrad gefunden, wenngleich ich mich frage, warum sie nicht direkt zum Haus gefahren sind. Vielleicht hatten sie nur den Auftrag, sich in der Gegend umzusehen? Jedenfalls kann es kaum die Suche nach einem geklauten Fahrrad gewesen sein, die sie herführte.

Es spielt auch keine Rolle. Wenn sie noch nicht am Haus sind, wissen sie auch nicht, dass ich dort war. Und sie wissen vor allem nicht, dass ich hier *bin*. Das gibt mir etwas Zeit, um zu verschwinden.

Ich stapfe die Dünen hinauf – und dann öffnet sich das Meer mit dem kilometerlangen Strand. Gerade herrscht Ebbe, der Strand sieht riesig aus, das Wasser ist weit weg. Die See rauscht, der Wind ebenfalls. Kleine, weiße Wolken jagen über den Himmel und flach übers Land. Sie werfen Schatten wie zerfaserte Schachbrettmuster auf den Sand. Immer wieder blitzt zwischen ihnen die Sonne auf. Dann ist sie wieder fort. Und kehrt zurück. Schlagartig fühle ich mich wach. Ich fühle mich da. Als würde mein Kopf freigeblasen.

39.

Tine steht neben dem Streifenwagen, der mit laufendem Motor auf dem Schotterweg hält. Knud sitzt am Steuer. Er wollte nicht mit seinem Privatwagen fahren, Tine nicht mit ihrem, und der Leiter des Fuhrparks hat den Dienstwagen von Knud und Tine zur Inspektion angemeldet, weswegen sie keinen Schlüssel dafür haben. Ein Ersatzwagen war noch nicht verfügbar, weil der Fuhrparkleiter erst um acht Uhr seinen Dienst beginnt. Deswegen haben sie sich einfach einen freien Streifenwagen geschnappt.

Tine hockt sich hin und betrachtet das Fahrrad, das in den Büschen liegt. Es ist ihr sofort aufgefallen, als sie daran vorbeifuhren, weswegen sie Knud bat, mal eben zu halten. Dann ist sie ausgestiegen – und jetzt der Meinung, dass ihre Intuition sie nicht betrogen hat. Das Fahrrad ist nicht abgeschlossen. Es liegt seitlich im Gebüsch, so als habe es jemand fallen lassen. Am Rahmen erkennt Tine den Aufkleber einer Verleihfirma mitsamt Telefonnummer.

Sie stellt sich wieder hin, blinzelt gegen die Sonne, die für einen Moment durch die Wolken bricht, und schaut zu dem modernen Haus in den Dünen. Der Wind zerzaust ihr Haar und bläht ihren offenen Parka auf. Sie schaut am Kamm der Dünen entlang, links und rechts am Haus vorbei, aber sie sieht nichts weiter als Landschaft und hört nur das Rauschen des Windes, das sich mit dem der Nordsee-Wellen vermischt.

»Und?«, ruft Knud.

Mit drei Schritten ist sie wieder am Wagen und setzt sich auf den Beifahrersitz.

»Fahr zum Haus«, sagt Tine.

»Du meinst, sie ist mit dem Fahrrad …«

Tine schließt die Autotür lautstark und öffnet die Umhängetasche, um nach dem Handy zu suchen.

»Gib einfach Gas!«, herrscht sie Knud an. »Und ja, ich glaube, dass sie ein Fahrrad geklaut hat.«

»Aber das sind fast dreißig Kilometer von Holstebro bis hierhin.« Knud legt den Gang ein und fährt zum Haus.

Die Reifen drehen durch, Kies spritzt auf.

Tine kommentiert Knuds Bemerkung nicht. Sie findet das Handy und tippt die Nummer ein, die sie auf dem Fahrradaufkleber gelesen hat. Ein Mann meldet sich mit dem Namen der Verleih-Firma.

»Tine Kjær von der Polizei. Jemand hat ein Fahrrad gefunden, das den Aufdruck Ihrer Firma trägt, und wir möchten wissen, ob bei Ihnen gestern spät oder heute Morgen eines als gestohlen gemeldet worden ist.«

»Ja«, sagt der Mann. »Gerade vor einer halben Stunde hat eine Touristin ganz aufgeregt angerufen. Sie hat Angst wegen der Kaution und dass sie den Schaden tragen muss und …«

»Wo wurde das Rad gestohlen und wann?«

»Wohl gestern Abend vor einer Pizzeria in Holstebro.«

»Gestern Abend vor einer Pizzeria in Holstebro«, wiederholt Tine laut, damit Knud es hört, der ein leises »Fuck« zischt und auf die Einfahrt zum Haus einbiegt.

Der Mann wirkt erleichtert. »Das ist aber klasse, dass es bereits gefunden wurde, ich habe noch nicht einmal eine Anzeige stellen können, und …«

»Prima«, kürzt Tine ab. »Machen Sie sich keine Sorgen, ich lasse Ihnen das Fahrrad vorbeibringen.«

Schon stoppt Knud den Wagen vor dem Carport. Tine reißt die Tür auf, während Knud sich am Funkgerät versucht, um einen Code durchzugeben, der Verstärkung anfordert.

Tine ist schon draußen, als Knud durchgibt, dass sich die gesuchte flüchtige Person an der Küste im Umfeld des Hauses von Magnus aufhalten muss, worauf alle Streifen sich konzentrieren sollen.

Tine schaut in den Carport. Sie geht um das Haus herum, wirft einen Blick in die großen Fenster. Ihr fällt nichts auf. Sie schaut nach oben zum Dach, nach links und rechts. Sie sieht durch die Küchenfenster, tritt ein paar Schritte zurück und betrachtet das Umfeld. Sie ruckt an der Eingangstür, die verschlossen und versiegelt ist. Dann läuft sie in der anderen Richtung um das Haus herum, steht auf der Terrasse. Die große Schiebetür dort ist ebenfalls geschlossen, aber …

Tine macht einen Schritt nach vorne. Auch die Terrassentür ist mit einem Aufkleber versiegelt worden. Auf den ersten Blick sieht es so aus, als sei er unversehrt. Aber auf den zweiten zeigt sich ein Riss in dem Material. Tine umfasst einen am Alurahmen angebrachten Griff und probiert, ob sich die Tür daran nach rechts schieben und öffnen lässt.

Es klappt.

So eine Scheiße, denkt Tine, ruft laut nach Knud und betritt das Haus.

40.

Der Weg am Strand führt auf Bohlen an einem alten Bunker vorbei, der mit Graffiti besprüht ist. Ich marschiere einfach los, ohne genau zu wissen, wohin der Weg mich führt. Hauptsache, weg. Mir tun die Beine weh – ein kräftiger Muskelkater von meiner nächtlichen Radtour, aber es wird mit jedem Schritt besser und mit jeder Minute, in der die Schmerztabletten ihre Wirkung entfalten. Ich passiere einige Sitzbänke und einen Strandkiosk, der noch nicht geöffnet hat. Im Gehen lasse ich den Rucksack von der Schulter gleiten und nehme den Beutel mit dem Müll heraus, um ihn in einen Abfalleimer zu stopfen, und setze Viggas Sonnenbrille auf, bevor ich weitergehe.

Ich versuche, darüber nachzudenken, was ich als Nächstes tun werde, rekapituliere alles, was ich im Haus gesehen und was ich nicht gesehen habe. Aber es will sich nicht zu einem Bild zusammenfügen. Es ist, als läge ein Puzzle auf dem Tisch, dessen Rahmen zwar zusammengesteckt ist, sowie einige einzelne Teile des Hauptmotivs, die danebenliegen und für die sich noch kein passender Fleck im großen Ganzen gefunden hat. Wie bei einem Grundriss, in dem man ein entscheidendes Gebäudeteil nicht einbauen kann, weil die Fläche zu gering ist.

Nach einer Weile endet der Weg, und rechts öffnet sich ein riesiger Parkplatz für Strandbesucher, an dem es auch einige Fahrradständer gibt. Es stehen fast nirgends Autos – es ist noch keine Ferienzeit, und außerdem ist es früh am Tag. An der westlichen Seite der großen Fläche sind einige rostrote Häuschen. Es handelt sich um eine Art Shoppingcenter, dessen Fassade so gestaltet ist, als ob mehrere Hütten nebeneinanderstünden. Es gibt eine Bäckerei sowie einen kleinen Supermarkt. Außerdem einen sehr schmalen Laden mit Elektroartikeln, in dessen Auslage kompakte Fotoapparate, kleine Ferngläser, Objektive und Akkuladegeräte stehen. Dort werden gewiss auch Prepaid-Handys verkauft.

Ich gehe rein. Hinter dem Verkaufstresen sortiert ein junger Mann in einem T-Shirt mit »Superdry«-Aufschrift gerade die Post. Seine Haut hat die Farbe von Milchschokolade. Ich tippe auf Pakistani. Neben ihm stehen einige ungeöffnete Pakete. Ich sage ihm, dass ich das preiswerteste Prepaid-Handy mit einer möglichst billigen SIM-Karte kaufen will, und nach einigem Verhandeln erstehe ich ein schwarzes Nokia, mit dem man vermutlich auch einen Nagel in die Wand schlagen könnte.

Die Hälfte des Geldes, das Lotte mir gegeben hat, ist weg. Ich gehe nach nebenan in die Bäckerei und bestelle ein Sandwich mit einem Kaffee und frage, ob ich an der Steckdose neben einem der Stehtische mein Telefon aufladen darf. Die Verkäuferin hat nichts dagegen. Also packe ich das Gerät aus, stecke die SIM-Karte hinein und schließe das Handy ans Ladekabel an. Die Plastikverpackungen stopfe ich in den Rucksack – und nehme Magnus' Laptop heraus.

Während ich den Milchkaffee mit kleinen Schlucken trinke und dazwischen immer wieder von dem Sandwich abbeiße, fahre ich den Computer hoch und warte darauf, dass der Startbildschirm erscheint. Das geschieht auch, und ich sehe ein Hochzeitsbild von Magnus und Vigga, über dem ein Eingabefenster zur Eingabe des Passworts schwebt. Das hätte ich mir denken können. Ein Software-Experte wie Magnus wird kein Laptop ungesichert lassen – vor allem keines, das er für die Arbeit nutzt. Der Akku ist noch halb voll. Es dürfte müßig sein, willkürlich Passwörter auszuprobieren. Wahrscheinlich hat man ohnehin nur wenige Versuche, bevor das Betriebssystem den Zugriff verweigert.

Ich schalte das Gerät wieder aus, stecke es zurück in den Rucksack und nehme die »Heimdall«-Akte heraus.

Ein weiteres Mal blättere ich die Dokumente durch. Ein weiteres Mal sagen sie mir nichts. Die staatlichen Rechnungen, technische Datenblätter, die komischen Fotos, die wie Ultraschallaufnahmen vom Unterleib aussehen, dazu Grafiken und Tabellen mit bizarren Ausschlägen in unterschiedlichen Farben und allen möglichen Zahlen, bei denen es sich um Meterangaben und Frequenzen in Kilohertz handelt. Ein anderer Computerausdruck zeigt ebenfalls gezackte Linien in unterschiedlichen Farben und farbige Sprengsel an anderer Stelle. Darauf sind neben Angaben in Kilohertz, Uhrzeiten und Daten, die mir überhaupt nichts sagen, GPS-Kennziffern mit Angaben in Längen- und Breitengraden zu sehen. Ich habe nicht die leiseste Ahnung, was das bedeuten soll.

Ich klappe die Mappe zu, stecke sie ebenfalls zurück in den Rucksack und frage mich, was ich mir davon versprochen habe. Bei dem Laptop habe ich zumindest die leise Hoffnung gehabt, dass ich eventuell irgendwo ein öffentliches WLAN finden und damit Zugang zum Internet bekommen könnte – ohne so recht zu wissen, wozu ich das benötigen sollte, außer um nach mir selbst zu googeln und etwas über den aktuellen Stand der Fahndung herauszufinden. Dabei hätte mir klar sein müssen, dass ich es nicht einfach einschalten und benutzen kann. Ich war wohl zu durcheinander, um so etwas Simples zu begreifen.

Und die Akte? Ich fand es schlicht merkwürdig, dass die externen Festplatten von Magnus' Arbeitstisch verschwunden sind, ohne dass ein Zeichen der Spurensicherung dort stand.

Okay, es muss nichts bedeuten, aber wenn die Polizei die Festplatten samt Computer mitgenommen hat – warum waren dann Magnus' Arbeitslaptop und die Akte noch da? Ein Widerspruch, denn die Polizei hätte doch eher alles beschlagnahmt und nicht nur einen Teil. Natürlich kann es sein, dass sie nur die privaten Sachen eingesteckt haben und die dienstlichen vielleicht gar nicht mitnehmen durften. Außerdem war die Schublade mit dem Laptop und der Akte versiegelt. Ja, vielleicht genau deswegen – weil sie den Inhalt sichern wollten, aber nicht mitnehmen durften.

Ich esse das Sandwich auf und betrachte das Display des Handys. Es scheint inzwischen ausreichend Saft zu haben, um es einzuschalten, aber ich lasse es weiter am Ladekabel. Ich starte das Nokia. Es braucht eine gefühlte Ewigkeit, bis es hochgefahren ist und der Startbildschirm mich zu allen möglichen Dingen auffordert, denen ich folge. Es nervt, wie unglaublich träge und zäh das Gerät reagiert. Aber egal. Ich werde damit telefonieren können. Und mehr will ich auch nicht.

Ich tippe Frederiks Handynummer ein, die ich immer noch auswendig kenne. Ich stelle mir vor, dass er auf dem Weg zur Arbeit ist und wahrscheinlich über die Anlage in seinem Auto mit mir telefonieren wird. In jedem Fall wird eine unbekannte Nummer angezeigt werden, und ich hoffe, dass er drangeht.

Er geht dran.

41.

Tine verflucht sich, dass sie sich nicht eher durchgesetzt hat und früher hierhergefahren ist. Es war dumm. Sie weiß, dass sie sich auf ihre Intuition verlassen kann. Aber immer wieder lässt sie sich ablenken oder von den Meinungen anderer überzeugen, obwohl sie insgeheim weiß, dass sie recht haben wird.

Aber nun ist es so. Liv ist ins Haus eingedrungen und hat alles auf den Kopf gestellt. Die Spuren sind eindeutig. Sie hat nach etwas gesucht und, wie es scheint, hier übernachtet, sich gestärkt und etwas anderes angezogen. Sachen von Vigga. Darauf deutet der Zustand des Schlafzimmers hin, wo sie die Bekleidung der Vermissten durchsucht hat.

Knud steht in der Küche, wo er ein Fenster ausgemacht hat, durch das Liv aller Wahrscheinlichkeit nach eingedrungen ist. Jemand von der Spurensicherung hatte es nicht richtig verschlossen und wird sich dafür verantworten müssen. Knud hängt am Telefon und fordert alle möglichen Dinge an, denn jetzt müssen Inventarlisten her, Fotos und Videos, um zu klären, was Liv genau im Haus verändert hat. Was sie gesucht oder gefunden hat. Welche Sachen von Vigga fehlen, damit man der Beschreibung der Flüchtigen ein Update verpassen kann.

Tine geht um den großen Blutfleck mit den Umriss-Markierungen auf dem Boden herum und dann die Treppe hinauf, um sich die oberen Räume noch mal genauer anzuschauen. Auf der Hälfte stoppt sie, dreht sich um und betrachtet alles von hier oben.

Tine stellt sich Liv als Kind vor, die auf der Treppe steht und ihre Mutter in einer Blutlache liegen sieht. Das Bild, das sich von hier oben aus bietet, muss dem in Livs Erinnerung sehr ähnlich sein. Eine erschreckende Übereinstimmung.

Zufällig?

Was, fragt sich Tine für einen Moment, was ist, wenn Liv weder gelogen hat noch geistig verwirrt ist? Was wäre, wenn alles stimmte, was sie gesagt hat? Und was sagen die Spuren im Haus dazu?

Tine lehnt sich mit der Hüfte an den Handlauf der Treppe. Sie stellt sich das mögliche Geschehen bildlich vor.

Liv kommt mit dem Tagebuch vom Dachboden, trifft auf Magnus, und es gibt eine Auseinandersetzung auf der Treppe, die in ein Handgemenge mündet. Liv erleidet gleichzeitig eine Höhenangst-Attacke und stürzt oder wird gestoßen, schlägt sich den Hinterkopf an einer Treppenstufe auf und ist bewusstlos. An der unteren Stufe wurden Spuren gefunden, die diese Aussage bestätigen können: Haare, Hautfetzen, ein wenig Blut. Die Umrisszeichnung auf dem Boden passt ebenfalls zu Livs Version: Es wäre sehr gut möglich, dass ihr Körper noch etwas gerollt oder gerutscht ist und auf genau die Art und Weise liegen blieb, die von der Spurensicherung auf den Fliesen festgehalten worden ist. Dort gibt es außerdem Blutspuren von Liv, die aus ihrer Kopfwunde stammen könnten, denn Kopfwunden bluten ziemlich stark. Die anderen Verletzungen könnte sie sich bei dem Sturz und dem Handgemenge mit Magnus zugezogen haben.

Vorausgesetzt, dass es sich so zugetragen haben könnte, denkt Tine: Was geschah weiter?

Tine beobachtet, wie Knud in der Küche weiterhin ins Telefon redet. Er macht eine Geste mit dem Finger zu ihr – Tine versteht sie nicht ganz. Will er sie wegschicken? Im nächsten Moment macht es »Ping!« in ihrer Handtasche. Dann nochmals und wieder. Sie hat drei Mails bekommen –

könnten Dateien mit den Asservatenlisten sein, denkt sie und überlegt weiter.

Sie stellt sich vor, wie Magnus zu der bewusstlosen Liv läuft. Wenn er sie tatsächlich hätte töten wollen, dann hätte er es jetzt getan und ihre Leiche verschwinden lassen. Genau, wie er die Leiche seiner Frau Vigga hat verschwinden lassen – falls er der Mörder war.

Wenn er der Mörder seiner Frau war, dann hätte er sehr wahrscheinlich auch Liv umgebracht, um seine Tat zu verschleiern, denn nach Livs Version hat sie Magnus schließlich als Viggas Mörder überführt, und zwar auf Grundlage des Tagebuchs. Magnus hätte einfach Viggas Kopf noch mal auf den Boden schlagen müssen, bis ihre Hirnschale knackt. Ein schlimmer Unfall – fertig.

Hat er aber nicht getan. Vielleicht deswegen nicht, weil er keine Tat verschleiern musste. Oder deswegen nicht, weil gerade in dem Moment, als er zur Tat schreiten wollte, jemand vor der Tür stand, den Magnus dann hereinließ.

Warum hätte er jemanden hereingelassen? Ihm musste doch klar sein, dass es massive Schwierigkeiten mit sich bringen wird, wenn jemand die bewusstlose Liv in einer Blutlache vorfindet?

Er hat das in Kauf genommen, überlegt Tine, weil er sich entweder Hilfe von dem Besucher erhoffte und in Panik war. Oder der Besucher hatte einen Schlüssel und überraschte Magnus.

In beiden Fällen, denkt Tine, könnte es wegen der Aufregung über den Treppensturz von Liv zu einer weiteren Auseinandersetzung gekommen sein, in deren Verlauf der Besucher Magnus mit dem Messer tötet, das aus dem Messerblock direkt neben dem Kühlschrank stammt – in etwa dort, wo Knud nun steht. Dann fiel Magnus' Körper neben den von

Liv. Der Täter geriet selbst in Panik und drückte der Bewusstlosen die Tatwaffe in die Hand, um es so aussehen zu lassen, als habe Liv Magnus umgebracht. Dann rannte er Hals über Kopf hinaus – und nahm das Tagebuch mit. Die Tür schloss er nicht richtig hinter sich, und etwas später erschien Frederik, der Liv besuchen wollte – und fand ein Massaker vor.

Es könnte so gewesen sein, denkt Tine. Aber wer sollte dieser *Mr X* sein, der hier plötzlich auftaucht – oder die *Mrs X*? Wozu sollte der Täter ein Tagebuch mitgehen lassen? Warum Magnus töten?

Am Ende, denkt Tine, bleibt die Frage, wieso die Haustür offen stand – ob es Zufall war, ob Magnus nach draußen ging und beim Hereinkommen die Tür nicht richtig verschloss oder ob eine weitere Person beteiligt war. Doch wer, wenn nicht Frederik, der zwar hier auftauchte, aber dessen Fahrzeugdaten belegen, dass er zur infrage kommenden Uhrzeit noch nicht vor Ort gewesen sein kann?

Tine und Knud haben sich von ihm beschreiben lassen, welche Route er genommen hat, und in Auftrag gegeben, Verkehrsüberwachungskameras und andere Kameras überprüfen zu lassen, die auf dieser Strecke Frederik und sein Auto gefilmt haben. Es liegen noch nicht alle Daten vor, zwei aber schon: Frederik wurde an zwei Kreuzungen in Kopenhagen von Webcams aufgenommen. Die Bilder stimmen mit den Fahrzeugdaten überein, sein Navigationsgerät und der Bordcomputer wurden ausgelesen, und alles zusammengenommen verdeutlicht, dass seine Aussage darüber zutrifft, wann er zum Fjord aufgebrochen ist.

Er traf hier am Haus etwa eine Stunde nach der angenommenen Tatzeit ein. Er kann nicht eine Stunde früher hier gewesen sein und die Tat begangen haben. Dazu müsste er sehr schnell gefahren sein, was sich in den Daten seines Autos widerspiegeln müsste. Tut es aber nicht. Auch alle anderen Personen, die bislang im Fokus stehen, kommen nicht in Betracht. Blieben Personen übrig, die noch nicht im Fokus stehen.

Aber, denkt Tine, das ist alles hypothetisch. Liv hat ein Motiv. Liv hat psychische Probleme. Liv hat eine Amnesie oder gibt vor, sie zu haben. Liv wurde neben der Leiche gefunden. Livs Fingerabdrücke sind an der Tatwaffe. Liv hatte Magnus' Blut am Körper. Liv ist außerdem flüchtig und entzieht sich als Hauptverdächtige der Verhaftung und hat eine Krankenschwester bewusstlos geschlagen. Wie sagt Knud immer? Der einfachste Weg ist meist der beste und richtige. Das stimmt. Zumindest so lange, bis sich ein neuer auftut oder man an eine Kreuzung kommt.

Tine atmet tief durch. Dann geht sie auf die Galerie und zieht das Telefon aus der Handtasche, um die eingegangenen Mails zu öffnen. Es handelt sich um PDFs von der Spurensicherung über die sichergestellten Asservate und die Inventarlisten sowie Fotos aus den einzelnen Räumen des Hauses. Bleibt nichts übrig, als Schritt für Schritt alles durchzugehen. Tine geht ins Badezimmer, um sich dort erneut umzusehen. Sie liest das entsprechende PDF, checkt die dazugehörigen Fotos.

Man muss keine Wissenschaftlerin sein, um festzustellen, dass Liv geduscht hat. Die Trennwand aus Glas ist noch feucht, ebenfalls der Ablauf der Dusche. Außerdem sind einige Dinge in Unordnung, stehen anders, als sie hinterlassen wurden. Tine schaut sich einen Schrank an, vergleicht ihn mit den Fotos, überfliegt eine Liste – und dann wird ihr klar, dass eine Packung Haarfärbemittel fehlt. Sie sieht sich um, betrachtet die Dusche genauer, wo ihr einzelne Haare auffallen und außerdem ein dunkler Rand am Ablauf, kaum zu sehen. Ein wenig so, als habe man etwas sehr Schmutziges ausgewaschen oder ein Glas mit dunkler Wasserfarbe ausgeschüttet. Oder sich die Haare nach dem Färben ausgespült.

Tine sieht sich weiter um. Sie bemerkt eine Schere, betrachtet sie, und auf dem Boden findet sie wiederum einige einzelne Haare. Sie sind schwarz. Sie schaut noch einmal auf das Foto vom Badezimmerregal, vergrößert den Ausschnitt. Die Packung Haarfärbemittel war für eine dunkle Tönung.

Sie hat die Haare gefärbt, denkt Tine.

Und sie hat sie geschnitten.

Sie trägt Kleidung von Vigga.

Das wird die Personenbeschreibung erheblich verändern.

Tine verlässt das Badezimmer, um Knud Bescheid zu sagen, der immer noch telefoniert, aufgebracht wirkt. Also geht Tine weiter, lässt das Schlafzimmer noch links liegen, denn das wird einige Zeit dauern, sich dort einen Überblick darüber zu verschaffen, was genau fehlt und was nicht.

Sie betritt das Arbeitszimmer. Auch dort sieht sie sich um, gleicht die Fotos von der Spurensicherung mit allem ab. Auf Anhieb fällt ihr auf, dass auf dem Schreibtisch zwei leere Ladedocks für externe Festplatten stehen. Sie schaut in einer Liste nach und sieht, dass die fehlenden Laufwerke nicht vermerkt sind. Sie sind auch nicht auf den Fotos der Spurensicherung zu sehen. Was bedeutet, dass sie vorher schon fehlten. Die Kollegen haben lediglich einige private Aktenordner aus dem Büro mitgenommen und außerdem Magnus' Computer. Aber keine Festplatten. Was bedeuten kann, dass sie von Magnus weggeschafft wurden – oder dass jemand anderes im Haus gewesen ist, um sie mitzunehmen?

Tine öffnet die Schreibtischschubladen. In einer, stellt sie fest, hätte ein dienstliches Laptop der Firma Tekksolv liegen müssen sowie eine Akte. Beides ist verschwunden. Sie checkt noch einmal die Liste, auf der Laptop und Akte vermerkt sind. Auch die Akte ist eine dienstliche der Firma Tekksolv. Tine erinnert sich, dass Magnus' Kompagnon Johann bei der Polizei darum gebeten hat, dass ihm einige Unterlagen herausgegeben werden sollen, die Magnus im Homeoffice verwendet hat. Welche genau, das hat er allerdings nicht beschrieben. Er wollte dazu eine Liste anfertigen – sich am liebsten persönlich umsehen, was er aber erst darf, wenn die Staatsanwaltschaft das Haus wieder freigibt, und das kann noch dauern.

Tine fragt sich, warum die Spurensicherung die Tekksolv-Sachen nicht mitgenommen hat, und vermutet, dass man Firmeneigentum nicht einfach so beschlagnahmen darf, wenn ein laufender Fall mit einer Firma nichts zu tun hat – und gesichert haben sie es ja trotzdem, sprich: einfach hier im versiegelten Haus gelassen, und wenn man es für die Ermittlungen brauchen würde, könnte man die Sachen immer noch holen.

Nur ist das Laptop jetzt weg. Genau wie die Akte. Hat Liv danach gesucht und beides mitgenommen? Oder eine andere Person?

Tine ruft sich noch einmal die Fotos vom Schreibtisch auf und sucht nach dem mit dem Inhalt der Schublade. Sie spreizt Daumen und Zeigefinger auf dem Handydisplay, um das Bild zu vergrößern. Sie dreht das Handy in der Hand, um lesen zu können, was auf der Mappe steht.

Auf der Mappe steht das Wort »Heimdall«.

42.

»Liv!«

Frederik verschluckt sich fast, als er hört, dass ich am Telefon bin.

»Geht es dir gut? Wo bist du?«

»Ich bin nicht mehr im Krankenhaus«, erwidere ich leise, rutsche auf dem Hocker herum und drehe mich zur Wand, damit die Bäckerei-Verkäuferin nicht mithören kann.

»Ja, das weiß ich. Ich war eben dort, um zu hören, wie es dir geht. Besuchen darf ich dich nicht. Aber man sagte mir, dass …«

»Du warst in der Klinik?«

»Ja.«

»In Holstebro?«

»Natürlich. Dorthin wurdest du ja gebracht, nachdem …«

»Du bist immer noch hier?«

»Liv, die Polizei hat mich mehrfach vernommen und mich gebeten, in der Nähe zu bleiben, falls ich es einrichten kann. Ich musste mein Auto für zwei Tage abgeben, weil die Polizei einige Analysen vorgenommen hat. Da war ich sozusagen in Holstebro festgenagelt. Außerdem mache ich mir Sorgen um dich, und … Wo bist du?«

Ich denke nach.

Frederik ist aus Kopenhagen gekommen, weil er besorgt war und mich sehen wollte. Er fährt zu Magnus' und Viggas Haus – wo es liegt, weiß er von mir. Außerdem lässt sich eine Adresse googeln. Er kommt ausgerechnet zu dem Zeitpunkt, an dem im Haus etwas eskaliert ist. Und jetzt ist er immer noch hier, weil die Polizei ihn vernehmen wollte, wie er sagt. Oder weil er sicherstellen will, dass ich ins Gefängnis gehe? Weil er Magnus umgebracht hat? Aber warum sollte er das tun?

»Liv? Bist du noch dran?«

»Ja.«

»Wo bist du?«

»Du musst mir alles erzählen, Frederik.«

»Liv, ich weiß nicht …«

»Erzähl mir alles, Frederik. Wie du mich gefunden hast. Erzähl es mir.«

»Wo, zum Teufel, steckst du? Bist du im Gefängnis? Du solltest besser einen Anwalt anrufen, oder … Oder soll ich einen anrufen? Ein guter Freund von mir ist Strafverteidiger. Ich könnte …«

»Erzähl es mir. Bitte.«

»Ich weiß nicht, ob das eine gute Idee ist. Die Polizei hat mir gesagt, dass ich nicht mit dir sprechen darf und dich auch nicht besuchen, weil du … Du bist tatverdächtig.«

»Glaubst du es?«, frage ich leise und wende mich noch mehr zur Wand.

Gerade kommt ein Tourist herein, ein älterer Mann mit weißem Haar und Bart, der mit seiner Outdoorjacke und in Cargohosen, dem Fernglas am Hals und dem Rucksack auf der Schulter ziemlich deutsch aussieht, aber sich in fließendem Dänisch etwas am Verkaufstresen bestellt.

Frederik fragt: »Du meinst, ob ich glaube, dass du Magnus …«

Er führt das nicht weiter aus.

»Ja. Das meine ich.«

»Ich kann es mir beim besten Willen nicht vorstellen«, erwiderte Frederik ebenso leise. »Ich kann mir sowieso nicht vorstellen, was da passiert ist. Als ich hereinkam … Liv. Ich habe fast einen Herzinfarkt bekommen.«

»Den Infarkt hatte wohl eher ich.«

»Du hattest … Du hattest – was?« Frederik klingt außer sich.

»Ich weiß nicht, ob es ein Infarkt war. Aber so etwas in der Art. Einen Stillstand für einige Sekunden. Im Krankenwagen. Hat man mir jedenfalls erzählt.«

»Oh Gott.«

»Erzähl mir alles, Frederik.«

»Du musst mir sagen, wo du bist. Wohin haben sie dich gebracht?«

»Nirgends hin.«

»Aber …«

»Rede mit mir, Frederik! Was hast du gesehen? Beschreib mir alles.«

Ich kann hören, wie Frederik um Fassung ringt und gleichzeitig nach Worten sucht.

»Ich habe gedacht, du bist tot, als ich dich da sah«, sagt er mit brechender Stimme.

Ich presse die Lippen aufeinander. Der Tourist kommt herüber, nickt mir zu und stellt sich ausgerechnet an den Stehtisch neben mir. Von draußen höre ich Zischen und das Tuckern eines Dieselmotors. Ein Bus kommt an und stoppt vor der Bäckerei, neben der sich eine Haltestelle befindet.

»Bitte«, sagt Frederik. »Bitte, du musst mir sagen, wo du bist. Wenn dich die Polizei nirgends hingebracht hat, dann bist du doch noch in der Klinik?«

»Nein«, sage ich und sehe zu dem Mann neben mir.

Er spielt mit seinem Handy herum, spricht wieder dänisch mit der Verkäuferin. Scheint also ein Inlandstourist zu sein. Er bemerkt meinen Blick und nimmt ihn auf, betrachtet mich von oben bis unten wie ein Möbelstück. Vielleicht komme ich ihm bekannt vor. Er könnte mich auf einem Fahndungsfoto gesehen haben. Ich überlege kurz, ob sein Gesicht mir etwas sagt. Dann ist der Moment vergangen. Ich kann sein Aftershave oder sein Duschgel riechen und ziehe den Stecker des Ladegeräts aus der Dose sowie aus dem Handy und stopfe ihn in die Jackentasche. Ich kann hier nicht weiter mit Frederik telefonieren. Die Blicke von dem Kerl sind mir unangenehm, und jederzeit kann mein Konterfei auf seinem Smartphone aufspringen – wenngleich ich jetzt anders aussehe. Allerdings ist der Akku nur zu einem Bruchteil geladen. Ich muss Strom sparen.

Ich schnappe meinen Rucksack und frage Frederik: »Kann ich dir vertrauen?«

»Natürlich kannst du das, das weißt du doch.«

»Kann ich dir vollkommen vertrauen, Frederik?«

»Ja. Ich … Warum?«

»Sag es mir in deinen eigenen Worten.«

Ich schultere den Rucksack und gehe hinaus. Der Busfahrer will die Türen gerade schließen. Die Digitaltafel an der Seite zeigt an, um welche Linie es sich handelt und wohin der Bus fährt. Die Richtung dürfte passen, denke ich und betrete den Bus. In dem Moment sehe ich, dass ein Polizeiwagen auf den großen Parkplatz fährt. Langsam. Suchend.

»Du kannst mir vertrauen, Liv, Natürlich kannst du das und konntest es immer.«

Frederik ist wirklich nicht gut im Lügen, und er scheint die Wahrheit zu sagen. Ich muss mich auf ihn verlassen. Ich habe keine andere Wahl.

Ich steige in den Bus und behalte durch die Fenster den Streifenwagen im Blick. Ich versuche, ruhig zu bleiben. Sie suchen aktuell nach einer Frau, die mit meinem neuen Erscheinungsbild nichts zu tun hat.

Ich ziehe mit der freien Hand zwei Scheine aus der Hosentasche, um ein Ticket zu lösen.

»Wir treffen uns, Frederik.«

»Was? Treffen? Liv, ich … Was ist da los?«

»Stell keine Fragen. Wir treffen uns. Rede mit niemandem. Nur mit mir.«

»Puh.«

»Du bist in Holstebro?«

»Ja.«

Der Busfahrer gibt mir das Wechselgeld raus und fährt an, während ich mir einen Platz ganz hinten suche, obwohl der Bus komplett leer ist, und Frederik beschreibe, wohin er kommen soll. Der Ort ist mir spontan eingefallen, oder … Na ja, vielleicht auch nicht spontan, denn er hat sich mir eingeprägt.

Ich beende das Gespräch, während Frederik fortlaufend Fragen stellt, und stecke das Handy ein. Der Ladebalken ist auf zehn Prozent.

Als ich es in die Innentasche stopfe, fallen mir die Kassenbelege in die Hände. Ich will sie zusammenknüllen und auf den Boden werfen, entfalte sie aber stattdessen, während ich aus dem Fenster schaue und die Dünen an mir vorbeirauschen, bis der Bus auf die Hauptstraße abbiegt. Es sind drei Kassenbelege. Einer ist etwa drei Wochen alt und von einer Tankstelle, wo Vigga getankt und sich außerdem ein paar Minzbonbons gekauft hat. Der zweite ist ein Beleg aus dem Supermarkt, wo sie etwas zu essen gekauft hat. Der dritte ist ebenfalls etwa drei Wochen alt und stammt von einer Apotheke.

Es ist der Beleg über drei Schwangerschaftstests.

43.

Der Bus stoppt mit einem Ruck an der Haltestelle, die mitten im Nirgendwo am Fjord liegt. Ich steige aus, wo mich der Wind in Empfang nimmt, der über das Wasser abseits der Straße streicht. Mit zischenden Bremsen setzt sich der Bus wieder in Bewegung. Ich sehe ihm hinterher, bis er verschwindet, setze die Sonnenbrille auf und schultere den Rucksack.

Die Straße zerschneidet das Marschland in beiden Richtungen pfeilgerade. Hier gibt es nichts als Landschaft, die von den Gletschern der Eiszeit flach geschmirgelt worden ist. Am Boden ist alles grün, nur unterbrochen vom tintenblauen Wasser und dem hellen Himmelsblau darüber. Nirgends ist ein Haus zu erkennen, kein Kirchturm, nicht einmal ein Windrad am Horizont. Man kann das nahe Meer riechen und schmecken und gleichzeitig den kabbeligen Wellen auf der schier endlosen Fläche des Ringkøbing-Fjords zusehen, die gegen die von Schilf und hohem Gras bestandenen Ufer schwappen. An dieser Stelle des Fjords mäandern sie ein wenig und münden in schmale Kanäle, die mit Moos überzogene Inseln umfließen, bei denen ich an die Panzer uralter Schildkröten denken muss.

Ich gehe in Richtung Osten, schaue am Ufer des Fjords entlang und entdecke schließlich, was sich in mein Gehirn eingebrannt hat. Ich erkenne die kleine Haltebucht, in der ich auf dem Hinweg gestoppt hatte. Unweit davon sehe ich die Fischerhütte, die umgedrehten Holzboote und die gestapelten Reetballen.

Ich verlasse die Straße und gehe querfeldein durch das Gras und die Büsche, die mir bis zu den Hüften reichen, und halte auf die Hütte zu.

Sie sieht »unserer« Hütte, dem alten Schloss von Vigga und mir und damit der Hütte auf dem Foto in Viggas Schlafzimmer, zum Verwechseln ähnlich. Sie besteht aus schwarz gestrichenem Holz, erinnert an ein auf den Boden gepflanztes Dreieck und hat ein Reetdach, das an beiden Seiten ganz herunterreicht. An der Stirnseite gibt es eine Tür mit einem weiß gerahmten Fenster. Links neben der Hütte liegen ein rot und ein weiß gestrichenes Holzboot kieloben. Dahinter scheint sich ein kleiner Anleger zu befinden, der in einen der Kanäle im Marschland und dann zum Fjord führt. Alles wirkt zugewachsen, auch die Boote sehen so aus, als seien sie seit Jahren nicht benutzt worden.

Frederiks Auto entdecke ich nirgends. Von Holstebro aus wird er länger bis hierher brauchen als ich mit dem Bus aus der Gegenrichtung. Das gibt mir die Gelegenheit, mich zu verstecken und aus der Distanz zu beobachten, ob er auch wirklich alleine kommt und ohne Polizei. Okay – wenn er mit Polizei kommt, wäre meine Chance, von hier zu entkommen, nicht überwältigend, aber immerhin gegeben.

Mit großen Schritten stakse ich am dicht bewachsenen Ufer entlang. Der Boden schmatzt unter den Sohlen der Docs. Ich biege etwas Schilf zur Seite, ducke mich darunter hinweg und verberge mich hinter einem Sanddornbusch, der gelb-orange Beeren trägt. Von hier aus habe ich einen guten Blick zur Straße und zur Hütte.

Ich warte und denke an den Kassenbeleg in der Jacke. Vigga hat Schwangerschaftstests gekauft. Für mich ist das wenig überraschend, denn ich habe in ihrem Tagebuch gelesen, dass sie ein Kind erwartet.

Knud und Tine haben mir im Krankenhaus gesagt, dass es keinerlei Indizien für eine Schwangerschaft gäbe, und signalisiert, dass meine Aussage ohne das Tagebuch nichts wert sei.

Vielleicht ändert sich das mit dem Kassenzettel. Vielleicht kann er beweisen, dass ich recht habe. Andererseits belegt er lediglich, dass Vigga solche Tests gekauft hat und damit annahm, vielleicht schwanger zu sein. Der Kassenzettel sagt nichts darüber aus, ob einer der Tests positiv war. Trotzdem erscheint er mir wichtig.

Und er ist bislang das Einzige, das wenigstens ansatzweise belegen könnte, dass ich nicht gelogen und mir auch nichts eingebildet habe. Vigga dachte, sie sei schwanger, und kaufte drei Tests – und das ist immerhin die Hälfte der Wahrheit; deren andere fünfzig Prozent, die entscheidenden fünfzig Prozent, stellt die Tatsache dar, dass sie schwanger war – aber dazu brauche ich das Tagebuch. Falls es überhaupt noch existiert und nicht vernichtet wurde.

Wieder beschäftigt mich die Frage, warum es verschwunden ist. Und wieder gehe ich die Möglichkeiten durch:

Die Polizei hat es mitgenommen, verschweigt es mir gegenüber jedoch. Magnus hat es versteckt oder vernichtet. Jemand Drittes hat es an sich genommen, Frederik zum Beispiel. Aber wozu? Gibt es vielleicht etwas, das ich übersehe? Etwas, das mit »Heimdall« zu tun haben könnte? Ich denke an Johann. Johann muss etwas mit »Heimdall« zu tun gehabt haben, und Vigga hat immer wieder über »Heimdall« im Tagebuch geschrieben. Johann könnte es an sich genommen haben, weil er sich – weil er sich schützen will? Er hat der Polizei gesagt, er wisse nichts über »Heimdall«. Aber das Tagebuch würde belegen, dass das Projekt existiert und er darin verwickelt ist – was auch immer das bedeuten mag. Vigga hat ja Andeutungen gemacht, dass Magnus etwas Schlimmes getan hat – vielleicht zusammen mit Johann? Aber um an das Tagebuch zu gelangen, hätte Johann ins Haus kommen müssen. Die Polizei sagt, er habe ein Alibi, und außerdem war Frederik vor Ort, nicht Johann.

Und die vorletzte Möglichkeit trifft mich in diesem Moment wie ein Eispickel in die Stirn: Vigga ist nicht tot. Vigga ist zurückgekehrt, hat mich am Boden liegen sehen, in ihrer Kleidung. Sie hat Magnus damit konfrontiert, der wiederum sie mit dem Tagebuch konfrontierte. Die Sache eskalierte. Vigga brachte Magnus um, nahm das Tagebuch mit. Sie richtete alles so her, dass ich als Täterin dastand – aus Rache, weil sie annehmen musste, dass Magnus und ich etwas miteinander angefangen hatten und ich mich in ihr Leben schleichen wollte, so wie Tine und Knud es mir vorgeworfen haben.

Am Ende bleibt die Variante, dass ich mir nur einrede, es gäbe das Tagebuch. Aber der Kassenzettel in Viggas Jacke hat die Zweifel an mir selbst vertrieben. Ich habe es schwarz auf weiß, dass sie sich Tests gekauft hat.

Und ich kann nicht glauben, dass Vigga zurückgekehrt ist. Das kann nicht sein. Ich fühle vielmehr, und zwar hier an dieser Hütte stärker denn je, dass Vigga etwas Entsetzliches zugestoßen ist. Es muss um etwas anderes gehen – doch mir fällt beim besten Willen nicht ein, was.

Ich merke auf, als ich ein Auto zu hören glaube.

44.

Das Motorengeräusch schält sich aus dem Sausen des Windes und dem rhythmischen Rauschen der Wellen. Ich biege einige Zweige zur Seite und öffne ein Sichtfenster im Gestrüpp. Zunächst sehe ich nichts weiter als die Straße, schließlich einen roten Punkt und ein Blitzen, das von den Reflexen der Sonne auf Glas stammen muss. Frederik fährt einen roten Ford. Ich bin eher für dezentere Töne zu haben, aber Frederik meinte damals, wenn er sich schon keinen richtigen Ferrari leisten könne, dann wenigstens ein Fahrzeug in der entsprechenden Lackierung. Ich weiß bis heute nicht, ob er das ernst gemeint hat oder ob es ein blöder Witz sein sollte.

Tatsächlich erkenne ich kurz darauf seinen Wagen, der das Tempo verlangsamt, um schließlich in die Haltebucht einzufädeln und dort stehen zu bleiben.

Einige Momente lang geschieht nichts. Dann öffnet sich die Tür, und Frederik steigt aus. Er bleibt neben dem Wagen stehen und sieht sich um, fasst in die Tasche seines Blousons und holt etwas heraus. Er schaut darauf und lässt es anschließend wieder in der Tasche verschwinden. Vermutlich hat er sein Handy gecheckt, weil er mich nirgends sehen kann, und wollte wissen, ob eine Mail von mir eingegangen ist oder ein Anruf. Er schaut sich weiter um, wirft einen Blick auf die Uhr. Dann setzt er sich in Richtung Fischerhütte in Bewegung. Sie liegt etwa fünfzig Meter abseits der Straße.

Er braucht nicht lange, bis er angekommen ist und hinter dem Gebäude und damit aus meinem Sichtfenster verschwindet. Ich warte ab und spähe weiterhin auf die Straße. Sehe nach links. Nach rechts. Es kommt kein anderes Auto. Keine Polizei, wie es scheint. Natürlich ist es möglich, dass sie irgendwo auf der Lauer liegen und Frederik überwachen. Aber ich wüsste nicht, wo. Hier gibt es nichts in Sichtweite, wo man Autos verstecken könnte. Und wenn sie mich schnappen wollten, hätten sie bereits zugreifen können, denn ich kann nirgendwohin fliehen. Also nehme ich an, dass er tatsächlich alleine gekommen ist.

Ich öffne die Schnappverschlüsse des Rucksacks, nehme den Schraubenzieher heraus und schiebe ihn in die Seitentasche der Jacke. Schließlich gehe ich um den Busch herum und auf die Fischerhütte zu.

Frederik kann ich noch nicht sehen. Er mich demzufolge ebenfalls nicht. Meine Boots streifen durch das hohe Gras. Ich spüre, dass sich zwischen dem Schraubenziehergriff und meiner Handfläche ein glitschiger Schweißfilm bildet. Ich gehe langsam um das Haus herum. Dann sehe ich Frederik, und er sieht mich. Ich halte Sicherheitsabstand. Die Überraschung ist ihm im Gesicht abzulesen.

»Liv?«

»Hallo, Frederik.«

Er betrachtete mich von oben bis unten, begutachtet mein verändertes Äußeres. Er hingegen sieht aus wie immer und trägt den hellen Twill-Blouson, den er von einer New-York-Reise mitgebracht hat. Seine Lieblingsjacke.

»Wow, du siehst … anders aus.«

»Ich weiß.«

»Liv, du musst mir erklären, was hier los ist.« Frederik macht einen Schritt auf mich zu. »Warum …«

Ich ziehe den Schraubenzieher aus der Jacke und halte ihn wie ein Messer, ziele damit auf seine Kehle. Die Spitze ist nur einen Fingerbreit von seiner Haut entfernt.

»Bleib stehen«, flüstere ich. »Keinen Schritt weiter!«

Er bleibt stehen, und zwar wie angewurzelt, hebt die Hände leicht an.

»Liv …«, flüstert er. »Ich … ich verstehe nicht, was hier abgeht …«

In seinem Gesicht lese ich Entsetzen, Überraschung, Irritation und Angst.

»Erklär es mir!«, sage ich.

»Was?«

»Erklär du mir, was hier los ist, Frederik, ich weiß es nämlich nicht.«

»Warum hast du dir die Haare gefärbt und geschnitten?«

»*Das* interessiert dich?«

Er schließt die Augen, fährt sich mit der Hand übers Gesicht und schüttelt dann den Kopf. »Nein. Ja. Ich meine: Ich kann es mir denken. Natürlich. Du bist vor der Polizei abgehauen. Die suchen dich.«

Davon gehe ich aus. Trotzdem versetzt es mir einen Stich. *Die suchen dich.* Es gibt einen Unterschied zwischen Wissen und Gewissheit haben.

»Du weißt, was passiert ist?«, frage ich ihn.

»Nicht wirklich, ich meine: Ich kann mir meinen Teil denken. Du bist aus dem Krankenhaus abgehauen, und jetzt suchen sie dich überall. Es gibt Hinweise im Radio, ein Foto im Internet. Die Polizei hat mit mir gesprochen und mich befragt, ob ich eine Ahnung habe, wo du sein könntest, und ob ich etwas von dir gehört habe und …«

»Was hast du geantwortet?«

»Nein zu beidem – bis vorhin hatte ich ja nichts von dir gehört. Abgesehen davon war ich vollkommen überrascht und überwältigt, dass du abgehauen bist. Warum nur, Liv? Das bringt dich in extreme Schwierigkeiten!«

Jetzt muss ich lachen. »Ach ja? Als ob ich nicht schon bis zum Kinn in Schwierigkeiten waten würde.«

»Es ist Wahnsinn!«

»Aber nicht zu ändern«, erwidere ich. Nach wie vor halte ich den Schraubenzieher auf Frederiks Hals gerichtet.

Wenn er sich jetzt auf mich stürzen würde – ich weiß nicht, ob ich in der Lage wäre, mich zu wehren und ihn zu verletzen. Er wird das bestimmt nicht tun, niemals. Aber … Aber ich weiß überhaupt nichts mehr.

»Wie hast du mich aufgefunden?«

»Hat dir das die Polizei nicht erzählt? Als ich dich fand, dachte ich, du seist tot. Überall war so viel Blut. Ich hatte schreckliche Angst.«

»Ich will es von dir hören. Von Anfang an. In allen Details.«

Frederik atmet tief durch und lässt die Hände sinken. Mit der freien Hand streiche ich mir die Haare aus dem Gesicht. »Sag es, Frederik. Jetzt. Ich muss es wissen.«

»Nimmst du bitte den Schraubenzieher runter?«

»Nein.«

»Aber Liv, ich …«

»Nein. Und jetzt sag es. Erzähl!«

Frederik nickt und blickt nach unten. Dann sieht er mich wieder an und erzählt es mir.

45.

Wir haben ja ein paarmal miteinander telefoniert, und ich begann, mir Sorgen um dich zu machen«, sagt Frederik. »Ich hatte Angst, dass die Situation dich zu sehr belasten könnte, denn es ist ja noch nicht so lange her, dass du deinen Zusammenbruch hattest. Du klangst am Telefon nicht gut, und auch deine Mails waren anders als sonst. Einige Nachrichten hast du ignoriert, was überhaupt nicht deine Art ist. Deswegen wollte ich vorbeikommen, um dich davon zu überzeugen, wieder nach Kopenhagen zu kommen und dich zurückzuziehen, bevor etwas Schlimmes passiert.«

»Ich kann ganz gut auf mich selbst aufpassen, Frederik«, kommentiere ich bitter.

Er schweigt, er braucht es auch nicht aussprechen: *Das sieht man ja, wie gut du das kannst.*

»Ich hatte das Gefühl, dass du nicht zugänglich bist. Und ich habe deinen Zusammenbruch miterlebt und weiß noch gut, wie du dich davor benommen hast. Ich sah die Gefahr, dass du dich emotional viel zu sehr in Viggas Verschwinden hineinsteigerst. Bei mir läuteten jedenfalls alle Alarmglocken. Deshalb habe ich mich ins Auto gesetzt und bin losgefahren.«

»Sie ist meine beste Freundin. Sie ist verschwunden. Sie ist wahrscheinlich umgebracht worden. Ihre Leiche ist nirgends zu finden. Da soll ich mich nicht in die Situation hineinsteigern?«

Frederik macht eine beschwichtigende Geste. »Kannst du jetzt bitte das Ding runternehmen?«, fragt er.

Ich lasse den Schraubenzieher sinken und halte ihn nur noch in Hüfthöhe in den Händen.

»Du hast mir beschrieben«, redet er weiter, »wo das Haus liegt. Es war einfach zu finden. Es war Abend, als ich ankam, überall brannte Licht. Deswegen hatte ich keine Hemmungen, wie ein Überfallkommando plötzlich vor der Tür zu stehen. Als ich ausstieg, fiel mir auf, dass die Haustür offen stand. Ich hab mir zunächst nichts dabei gedacht und die Klingel gedrückt, ohne hineinzugehen. Es kam keine Reaktion. Also habe ich noch mal geschellt. Nichts. Ich habe die Tür dann ein Stück weit geöffnet und ein ›Hallo‹ ins Haus gerufen. Immer noch keine Reaktion. Dann bin ich hineingegangen – und bekam einen riesigen Schock. Ich ... Die Bilder werde ich mein Leben lang nicht mehr loswerden.«

»Du hast mich und Magnus gesehen?«

Frederik nickt. »Es war so viel Blut auf dem Boden, dass ich im ersten Moment gar nicht erkennen konnte, um wen es sich handelt. Abgesehen davon kenne ich Magnus ja gar nicht. Es hätte sonst wer sein können. Deswegen hatte ich in der allerersten Schocksekunde auch gedacht, es wäre ein Einbrecher oder so. Oder ein Mörder. Vielleicht Viggas Mörder. Ich dachte, es sei irgendetwas Verrücktes passiert und der Täter zurückgekommen, um sich zu rächen oder weiß der Teufel. Ich weiß nicht, es ging alles so schnell. Aber im zweiten Moment habe ich dich erkannt, und mir blieb fast das Herz stehen.«

»Wo habe ich gelegen? Wo Magnus?«

Frederik beschreibt es mir. Seine Beschreibung stimmt mit den Markierungen der Spurensicherung auf dem Küchenboden überein. Er schildert mir, wie er panisch wurde und welche Angst er um mich hatte.

»Erzähl weiter, Frederik. Bitte nur die reinen Fakten. Welche Gefühle du dabei hattest, interessiert mich im Moment wirklich nicht.«

Frederik sieht mich an, als hätte ich ihm eine geknallt.

»Es bringt mich nicht weiter«, erkläre ich. »Dass du Angst hattest und Panik und verwirrt warst, ist mir klar. Das hilft mir nicht.«

Er nickt. »Okay. Wenn du meinst. Ich hab dich am Boden gesehen, Magnus ebenfalls, und bin zu euch gerannt. Ich konnte nicht erkennen, ob du verletzt warst, aber es sah so aus: Überall war Blut an dir, auch an Magnus. Ich habe deinen Puls gefühlt. Er fühlte sich flach und schnell an, aber er war zu spüren. Bei Magnus … Es war offensichtlich, dass ihm Messerstiche zugefügt worden waren, und zwar am Hals. Ich habe ihm auch den Puls gefühlt. Aber da war keiner mehr. Ich habe versucht, dich irgendwie aufzuwecken, doch es gelang mir nicht. Dann habe ich die Polizei angerufen und in der Zwischenzeit überlegt, wie ich bei dir Erste Hilfe leisten kann. Eine Verletzung konnte ich nicht erkennen, und da wurde mir klar, dass es sich vielleicht gar nicht um dein Blut handelte. Ich habe dich in eine stabile Seitenlage gelegt. Du hattest ein Messer in der Hand. Und da … Da kamen mir entsetzliche Gedanken. Du mit einem Messer in der Hand – Magnus tot mit Messerstichen im Hals. Ich dachte, dass es einen Kampf zwischen euch gegeben haben könnte. Als ich dich auf die Seite gedreht hatte, sah ich eine Platzwunde an deinem Hinterkopf. Ich habe ein Küchenhandtuch genommen und es daraufgepresst, um die Blutung zu stoppen. Ein paar Minuten später dann Notarzt, Rettungswagen, die Polizei – es war ein totaler Irrsinn.«

Ich schlucke mehrfach. So wie Frederik die Situation schildert …

Es katapultiert mich einerseits zurück in meine Kindheit, aber auch ins Klinikum sowie ins Haus zu all dem trockenen Blut.

Das Messer in meiner Hand.

Beine in Hosen.

Schritte.

Blut.

Doch sosehr ich mich auch anstrenge: Ich kann keine der Situationen mit mir in Verbindung bringen. Es ist, als würde es um eine andere Frau gehen und ich nur danebenstehen und mir alles anschauen. Dabei weiß ich natürlich, dass es nicht um eine andere Frau geht, sondern um mich. Die Polizei erzählt mir, was ich getan haben soll. Aber es fühlt sich einfach nicht danach an, als ob ich das gewesen sein kann. Und ich denke mit einem Mal, wie leicht es ist, Menschen zu manipulieren – auch mich. Es ist wie bei den Erinnerungen an meine Kindheit, als man mich bei meiner ermordeten Mutter fand: Ich weiß nicht, welche Bilder echt sind und welche sozusagen implantiert – Erzählungen und Berichte anderer Menschen, die zu Bildern in meinem Kopf geworden sind, weil ich sie mir so lebhaft vorgestellt habe. Nichts davon fühlt sich real an, weil es mit keinerlei Gefühl verbunden ist. Es sind, wo ich darüber nachdenke, kalte Erinnerungen, die von Berichten stammen, die ich geglaubt habe, weil sie mir von glaubhaften Menschen wieder und wieder berichtet worden sind. Ich war viel zu jung, um das alles zu wissen.

Dennoch sehe ich alles im Detail, ich sehe meinen persönlichen Horrorfilm, aber fühle mich nicht damit verbunden. Genau wie jetzt. Denn auch jetzt bin ich gezwungen, das zu glauben, was mir die Polizei erzählt hat und was Frederik mir berichtet, denn ich habe keine Erinnerung an das, was in jener Nacht passiert ist. Und es fühlt sich auch hier so an, als hätte ich nicht das Geringste damit zu tun.

»Hat Magnus ein Buch bei sich gehabt?«, frage ich. Meine Stimme zittert.

»Ein Buch?«

»Ein Moleskineheft mit schwarzem Einband.«

Frederik denkt nach. »Nein«, sagt er dann. »Er hielt nichts in der Hand.«

»Lag irgendwo ein solches Buch? Ist dir etwas aufgefallen?«

Frederik schüttelt den Kopf. »Nein. Vielleicht ist es mir nicht aufgefallen, weil ich so verwirrt und entsetzt war. Aber ich glaube nicht, dass ich etwas wie ein Buch oder Heft gesehen habe.«

»Was ist weiter passiert?«

»Du bist mit einem Notarztwagen fortgebracht worden. Bei Magnus wurde der Tod festgestellt. Ich musste erst vor Ort bleiben und der Polizei alles erzählen. Dann kamen zwei weitere Polizisten in Zivil, denen ich noch mal alles erzählen musste. Ich bin mit ihnen zur Polizeistation gefahren, wo ich fast die ganze Nacht lang vernommen worden bin. Außerdem wurden mir Fingerabdrücke abgenommen, DNA-Proben und solche Dinge. Ich musste Kleidung und Schuhe abgeben. Ich bekam ersatzweise etwas zur Verfügung gestellt. Dann haben sie mir gesagt, dass ich gehen könne, mich aber zur Verfügung halten und am besten noch in der Stadt bleiben solle. Ich habe mich gefühlt, als wäre ich ein Tatverdächtiger.« Frederik lacht bitter. »Vollkommen irre. Warum sollte ich so etwas tun? Außerdem war ich ja im Auto. Ich war unterwegs. Das konnte zwar niemand bezeugen, aber sie haben den Bordcomputer ausgelesen und festgestellt, wann ich losgefahren bin, wann der Wagen dann wieder stoppte und wo. Zusätzlich haben sie mein Handy unter die Lupe genommen – das iOS zeichnet im Hintergrund auf, in welche Funkzellen und WLAN-Netze man sich zu welchen Uhrzeiten einwählt. Ich wusste das gar nicht. Meine Güte, die Technik überwacht uns vollständig, aber in diesem Fall war es gut für mich. Jedenfalls haben sie mir gesagt, dass für mich keine Probleme zu befürchten seien, und … Liv, was auch immer das bedeuten mag, aber: Du hattest ein Messer noch in der Hand. Die Polizei hat das Messer mit Sicherheit analysiert, und …«

»Ich weiß«, kürze ich ab.

»Dann wollten sie alles über dich von mir wissen. Über unsere Beziehung. Über dein Leben. Alles, was ich so weiß. Warum du an den Fjord gefahren bist. Alles über deine Freundschaft zu Vigga und Magnus.«

»Und du hast es ihnen erzählt?«

»Was sie wissen wollten und was ich weiß, habe ich ihnen erzählt. Ich … Nicht um dich zu belasten, okay? Ich wollte einfach die Wahrheit sagen. Auch, damit ich nicht selbst in Teufels Küche lande.«

Ich nicke langsam. Ich kann es Frederik nicht verübeln.

Er sagt: »Ich habe sie ebenfalls über dich ausquetschen wollen, wie es dir geht und was da eigentlich los war. Aber sie haben nichts rausgelassen. Ich durfte dich auch nicht im Krankenhaus besuchen. Ich bin fast verrückt geworden vor Sorge um dich, Liv. Aber am Ende war mir durchaus klar, dass die Polizei annahm, dass du Magnus getötet hast.« Frederik blickt mich durchdringend an. »Hast du?«

»Ich kann mich an nichts erinnern. Aber ich glaube es nicht. Ich glaube eher, dass er mich umbringen wollte.«

»Aber warum?«

»Ich hatte ein geheimes Tagebuch von Vigga gefunden. Darin standen einige Dinge, von denen Magnus nichts wusste. Für mich sprach auf einmal einiges dafür, dass er Vigga umgebracht haben könnte. Er wollte das Tagebuch unbedingt haben. Ich wollte es aber nicht hergeben. Da hat er mich die

Treppe hinabgestoßen – oder ich bin im Gerangel zwischen uns beiden gestürzt. Und dann weiß ich nichts mehr. Ich bin im Krankenhaus zu mir gekommen – und war auf einmal tatverdächtig. Die Polizei scheint sogar zu glauben, dass ich für Viggas Verschwinden verantwortlich bin. Deswegen muss ich ganz genau wissen, was an diesem Abend geschehen ist, Frederik, und ich muss Viggas Tagebuch finden.«

»Und deswegen bist du geflohen?«

»Ja. Ich muss herausfinden, was passiert ist. Ich muss das Tagebuch finden, denn die Polizei glaubt mir nicht, dass es ein solches gibt. Wenn ich es finde, wird klar werden, dass es stimmt, was ich sage.«

Frederik blinzelt und nickt. Er muss die Informationen verdauen. »Was stand denn drin?«

»Zuerst muss ich dich etwas fragen. Und du musst die Wahrheit sagen.«

»Okay.«

»Schwör es mir.«

»Ich schwöre es dir.«

»Was es auch ist. Ich kann die Antwort vertragen. Schlimmer als jetzt kann es für mich nicht mehr werden. Also: Sag mir die Wahrheit.«

»Ja.«

»Hattest du was mit Vigga?«

»Was? Ich? Mit Vigga?«

»Ja oder nein?«

»Nein, verdammt!«

Ich schweige und beobachte Frederik.

»Wie kommst du denn darauf, meine Güte? Liv, also echt …«

»Auch nicht, als wir schon nicht mehr zusammen waren?«

»Nein!«

Er wirkt verärgert, dass ich ihm eine Affäre mit meiner besten Freundin unterstelle. Wütend ist er. Wut kann allerdings andere Gefühle überspielen. Ich weiß das sehr gut. Aber Frederik bleibt nach wie vor ein schlechter Lügner. Wenn er mit Vigga ins Bett gegangen wäre, hätte ich ihm das schon viel eher an der Nasenspitze angesehen. Schon vor Monaten. Dann hätte er sich mir gegenüber ganz anders verhalten. Und er wäre viel zu anständig, um mit meiner Freundin etwas anzufangen. Oder?

Wie Vigga das allerdings gesehen hat ... Ihr gefiel Frederik ja von Anfang an. Falls er also mit einem Anruf bei Vigga ein Gespräch über mich und das Beziehungsende gesucht hätte ... Dann trinkt man einen Kaffee, bei Vigga lief die Ehe schlecht, man tröstet sich gegenseitig – und dann ...

Und dann: Was? Bin ich irre? Nein, irre bin ich nicht. Ich bin verzweifelt und halte alles für möglich.

»Gut«, sage ich schließlich.

Frederik rauft sich die Haare und starrt in die Luft, um sich wieder zu sammeln. »Du solltest dich der Polizei stellen, Liv. Wenn du Magnus nicht getötet hast, wird das am Ende herauskommen. Das alles hier führt doch zu nichts, und dieses Tagebuch ... Ich habe nichts dergleichen gesehen, tut mir leid.«

»Das hast du schon gesagt.«

»Bist du sicher, also ... Ohne dass ich dir etwas unterstellen will, aber ...«

»Dann lass es.«

»... aber bist du sicher, dass es das auch wirklich gibt?«

»Natürlich.«

Frederik nickt langsam. Er deutet mit einem Nicken auf mich. »Sind das ihre Sachen, die du da trägst?«

»Wie kommst du darauf?«

»Die Polizei hat mir gesagt, dass du ihre Sachen tragen würdest, und sie hat mich gefragt, ob das früher schon mal vorkam. Ob du sozusagen besessen von ihr gewesen bist.«

Ich lache auf. Tine und Knud müssen mich für komplett wahnsinnig halten.

»Was stand in dem Tagebuch, dass du denkst, Magnus habe Vigga umgebracht?«, fragt mich Frederik noch einmal.

Ich erzähle es ihm. Alles. Dass Vigga eine Affäre hatte und schwanger war, es finanzielle Schwierigkeiten in der Firma gab und Magnus etwas sehr Schlimmes getan haben muss. Ich erzähle auch von »Heimdall«. Frederik hört zu und hält sich dabei vor Aufregung die ganze Zeit die Hand vor den Mund, schüttelt zwischendurch den Kopf und murmelt »Unfassbar« zwischen den Fingern hindurch.

»Und wo«, fragt er dann, »soll das Tagebuch sein?«

»Ich weiß es nicht. Deswegen solltest du mir alles genau erzählen. Ich war im Haus und habe alles durchsucht.«

»Du … Du warst noch einmal im Haus? Liv!«

»Ich habe alles abgesucht und nichts gefunden. Frederik?«

»Ja?«

»Warum stand die Haustür auf?«

»Das hat mich die Polizei auch hundert Mal gefragt.«

»Und was hast du hundert Mal geantwortet?«

»Dass ich keine Ahnung habe. Sie war offen. Das ist alles. Es kann alle möglichen Gründe haben, warum eine Haustür offen steht. Das ist alles reine Spekulation. Sie stand einen Spalt weit offen. So, als ob man raus- oder reingeht und die Tür nicht richtig schließt oder sie extra einen Spalt offen stehen lässt.«

Ich nicke. »Du musst mir helfen.«

»Und wie?«

»Ich habe ein Laptop und komme nicht ins System. Es gibt ein Kennwort. Vielleicht kannst du es knacken.«

»Da bin ich mir nicht sicher.«

»Versuch es.«

Frederik schnauft.

»Versuchst du es?«

Er macht eine »Was bleibt mir übrig«-Geste, sieht sich um und deutet dann mit der Stirn auf die Fischerhütte. »Lass uns da reingehen, Liv, falls die Tür offen ist. Man sollte uns hier nicht zusammen sehen, wenn jemand vorbeifährt – auch nicht, wenn man dich beim besten Willen nicht wiedererkennen würde, so wie du dich zurechtgemacht hast.«

Frederik geht zur Fischerhütte.

Doch die Tür ist mit einem neu aussehenden Vorhängeschloss zwischen zwei Metallbügeln verschlossen. Scheint so, als würde die Hütte doch noch benutzt.

Frederik ruckt an der Tür, die aus einigen verwitterten Bohlen zusammengeschraubt worden ist, aber nichts passiert. Bevor er es erneut probiert, hole ich Schwung und trete mit den schweren Doc-Martens-Stiefeln gegen die Tür. Frederik hüpft regelrecht zur Seite und geht mir aus dem Weg. Er will protestieren, hält aber dann doch den Mund. Ich hole erneut aus, trete wieder mit der flachen Sohle gegen die Tür, ein drittes Mal. Beim vierten Versuch bricht einer der Bügel. Die Tür springt nach innen auf.

Ich spüre, wie Frederik mich anstarrt, aber ich kümmere mich nicht darum und gehe hinein. Er folgt mir nach und zieht die Tür hinter sich zu.

46.

Drinnen herrscht diffuses Licht, das durch die beiden Fenster an den Stirnseiten hereinfällt. Die Hütte ist etwa zwei Meter hoch und vielleicht vier Meter lang. Das Dach wird in der Mitte von einem Balken getragen. Wenn man sich nach links und rechts bewegen will, muss man wegen der Schrägen den Kopf einziehen. Der Holzboden ist von einer undefinierbaren Farbe zwischen Braun und Grau. In einer Ecke stehen zusammengerollte Isomatten, die nagelneu aussehen. In einer anderen Ecke liegen zusammengeknüllte Netze mit Schwimmern aus grünlichem Styropor. Daneben gibt es einen schmalen, schäbigen Tisch und einen Hocker, der ziemlich marode wirkt. Auf der Tischplatte stehen niedergebrannte Kerzen. An dem Balken hängen verwitterte Taue und Stricke an Nägeln und Haken. Es riecht muffig, feucht und schwach nach Fisch und Brackwasser.

Ich stelle das Laptop auf dem Tisch neben einer der Kerzen ab, die in weißen Wachspfützen stecken, klappe ihn auf und fahre das Betriebssystem hoch. Frederik blickt mir über die Schulter, und mir wird bewusst, dass er mir problemlos eins über den Schädel ziehen könnte. Ich erwarte nicht, das er das tun wird, stelle mich aber dennoch wieder aufrecht und seitlich zu ihm hin, nehme die »Heimdall«-Akte aus dem Rucksack und lege sie neben den Computer. Mit einer Geste bedeute ich Frederik, dass er loslegen soll, aber er zögert.

Dabei ist er ziemlich gut mit Computern. Der Beste, den ich kenne, und ich kenne einige, die professionell mit IT beschäftigt sind. Doch das ist der Unterschied zu Nerds wie

Frederik – die Profis machen es zum Geldverdienen, die Amateure aus Leidenschaft.

»Hast du eine Ahnung, was das sein könnte?«, frage ich und deute auf die Aktenmappe.

»Heimdall«, murmelt Frederik, nimmt den Hefter und blättert darin herum. Ich versuche, in seinem Gesicht zu lesen. Frederik nimmt sich die Blätter vor, einige intensiver, andere oberflächlich. Er deutet auf die bunten Grafiken. »Das sind Messungen. Es könnten topografische Daten sein. Darauf lassen die Maßangaben und Positionsdaten schließen.« Frederik zieht sein Smartphone aus der Hosentasche, tippt darauf herum, dann zeigt er mir eine App, die so aussieht wie Google Maps. Irgendwo mitten im Meer vor Bornholm ist ein roter Punkt zu erkennen.

»Das sind die Positionsdaten.« Frederik klingt nachdenklich.

»Mitten auf dem Meer?«

»Scheint so.«

Er betrachtet die Grafiken noch einmal. »Die topografischen Daten könnten Angaben über die Beschaffenheit des Meeresbodens sein. Das wäre stimmig, weil auf den Messblättern Angaben in Hertz nachzulesen sind. Das heißt, es kamen Ultraschallgeräte zum Einsatz. Andere Daten geben Radarpositionen von Objekten an.«

»Was sollen das für Messungen sein? Wozu? Was für Objekte?«

Frederik zuckt mit den Schultern, klappt die Aktenmappe zu und legt sie auf den Tisch, um das Laptop zu sich zu drehen. »Es könnten Messungen für Bohrungen sein oder Bodengutachten für Windparks. Allerdings sind dazu die Meerestiefen zu groß. Die Briefe in der Mappe lassen auf einen staatlichen Auftrag schließen. Vielleicht hat Magnus an einem neuen Programm zur Vermessung gearbeitet. Neue Geräte brauchen neue Software. Es kann um alles Mögliche gehen. Und die Radardaten – weiß der Geier. Vielleicht entwickeln sie auch Software für Meeresbiologen, die irgendwelche Wale oder Fischschwärme beobachten.«

»Weißt du, wer Heimdall ist?«

»Er ist der Wächter der Götter in Asgard. Nordische Mythologie.«

»Was hat der Meeresboden vor Bornholm mit dem Wächter der Götter zu tun?«

Frederik zuckt wieder mit den Schultern und macht sich am Laptop zu schaffen. Er startet ihn neu, macht irgendwelche Klammergriffe, worauf sich schwarz-weiße Fenster öffnen. Er tippt etwas hinein, startet das Laptop erneut und wiederholt das Spiel.

Dabei sagt er: »Es könnte auch eine Überwachungssoftware sein. Der Name würde das nahelegen. Aber spielt das eine Rolle für dich, Liv? Ich meine: Wir alle arbeiten an Projekten, die Außenstehenden kryptisch vorkommen würden. Es hat nichts mit deiner Situation zu tun.«

Wer weiß, denke ich. »Lass das meine Sorge sein. Was machst du da?«

»Ich versuche, den Passwortschutz zu umgehen. Erinnerst du dich daran, als du dein Windows-Passwort mal vergessen hattest?«

Natürlich. Gigantische Katastrophe, und Frederik hat mich gerettet.

»Da habe ich das Gleiche getan. Allerdings darfst du nicht erwarten, dass du jetzt gleich an Magnus' Account kommst oder so. Dazu müssten wir sein Passwort hacken, und ich nehme an, dass das Laptop eines Softwareingenieurs ziemlich gut abgesichert ist. Aber wer weiß …«

»Wer weiß – was?«

Frederik schiebt die Hände in die Hosentaschen und starrt auf den Bildschirm. Er schweigt, bis die Windows-Oberfläche erscheint. Auf der rechten Seite liegt ein Ordner, der »Heimdall« heißt.

»Bingo«, sagt Frederik. »Ich habe eben in der Registry ein paar Einträge gemacht, die den Passwortschutz deaktivieren, und …«

»Danke«, kürze ich ab und drehe den Computer zu mir, öffne den Ordner mit einem Doppelklick. Diverse PDFs tauchen auf, die ich der Reihe nach öffne. Frederik schaut mir zu.

»Das sind ebenfalls staatliche Dokumente, Anweisungen, Parameter für technische Dinge, die mir jedoch nichts sagen«, murmelt Frederik.

Mir sagen sie auch nichts. Erst recht nicht die Dokumente und Tabellen mit endlosen Zahlen, die in Kyrillisch geschrieben sind. »Ist das Russisch?«

»Scheint so. Wer weiß? Keine Ahnung. Du glaubst«, fragt Frederik leise, »dass das hier etwas mit allem zu tun haben könnte, was passiert ist? Dass Heimdall eine Rolle spielt bei dem Mord an Magnus?«

»Wenn es eine spielt, dann belegt es, dass ich mit Magnus' Tod nichts zu tun habe. Und ich habe definitiv nichts damit zu tun.«

»Aber Liv, dadurch, dass du geflohen bist, machst du dich in jedem Fall noch viel verdächtiger.«

»Und du dich ebenfalls, indem du mir hilfst und mich nicht der Polizei meldest.«

»Du solltest dich stellen.«

»Nein.«

»Liv …«

»Du solltest jetzt verschwinden, Frederik.«

»Und du?«

Ich stelle mich aufrecht hin, denke nach. Dann greife ich in die Innentasche meiner Jacke, um den Kassenbon herauszunehmen, der belegt, dass Vigga Schwangerschaftstests gekauft hat. Aber ich gefriere praktisch in der Bewegung.

Mein Blick bleibt an dem Pfeiler in der Hütte hängen, vor dem Frederik steht. An einem Haken, der daraus hervorsticht. Ich schaue zu Boden, ans Ende des Pfeilers. Ich kann nicht mehr atmen. Mein Herz scheint auszusetzen. Ich schaue zu den Isomatten, den Kerzen, dann zurück zum Pfeiler und dem Haken.

»Liv?«, höre ich Frederik wie durch Watte. »Liv? Was ist denn mit dir?«

»Geh, Frederik«, sage ich, bekomme endlich wieder Luft, muss blinzeln und sehe ihn an. »Geh jetzt.«

Frederik zögert. »Und … Und du?«

»Hast du fünfhundert Kronen für mich?«

Frederik sieht mich an, als wäre ich verrückt. Dann zückt er die Brieftasche und gibt mir ein paar Scheine. Ich stecke sie ein.

»Liv«, sagt er, »Liv, gibt es irgendetwas, was ich tun kann?«

»Ja«, sage ich. »Das gibt es. Du fährst zurück nach Holstebro in dein Hotel. Wenn du da bist, rufst du die Polizei an und schickst sie hierher. Du sagst, ich hätte das gesagt.«

»Aber …«

»Sie werden Fuß- und Fingerabdrücke von uns beiden finden …«

Und nicht nur das. Nein, absolut nicht nur das. Noch sehr viel mehr.

»Du sagst ihnen, ich hätte dich angerufen und herbestellt, um mit dir darüber zu sprechen, wie du mich gefunden hast. Du musst also nicht lügen. Du kannst ihnen alles erzählen. Auch über Heimdall.«

»Aber die werden mir den Hals umdrehen, wenn ich sage, dass ich dich getroffen habe, ohne die Polizei anzurufen.«

»Ja. Aber du hast mich gefragt, wie du mir helfen kannst, Frederik. So kannst du mir helfen. Deine Entscheidung.«

»Was sollen sie ...«

»Das überlass der Polizei. Und jetzt geh, Frederik. Du steckst schon tief genug mit drin. Wirklich.«

Frederik zögert wieder. Schließlich nickt er.

»Und ... Und was machst du?«

»Mir fällt schon was ein. Abgesehen davon weißt du es besser nicht. Denn dann würdest du eventuell doch für mich lügen, wenn die Polizei dich danach fragt, und das will ich nicht. Geh, Frederik.« Ich versuche ein Lächeln. »Wir sehen uns bald. Ganz bestimmt.«

Frederik schluckt. Er macht Anstalten, mich zu umarmen, aber zögert – immerhin habe ich vorhin mit einem Schraubenzieher auf seinen Kehlkopf gezielt und bin eine flüchtige Mordverdächtige.

Schließlich sagt er: »Okay, ich mache es so, wie du gesagt hast.«

Er verlässt die Hütte, geht zum Auto und fährt weg. Ich sehe ihm durch das Fenster hinterher. Er wird etwa eine halbe Stunde brauchen, bis er wieder im Hotel ist.

Als ich seinen Wagen nicht mehr sehe, drehe ich mich um, um die Haare an dem rostigen Haken und die getrockneten Blutstropfen auf dem Boden genauer anzusehen.

47.

Mir wird schlecht, als ich den Haken betrachte. Das, was ich zuerst für eine rostige Kruste gehalten habe, erscheint mir jetzt wie getrocknetes Blut mit Geweberesten. Daran kleben einige Haare. Sie sind lang und schwarz. Vielleicht blauschwarz, denke ich. So blauschwarz wie meine, nachdem ich Viggas Färbemittel verwendet habe. Der Haken befindet sich in der Höhe meines Kopfes. Die Blutstropfen auf dem Boden sehen so aus, als seien sie vom Haken herabgetropft.

Das Entsetzen kriecht mir durch die Adern wie Gewürm.

Außerdem sehe ich, dass die Staubschicht auf den Dielen verwischt ist. Es sieht aus wie eine breite Schleifspur. Sie führt auf der einen Seite zur Tür. Auf der anderen …

Mit drei großen Schritten bin ich bei den Isomatten. Mit zitternden Händen entrolle ich sie. Und jetzt sehe ich Staub auf der Unterseite der einen Matte. Blut erkenne ich darauf nicht.

Ich lasse sie fallen, gehe zurück zu dem Pfeiler und sehe mich erneut in der Hütte um. Wie in einem Film laufen die Bilder vor meinen Augen ab.

Vigga, die sich hier mit jemandem trifft. Ein geheimer Ort, wo sie sich mit ihrem Liebhaber versteckt. Kerzenlicht und ein aus Isomatten improvisiertes Bett. Einerseits schäbig, aber auch romantisch, und für Vigga ist es wie unser altes Schloss aus Mädchentagen – ein Raum, in dem sie sich sicher fühlt, wo sie nicht gesehen wird wie in einem Hotel und was zumindest bequemer und nicht ganz so billig ist wie der Rück- oder Beifahrersitz eines Autos, das in der Nacht in einem verlassenen

Feldweg parkt. Und hat sie es nicht genau so im Tagebuch beschrieben – ein verrückter Ort, kein Hotel, aber ein ganz sicherer Ort, wenngleich schäbig, aber auch romantisch.

Und dann kommt es an diesem geheimen Ort erst zum Sex und dann zu einem tödlichen Streit.

Mein Film im Kopf läuft weiter. Vigga wird gestoßen. Ihr nackter Körper torkelt durch den Raum, fällt zu Boden auf eine der Isomatten, und ... Nein. Falsch. Am Haken war Blut. Auf dem Boden unter dem Haken. Auf den Matten war nichts. Der Film spult zurück und läuft nochmals ab. Anders. Dieses Mal schlägt ihr Hinterkopf gegen den Balken. Der rostige Haken bohrt sich durch die Schädeldecke ins Gehirn. Ihr Körper bleibt daran hängen oder fällt zu Boden. Er wird auf eine der Matten gelegt und hinausgeschleift, um in einen Kofferraum gewuchtet und versteckt zu werden, wo ihn niemand jemals findet. Und ihre blutige Kleidung: in einem Mülleimer unterwegs entsorgt.

Ich höre mein eigenes Aufwimmern und spüre das Brennen in den Augen, als Tränen hineinschießen. Ich halte den Mund mit der Hand zu und beiße mir auf die Unterlippe. Ja, denke ich, so könnte es gewesen sein. Deswegen habe ich Frederik fortgeschickt, damit er der Polizei Bescheid sagt. Sie wird die Hütte untersuchen und feststellen, ob das Blut und die Haare von Vigga stammen.

Und sie wird noch etwas finden. Ich nehme den Kassenbeleg aus der Apotheke und platziere ihn auf dem Tisch. Außerdem nehme ich drei Blätter aus der Akte – einen der Briefe vom Ministerium, auf dem das Wort »Heimdall« vermerkt ist, sowie zwei weitere Blätter mit technischen Diagrammen.

Ich fasse nach dem Rucksack, stecke die Akte und das Laptop hinein, verlasse die Hütte und gehe Richtung Straße. Meine Gedanken fahren Achterbahn.

Wer hat Vigga umgebracht?

Ich denke immer noch, dass es Magnus war. Er könnte Vigga auf die Schliche gekommen sein, hat sie in der Hütte überrascht – und dann führte eines zum anderen. Aber warum ist dann Magnus umgebracht worden? Warum wurde es so dargestellt, als hätte ich Magnus ermordet? Also noch mal anders: Was wäre, wenn Vigga von ihrem Liebhaber ermordet wurde? Auch das erklärt allerdings nicht den Mord an Magnus und warum er mir in die Schuhe geschoben werden soll – und es erklärt nicht, ob und was »Heimdall« damit zu tun hat. Aber da sind die fehlenden Festplatten. Sie waren vorher da. Das weiß ich ganz sicher. Vielleicht hat Magnus sie irgendwann vor seinem Tod entfernt – oder … Oder sein Mörder hat sie mitgenommen, nachdem er Magnus ermordet hatte. Aber wer würde das tun? Und warum?

Ich muss mit Johann reden, denke ich, als ich an der Bushaltestelle angekommen bin. Ich weiß, wo er lebt, zumal jeder das Isbjerget kennt in Århus, und ich weiß, wo der Komplex zu finden ist. In welcher Wohnung er dort lebt … Nun, ich werde es herausfinden.

Tine und Knud haben gesagt, dass er ein Alibi für die Tatnacht hatte. Auch Frederik hat das. Aber ich muss trotzdem weitermachen. Johann ist der Einzige, der mir einfällt, mit dem ich über »Heimdall« reden kann und mit dem Vigga vielleicht eine Affäre gehabt hat. Ich weiß nicht, wie er auf mich reagieren wird. Ich sollte in meiner Situation wohl eher vom schlechtesten Fall ausgehen – nämlich davon, dass er mich nicht nur abweisen wird, sondern mich vielleicht sogar angreift, um mich zu überwältigen und die Polizei anzurufen.

Ja, denke ich, darauf muss ich vorbereitet sein. Wenn es anders läuft, umso besser. Ich fasse in meine Jackentasche und spüre dort den Schraubenzieher, mit dem ich vorhin auf Frederik gezielt habe. Möglicherweise werde ich dasselbe noch einmal tun müssen, wenn ich vor Johann stehe. Zu meiner Sicherheit.

Ich blicke auf die Uhr an meinem Handy und betrachte dann den Fahrplan. In einer Viertelstunde sollte der nächste Bus kommen. Damit könnte ich nach Herning fahren und dort in einen Zug steigen. Aber ich habe kein gutes Gefühl dabei, hier so lange herumzustehen. Was, wenn der Bus Verspätung hat oder womöglich ganz ausfällt?

Ich blicke wieder auf, als ich höre, dass sich ein Auto nähert. Mache mich bereit, um wegzulaufen, falls es ein Polizeiwagen ist. Aber es ist keiner. Es ist ein dunkler Kombi. Er verlangsamt das Tempo, und ich erkenne, dass es sich um einen BMW handelt. Durch die Windschutzscheibe sehe ich, dass nur eine Person darin sitzt. Der Wagen stoppt neben mir. Ich spüre, dass alle meine Muskeln angespannt sind. Wenn ich jetzt weglaufe, mache ich mich erst recht verdächtig. Die Seitenscheibe surrt herunter. Ich erkenne einen älteren Mann am Steuer. Irgendwie kommt mir der Mann bekannt vor. Seine Augen sind glasklar und haben fast die Farbe von meinen. Ich schätze ihn auf Mitte oder Ende sechzig.

Ist es der Tourist, den ich vorhin im Café der Bäckerei gesehen habe? Ich frage mich, was er von mir will. Denkt er womöglich, er könne mich sozusagen aufgabeln? In meinem etwas abgerissenen Look wirke ich vielleicht wie jemand, der für Geld einiges machen würde. Oder hat er mich doch von einem Fahndungsbild wiedererkennt? Nein, dann würde er nicht anhalten. Er würde die Polizei anrufen – oder hätte es schon längst getan.

»Kann ich Sie mitnehmen?«, fragt er.

Ich stutze. Denke nach. »Mein Bus kommt in einer Viertelstunde.«

»Ist nur ein Angebot. Wohin müssen Sie denn?«

»Århus«, sage ich und denke im selben Moment, dass ich es besser nicht gesagt hätte.

»Ich fahre nach Århus«, erwidert er mit einem freundlichen Lächeln. »Mein Kurzurlaub an der Nordsee ist zu Ende.«

Ich trete von einem Bein aufs andere. Denke nach. Eine Viertelstunde oder länger hier herumstehen, mich mit öffentlichen Verkehrsmitteln bewegen, am Bahnhof in Kauf nehmen, dass ich von Überwachungskameras aufgenommen werde, mein letztes Geld ausgeben, falls es überhaupt noch für ein Bahnticket reicht … Unauffälliger und praktischer wäre es durchaus, mich mitnehmen zu lassen.

Ich frage: »Habe ich Sie eben im Café gesehen?«

»Da war ich, ja.«

»Warum halten Sie hier an und wollen mich mitnehmen?«

»Ich fahre nicht gern allein«, antwortet er. »Sie machen den Eindruck, als ob Sie Hilfe benötigen könnten.«

Ich stocke. »Wie kommen Sie darauf?«

Der Mann zuckt mit den Schultern. »Sie wirken so. Das habe ich schon im Café gedacht. Sie sehen nicht aus wie der übliche Nordseetourist. Sie passen nicht ins Bild, und gerade eben dachte ich: Ach, da steht doch die junge Frau, so mitten im Nirgendwo?«

Ich ringe mir ein Lächeln ab. In meinem Leben bin ich nur zwei- oder dreimal per Anhalter gefahren. Schlechte Erfahrungen habe ich nicht gemacht. Bis nach Århus dürfte es allenfalls eine Stunde sein, schätze ich. Es ist helllichter Tag, und von dem hilfsbereiten Mann scheint keine Gefahr auszugehen.

»Okay«, sage ich schließlich. »Danke für Ihr Angebot. Ich fahre gerne mit.«

Ich öffne die Tür und setze mich auf den Beifahrersitz, schnalle mich an.

»Ich bin Ole Sörensen«, sagt der Mann.

»Vigga«, antworte ich wie aus der Pistole geschossen und spüre, dass ich frösteln muss, als ich den Namen sage, weil mir auf Anhieb kein anderer einfällt. »Vigga Soderström.«

48.

Tine und Knud rasen mit Vollgas über die Bundesstraße. Tine ist flau im Magen, was an der schnellen Fahrt liegt und daran, dass sie immer noch nichts gegessen hat. In Kombination mit einem Anruf von der Leitstelle insgesamt also kein Wunder. Sie waren gerade dabei, der eintreffenden Verstärkung Instruktionen zu geben und die Spurensicherung mit der erneuten Inventarisierung des Tatorts zu beauftragen, als sich die Zentrale meldete: Liv war aufgetaucht. Und nicht nur das: Sie hatte sich mit einem maßgeblichen Zeugen getroffen. Der Ort, an dem das Treffen stattgefunden hatte, war außerdem bekannt.

Knud nimmt ihr das Wort aus dem Mund, als er ruft: »Ich könnte kotzen!«, und mit dem Handballen vor Wut aufs Lenkrad schlägt.

»Die Kollegen sind schon losgefahren, um Frederik abzuholen und in die Mangel zu nehmen«, sagt Tine.

So oder so muss sie ebenfalls mit ihm sprechen. Aber Hauptsache, der Kerl wird erst einmal einkassiert, samt Handy, um es auszulesen und Telefonnummern sicherzustellen. Vielleicht kann man die herausfinden, die Liv verwendet hat, und sie anpeilen.

»So ein Irrsinn!«, flucht Knud weiter. »Da telefoniert der Kerl, der die Leiche und die Hauptverdächtige gefunden hat, in aller Seelenruhe mit der Hauptverdächtigen, die zudem festgenommen und flüchtig ist – und trifft sich mit der an einer beschissenen Fischerhütte! Sind die denn alle verrückt geworden?«

»Reg dich ab, Knud«, sagt Tine, obwohl sie ebenfalls stinkwütend ist, und wirft noch ein Minzbonbon ein. »Sieh es positiv: Immerhin haben wir jetzt eine weitere Spur von ihr.«

Sie schaut aus dem Seitenfenster. Ein Bus saust an ihnen vorbei. Dann ist der Blick wieder frei auf die glatte Oberfläche des Fjords.

»Nein«, sagt Knud. »Ich rege mich nicht ab.«

»Frederik sagt, er hätte keine Ahnung gehabt, dass Liv im Krankenhaus von uns verhaftet wurde und sie flüchtig ist.«

»Der lügt! Wahrscheinlich hat er ihr noch geholfen!«

»Dann hätte er uns wohl kaum angerufen, um uns auf ihre Spur zu bringen. Die beiden kennen einander sehr gut. Er hat sich um sie gesorgt.«

»Ja, aber dann trifft er sich mit ihr? Und wundert sich nicht darüber, dass sie jetzt ganz anders aussieht und was dieser subversive Treffpunkt soll? Und schickt uns dann dorthin – in ihrem Auftrag? Weil sie ihn darum gebeten hat? Als Fluchthelfer, oder was? Vielleicht ist das alles nur ein Ablenkungsmanöver, um uns beschäftigt zu halten.«

»Frag ihn doch selbst, warum er uns angerufen hat«, erwidert Tine und knackt das Minzbonbon mit den Backenzähnen. »Woher soll ich denn das wissen?«

»Das war rhetorisch.«

»Aha.«

»Der hat sich jetzt aber mal ganz tief in die Scheiße geritten!«

Das hat er in der Tat, denkt Tine. Auf der anderen Seite scheidet Frederik in ihren Augen damit vollständig als Tatverdächtiger aus. Es war zwar schon klar, dass er zur Tatzeit nicht im Haus gewesen sein konnte, dennoch war es Tine die ganze Zeit über merkwürdig vorgekommen, dass ausgerechnet er, als Livs Ex, zu diesem speziellen Zeitpunkt mehrere Hundert Kilometer Fahrt in Kauf nimmt und dann auch noch auf eine offene Haustür stößt, um punktgenau das Massaker zu entdecken und seiner Ex gewissermaßen das Leben zu retten. Wer weiß, ob sie sonst überlebt hätte. Es war großes Glück, dass sie ihr Herzversagen erst im Rettungswagen erlitten hat, wo es unmittelbare medizinische Hilfe gab, und nicht schon früher.

»Jedenfalls«, sagt Knud im Ausatmen, »ist die aktualisierte Personenbeschreibung von Liv draußen. Frederik hat den Kollegen eine gegeben, die sich mit unseren neuen Annahmen deckt: kürzere Haare, schwarz gefärbt. Sie trägt jetzt außerdem eine Lederjacke und Schnürstiefel und hat einen Rucksack dabei.«

Tine nickt. »Weißt du, was komisch ist?«

»Hier ist so ziemlich alles komisch, Tine.«

Tine ist in der letzten Dreiviertelstunde, in der sich die Ereignisse überschlugen, noch nicht dazu gekommen, Knud ihre Beobachtung mitzuteilen.

»In einer versiegelten Schublade im Schreibtisch befanden sich ein Laptop und eine Akte.«

»Ich weiß.«

»Die Akte und das Laptop sind verschwunden. Der Siegelbruch ist nicht dokumentiert – also waren das nicht unsere Leute. Wahrscheinlich hat Liv beides mitgenommen.«

»Das hast du schon gesagt. Was also ist so komisch?«

»Es war eine Tekksolv-Akte. Von Magnus' Firma. Ich habe sie auf einem Foto der Spurensicherung gesehen und es vergrößert. Die Akte war mit ›Heimdall‹ beschriftet. Das fand ich komisch. Die Beschriftung.«

Knud denkt nach.

»Von ›Heimdall‹ hat Liv mehrfach geredet. Und wie du dich bestimmt erinnerst, haben wir auch mit Johann darüber gesprochen. Er hat gesagt, dass er von ›Heimdall‹ nichts wisse oder ihm das nichts sage – den Wortlaut müsste ich nachlesen.«

»Stimmt.« Knud nickt. »Und er hat darum gebeten, Firmenunterlagen aus dem Haus zu bekommen.«

»Ja. Und wenn es eine Tekksolv-Akte gibt, die mit dem Projektnamen beschriftet ist, müsste es ihm eigentlich schon etwas sagen. Es sei denn, Magnus hat auf eigene Faust an etwas gearbeitet. Außerdem fehlen zwei Festplatten, aber die müssen vorher schon weg gewesen sein. Ich habe das überprüft. Entweder Magnus hat sie vor seinem Tod entfernt – oder es war jemand anders, zum Beispiel im Anschluss an den Mord an Magnus.«

»Vielleicht hat Liv die Festplatten?«

Tine zuckt mit den Schultern. »Möglich. Wissen wir aber nicht. Allerdings können wir recht sicher davon ausgehen, dass sie die Akte und das Laptop hat.«

»Hm«, macht Knud. »Was will Liv mit der Akte und dem Laptop?«

»Etwas beweisen – sich selbst oder uns«, sagt Tine, während Knud in einer Haltebucht am Rande der Straße stoppt, wo schon zwei Streifenwagen parken. Tine sieht die Fischerhütte am Rand des Fjords, die kieloben liegenden Boote sowie zwei Kollegen in Uniform, die in etwas Abstand zur Hütte stehen und sie sichern.

49.

Oles Autoradio läuft. Auf dem Rücksitz steht eine Reisetasche, neben der ich meinen Rucksack abgestellt habe. Er redet nicht viel, was ich angenehm finde, denn in meinem Kopf schwirren tausend Gedanken umher. Ich werfe immer wieder einen Blick aus dem Fenster, habe aber noch keinen Polizeiwagen gesehen, betrachte dann wieder meine Fingernägel. Ich spiele an der Kette mit dem Kreuz herum, die ich von Lotte habe. Wenn das hier alles überstanden ist und gut für mich ausgeht, denke ich, werde ich in jedem Fall Lotte besuchen und ihr die Kette zurückgeben. Und ihr Geld natürlich auch. Ich werde mich irgendwie erkenntlich zeigen – und sei es nur dadurch, dass ich einen Kuchen für ihre Kirchengemeinde backe. Ja, denke ich, auf eine solche Idee wäre ich früher kaum gekommen. Aber jetzt, nach alledem, was passiert ist, bin ich demütig geworden. Demütig und dankbar für jede Hilfe, die ich bekommen kann. Und sei es nur das Kreuz um meinen Hals, das mich beschützen soll.

Wir fahren in Richtung Osten, und nach weiteren fünf Minuten sehe ich auf der Gegenfahrbahn einige Polizeiwagen mit Blaulicht an uns vorbeifahren. Obwohl mich keiner der Fahrer beachten wird und erst recht nicht erkennen kann, wende ich das Gesicht schnell nach rechts zum Fenster und damit von der Gegenfahrbahn ab. Ich spüre Oles fragenden Blick, aber er sagt nichts dazu, stellt auch keine Fragen, sondern erzählt nur etwas über die Nordsee und wie sehr es ihm dort gefällt, dass er die Weite liebt, den Himmel und den Geruch. Ich erwidere beiläufig, dass es mir genauso gut.

Und mir kommt ein schrecklicher Gedanke.

Ich habe Frederik und die Polizei zu einem Tatort geführt, an dem womöglich Vigga umgebracht worden ist. Zu einem geheimen Ort. Die Polizei könnte daraus sehr belastende Schlüsse gegen mich ziehen. Vor ihren Augen wird ein anderer Film ablaufen als vor meinen. Sie werden mich sehen, die sich mit Vigga in der Hütte trifft, die einem gemeinsamen Versteck aus Kindertagen wie ein Ei dem anderen gleicht. Und dort bringe ich meine Freundin um, damit ich mich an ihren Mann heranmachen kann, den ich dann ebenfalls töte, weil er mich nicht will.

Vielleicht habe ich also einen entsetzlichen Fehler gemacht. Vielleicht geht das alles nach hinten los. Vielleicht … Vielleicht aber auch nicht, denn die Polizei wird die Hütte sehr genau untersuchen und dort alle möglichen Spuren finden. Ja, jetzt auch meine.

Doch was hätte ich anderes tun sollen? Die Polizei soll erfahren, dass ich mir das mit der Schwangerschaft nicht ausgedacht habe. Ich will, dass Viggas Mörder gefunden wird. Ich bin es ihr schuldig, dass alles dafür getan wird. Und verdächtigt werde ich ohnehin schon. Außerdem wird die Polizei erfahren, dass es »Heimdall« wirklich gibt und ich es mir nicht ausgedacht habe. Knud hat in meinem Krankenhauszimmer behauptet, dass Johann davon angeblich nichts wissen will. Nun wird Knud erfahren, dass das nicht stimmt.

Aber warum hat Johann nicht die Wahrheit gesagt? Früher oder später würde die Polizei doch auf »Heimdall« kommen – allein, wenn sie die Akte und das Laptop aus Magnus' Arbeitszimmer untersucht hätten?

Und noch eines beunruhigt mich, obwohl es absurd ist, denn eigentlich sollte ich froh sein, falls es nicht so ist, aber dennoch: Was, wenn das in der Hütte gar nicht Viggas Haare und ihr Blut sind, sondern die von jemand anderem?

Wenige Minuten später erreichen wir die Autobahn. Ich nehme mein Handy hervor, blicke darauf und ärgere mich darüber, dass ich nicht die Möglichkeit habe, ins Internet zu gehen. In der Mittelkonsole des BMW liegt ein Smartphone.

»Suchen Sie etwas Bestimmtes?«, fragt Ole.

»Eine Adresse in Århus«, erwidere ich und zeige ihm schulterzuckend mein Prepaid-Modell.

Ole nickt und deutet auf sein Telefon. Er nennt mir den Entsperrcode und sagt, dass ich es ruhig benutzen soll, um nach der Adresse zu googeln. Was ich dann auch tue. Kurz darauf weiß ich, wo Tekksolv residiert. Ich nehme an, dass ich Johann dort antreffen oder zumindest erreichen kann – oder eben im Isbjerget. Ich blende den Internetbrowser wieder aus und betrachte das Smartphone. Das Hintergrundbild zeigt eine Aufnahme von der See. Dann lege ich es wieder in die Mittelkonsole zurück.

Fünf Minuten später sagt Ole, dass er an der nächsten Tankstelle kurz anhalten wolle, weil er zur Toilette müsse. Für mich ist das okay, denn ich muss ebenfalls mal. Er fährt rechts heran, und wir steigen aus. Sein Handy lässt Ole im Wagen liegen, was mich etwas beruhigt. Es bedeutet, dass er es nicht verwenden wird, um die Polizei anzurufen.

Auf der Toilette blicke ich auf mein eigenes Telefon. Es sind keine Anrufe oder Mitteilungen eingegangen. Von wem auch? Allenfalls von Frederik. Beim Händewaschen betrachte ich mich selbst im Spiegel. Nein, denke ich, beim besten Willen – auf einem Fahndungsfoto könnte man mich nicht erkennen. Allerdings hat Ole recht. Ich sehe wirklich so aus, als würde etwas mit mir nicht stimmen, und keinesfalls so wie eine Nordseetouristin. So läuft man nicht am Strand herum, schon gar nicht um diese Uhrzeit. Ich sehe vielmehr aus, als hätte ich die letzte Nacht in einem Rockklub verbracht, mich notdürftig und viel zu stark geschminkt, seit zwei Nächten nicht mehr geschlafen und sei auf Entzug. Ich muss mich wirklich zusammenreißen, um nicht noch mehr aufzufallen.

Dann gehe ich wieder nach draußen, wo Ole gerade die hintere Wagentür zuwirft. Er hat seine Jacke ausgezogen und über seine Reisetasche und meinen Rucksack gelegt.

»Spätestens in einer halben Stunde sind wir in Århus.«

»Prima«, sage ich. »Und vielen Dank schon einmal bis hierher.«

»Keine Ursache«, sagt Ole und betrachtet mich einen Moment zu lang, bevor er wieder einsteigt. Wir fahren weiter.

50.

Ausgerechnet eine Fischerhütte, denkt Tine. Warum eine Fischerhütte?

Sie erinnert sich. Liv hat in ihren Aussagen verschiedentlich von einer erzählt. Dass sie auf dem Hinweg an einer hielt. Dass Vigga ein Bild an der Wand hängen hatte und dass sie in ihrer Kindheit gemeinsam eine solche Hütte als Versteck genutzt hatten, als geheimen Ort, ein Prinzessinnenschloss. Und jetzt wurden Knud und Tine hierhergeführt, weil Liv sich mit Frederik an der Hütte getroffen hat.

Dieser Ort kann kein Zufall sein, überlegt Tine beim Aussteigen – und sei es nur, weil eine Fischerhütte wie diese eine wirre Rolle in Livs von einer Amnesie getrübten und durcheinandergeratenen Erinnerung spielte.

Oder weil sie eine Relevanz für den Fall hat.

Tine geht mit großen Schritten in Richtung Hütte, grüßt die Kollegen mit einem Nicken und sucht in der Handtasche nach einer Packung mit Latexhandschuhen, die sie noch im Gehen anzieht. Auch Knud streift sich welche über.

Das Schloss ist aufgebrochen. Das heißt: Nicht das Schloss selbst. Das Holz drum herum ist gesplittert. Tine sieht etwas Schmutz, einen Schuhabdruck. Dann stößt Tine die Tür mit spitzen Fingern auf. Sie öffnet sich quietschend. Zunächst fällt ihr nichts auf. Dann schon. Sie macht vorsichtig einen Schritt voran und betritt die Hütte, sieht sich darin um – und widmet sich schließlich dem, was ihre Aufmerksamkeit erregt hat.

Sie spürt, dass Knud neben ihr steht, und schiebt die auf dem Tisch liegenden Zettel so hin, dass sie eine perfekte Reihe nebeneinander bilden. Sie betrachtet jeden einzelnen eine Weile lang, schweigend, und Knud sagt auch kein Wort. Er dreht sich um, schaut sich stumm wie ein Fisch in der Hütte um.

Schließlich fragt er: »Warum stehen hier zwei Isomatten herum?«

»Ich weiß es nicht«, erwidert Tine und sieht durch die offen stehende Tür.

Ein Wagen der Spurensicherung ist erschienen. Zwei Kollegen öffnen die Heckklappe und laden ihre Alukoffer aus.

»Diese Papiere«, sagt er dann.

»Es sieht so aus, als habe Liv sie hier für uns platziert, findest du nicht? Die hat sie nicht einfach so liegen lassen.«

»Nein«, sagt Knud und betrachtet die Isomatten.

Sein Blick wandert von den Matten zur Tür, dann von der Tür zur Raummitte, wo sich ein Balken befindet, der das Dach stützt. Knud geht näher heran, fasst sich in die Innentasche und zieht ein Brillenetui heraus, um sich seine Lesebrille aufzusetzen.

»Das sind ›Heimdall‹-Daten«, sagt Tine. »Allerdings sagen sie mir nichts. Und dieser Kassenbeleg legt nahe, dass Vigga tatsächlich schwanger gewesen sein könnte. So wie Liv es behauptet hat.«

»Der Beleg kann von sonst wem stammen«, sagt Knud.

»Wir werden zurückverfolgen, von wem er stammt, und in der Apotheke nachfragen. Vielleicht erinnert sich der Verkäufer. Vielleicht gibt es eine Überwachungskamera.«

Knud nickt und betrachtet den Balken sehr genau, stößt fast mit der Nasenspitze dagegen. Dann schaut er am Balken herab und geht in die Hocke.

»Was ist denn?«, fragt Tine.

»Hier ist Blut.«

»Blut?«

»Blut und Haare. An einem Haken da oben am Balken, dann auf dem Boden selbst.«

»Sind das frische Spuren?«

»Nein. Älter.«

Er steht auf, streckt sich und fasst sich ins Kreuz. Tine geht zu ihm hin und sieht sich alles an.

Sie stellt sich eine Szene bildlich vor. Ein Schädel trifft auf den Nagel. Blut tropft herab. Sie denkt an die Wunde an Livs Hinterkopf, verwirft das dann wieder.

Es ist zu früh, daraus Schlüsse zu ziehen. Die Spurensicherung muss erst Proben vom Blut und den Haaren nehmen und ins Labor schicken. Dort werden sie analysiert und können erst dann einer Person zugeordnet werden. Dasselbe gilt für Spuren, die sich möglicherweise auf den Isomatten befinden – und überall in der Hütte: Fußspuren, Fingerabdrücke …

Zum Glück ist hier alles recht schmutzig und staubig, was verspricht, dass sie ziemlich brauchbares Material finden werden. Wie gesagt, alles viel zu früh. Trotzdem hat Tine das Gefühl, dass in dieser Hütte Vigga getötet worden sein könnte. Die Frage ist, von wem. Und die nächste Frage ist, warum. Oder doch Livs Kopfwunde …

»Was glaubst du, was hier passiert ist? Warum Liv das für uns platziert hat, und warum sollten wir hierherkommen?«, fragt Tine.

»Ich glaube, dass wir uns Frederik intensiv vorknöpfen sollten.«

»Ich frage mich«, erwidert Tine, »was es mit diesem Heimdall wirklich auf sich hat.«

»Die Datenblätter sagen mir nicht das Geringste.«

»Mir auch nicht. Es scheint etwas mit der Regierung zu tun zu haben. Es war kein Hirngespinst. Ich habe wirklich das

Gefühl, sie will uns zeigen, dass sie sich diese Dinge nicht ausgedacht hat.«

»Wer weiß«, sagt Knud und betrachtet den Nagel, »was hier vorgefallen ist.«

»Es könnten Haare und Blut von Vigga sein«, sagt Tine.

»Oder auch nicht.«

»Wie meinst du das?«

»Das hier ist Livs Showroom. Sie hat hier Dinge platziert, damit wir sie finden, richtig?«, fragt Knud.

»Sieht so aus.«

»Sicherlich auch das Blut und die Haare.«

»Die Spuren sehen nicht frisch aus.«

»Liv hatte eine Platzwunde am Hinterkopf«, sagt Knud und deutet auf den Balken. Tine nickt leicht. »Vielleicht stammte die Platzwunde gar nicht von ihrem Treppensturz. Vielleicht ist es vorher passiert. Hier zum Beispiel. Liv hat sich außerdem die Haare geschnitten und schwarz gefärbt. Schwarz wie Viggas Haare. Die Haare am Nagel sind schwarz.«

»Aber warum sollte sie hier Haare platzieren, die …«

»Ich weiß nicht«, sagt Knud. »Ich weiß nur, dass wir es mit einer ziemlich irren Geschichte zu tun haben, und ich weiß nicht, wozu eine Frau mit einer nachweislichen psychischen Störung, mit einem frühkindlichen Trauma und einer angeblichen Amnesie, die sich in das Ebenbild ihrer besten Freundin verwandelt, so alles fähig wäre. Also warten wir besser die Fakten und die Laborergebnisse ab, bevor wir Schlüsse ziehen. Alles andere führt uns nicht weiter.«

»Ja«, sagt Tine, »du hast recht.«

51.

Ich beiße mit Heißhunger in den Cheeseburger und trinke die Cola fast in einem Zug. Mir wird klar, wie ausgehungert ich bin und nah am Verdursten, was kein Wunder ist. Das kleine Burger-Restaurant, an dem Ole mich abgesetzt hat, liegt dem Tekksolv-Gebäude gegenüber. Es ist inzwischen später Nachmittag. Der Himmel hatte die Farbe von Milch mit einer Tendenz ins Graue. Es sieht nach Regen aus.

Ich zerknülle das Papier, in das der Burger eingewickelt ist, und denke darüber nach, dass Johann und Magnus und Tekksolv sich mit Sicherheitssystemen für Server oder digitalen Zahlungsverkehr befassen, die Firma verschiedene Patente besitzt, die ebenfalls mit Sicherheit, Codierung und Verschlüsselung für den Businessbereich zu tun haben. Davon habe ich keine Ahnung, aber das Unternehmen hat in den letzten Jahren ohne Zweifel jede Menge Geld abgeworfen. Allerdings scheint das jetzt – laut Viggas Tagebuch – nicht mehr so zu sein. Und aus diesem Grund soll Magnus etwas getan haben, das Vigga unerträglich fand. Und was ist mit Johann? Was weiß er? Das werde ich hoffentlich bald erfahren.

Tekksolv residiert in einem beige gestrichenen Altbau an der Vester Allé nahe am Musikhuset, dem Konservatorium von Århus. Außerdem ist das ARoS nicht weit entfernt, das Kunstmuseum, in dem es vorwiegend Werke dänischer Künstler zu sehen gibt. Auffallend ist der Panoramarundweg, der auf das Museumsdach gepflanzt worden ist. Es sieht so aus, als wäre dort ein ringförmiges Ufo gelandet. Spektakulär ist nicht nur die tolle Aussicht, die man von dort aus auf die Stadt hat. Es ist vor allem die in den Spektralfarben gehaltene Verglasung. Während man die Runde geht, wechselt die Aussicht auf die Stadt also nicht nur die Perspektive, sondern ist mal rot, mal grün, gelb, blau, magenta oder orange getönt.

Ich hatte vor, darauf zu warten, dass Johann das Tekksolv-Gebäude verlässt. Aber je länger ich darüber nachdenke, desto weniger gefällt mir mein Plan. Johann ist nicht der Typ, pünktlich Feierabend zu machen. Vielleicht nutzt er auch den Hinterausgang, und ich werde ihn gar nicht zu Gesicht bekommen. Oder er ist auf einem Außentermin. So oder so kann ich nicht stundenlang hier hocken und einen Burger nach dem anderen essen. Mir läuft die Zeit davon. Da kommt mir eine Idee.

Ich bezahle, verlasse das Burger-Restaurant und gehe in Richtung Hafen. Als das Isbjerget, wo Johann wohnt, bereits in Sichtweite ist, rufe ich die Nummer von Tekksolv an. Eine freundliche Stimme meldet sich in der Zentrale, und ich frage nach Johann und sage, dass ich von der zentralen Isbjerget-Hausverwaltung anrufe und ihn gerne sprechen möchte. Er sei gerade in einer wichtigen Besprechung. Also bitte ich darum, dass ihm ausgerichtet wird, er möge so schnell wie möglich nach Hause kommen, weil offenbar ein Rohr geplatzt ist und es in der Wohnung unter Johanns durch die Decke tropft – das könne in seinem Appartement zu technischen Defekten wie Kurzschlüssen führen, die wiederum einen Brand entfachen könnten. Die Sekretärin versichert mir rasch, dass sie dem Chef so schnell wie möglich Bescheid geben wird. Dann setze ich mich in Bewegung und gehe zum Isbjerget, um dort auf Johann zu warten.

Ich war ziemlich neidisch auf Johann, als er mir beim Pizzaessen erzählte, dass er eine Wohnung im Isbjerget in Århus besitzt. Es ist ein außergewöhnlich gestalteter Wohnkomplex am Hafen, der zum Wahrzeichen der Stadt geworden ist. In Architektenkreisen sowieso. Die Anlage umfasst ungefähr zweihundert Wohnungen und ist zum Teil mit spitzen Winkeln und ineinander verschachtelt gebaut worden, sodass die Silhouette treibenden Eisbergen ähnelt. Mich erinnern die Gebäudeteile an riesige Adventskalender zum Aufstellen – spitzgieblige Häuser mit flachen Fronten. Außen ist am Isbjerget alles weiß verkleidet. Wenn die Sonne scheint, strahlen die schrägen Dächer aus hellem Zinkblech regelrecht. Die Balkonbrüstungen sind türkisfarben und aus durchsichtigem Sicherheitsglas. Sie erinnern an klares Polarkreis-Eis und sind so an der Fassade angebracht, als könne man aus dem Adventskalender wahllos kleine Schubladen herausziehen.

In dem komplexen Ensemble gibt es die unterschiedlichsten Wohnungen – exklusive Penthouses in den Spitzen der jeweiligen Eisberge oder auch Zweizimmerappartements. Wegen des außergewöhnlichen Stils, der Lage und des Bekanntheitsgrades des mehrfach preisgekrönten Baus sind die Wohnungen dort extrem teuer und auf dem Markt rar gesät. Johann muss entweder Beziehungen oder eine Menge Geld eingesetzt haben, um eine zu bekommen. Vermutlich beides.

Ich stehe im Wind, starre an dem Gebäude empor und setze mich schließlich in ein Bushäuschen, als ein paar Regentropfen vom Himmel fallen. Ich wünschte, ich hätte eine Zigarette. Oder mehrere. Ich beobachte den Verkehr, versuche, Johanns Auto auszumachen – und schließlich sehe ich es. Ich muss kurz grinsen, weil mein Plan aufgegangen ist. Johann steuert auf einen der Parkplätze zu. Ich springe auf und laufe über die Straße, als Johann schon fast an der Haustür angekommen ist. Ich darf ihn nicht verpassen. Meine Hände stecken in den Seitentaschen der Lederjacke, wo ich mit der

Linken das Handy festhalte, damit es nicht herausrutscht, mit der Rechten umfasse ich den Griff des Schraubenziehers.

»Johann!«, rufe ich. »Warte!«

Er öffnet die Haustür, sieht sich über die Schulter zu mir um und hält inne. Offensichtlich hat er keine Ahnung, wo er mich hinstecken soll. Auch nicht, als ich kurz vor ihm das Tempo reduziere und außer Atem auf ihn zugehe.

Johann trägt einen knallblauen Anzug mit braunen Schuhen und ein offenes weißes Hemd. Er sieht aus, als komme er gerade von einem Geschäftstermin, denn bei unseren bisherigen Treffen war er mehr casual gekleidet. Hinter dem eckigen Brillengestell sehe ich seine hellen Augen, fragend, die in meinem Gesicht nach einer Antwort zu suchen scheinen. Dann fährt er sich mit der freien Hand über den kahl geschorenen Schädel, der von ein paar Regentropfen benetzt ist, und sieht auf einmal aus, als habe er ein Gespenst gesehen. Er fragt mit sich überschlagender Stimme: »Liv?«

Johann, das ist mir völlig klar, wurde von der Polizei vernommen. Er wird zweifelsohne darüber im Bilde sein, dass man mich verdächtigt, Magnus ermordet zu haben. Außerdem muss er davon ausgehen, dass ich im Krankenhaus oder im Gefängnis bin. Und angesichts meines veränderten Aussehens hat er eins und eins zusammengezählt, vielleicht sogar einen Fahndungsaufruf im Internet gesehen oder ist von der Polizei kontaktiert worden – und hat außerdem spätestens in diesem Moment kapiert, dass er von mir hergelockt worden ist und es keinen Wasserschaden in seiner Wohnung gibt. Jedenfalls bin ich ihm nicht willkommen. Das ist nicht zu übersehen, und es überrascht mich auch nicht.

»Ja, ich bin's.« Ich mache einen Schritt auf Johann zu. Er weicht zurück und will die Tür vor meiner Nase schließen.

»Bist du verrückt?!«, herrscht er mich an.

Ich schiebe einen Fuß vor und stemme den schweren Doc-Martens-Stiefel zwischen die Tür, sodass Johann sie nicht schließen kann. Ich presse mich durch den Spalt. Johann lässt die Tür los, weicht noch einen Schritt zurück.

»Liv! Bist du irre geworden?«, höre ich ihn rufen.

Ich gehe noch einen Schritt voran, fasse nach seinem Sakko, um ihn festzuhalten. Gleichzeitig ziehe ich den Schraubenzieher aus der Tasche und ziele mit der scharfen Spitze auf die weiche Kuhle unterhalb des Adamsapfels und oberhalb des Schlüsselbeins. Ich kann sein Aftershave riechen. Den Kaffee in seinem Atem. Seine Angst.

»Was«, zische ich, »ist Heimdall?«

52.

Tine hat die Fischerhütte wieder verlassen, die von der Spurensicherung in Beschlag genommen worden ist. Sie überlegt, ob es sich im Inneren um eine Inszenierung handeln könnte, wie Knud vermutet, und welchen Zweck diese hätte. Ihr fällt nichts dazu ein. Warum sollte Liv einen künstlichen Tatort schaffen? Ohne Frage hat sie die Polizei bewusst hergelockt und einige Dinge platziert, damit sie gefunden werden – nämlich den Beleg über die Schwangerschaftstests und die »Heimdall«-Daten.

Knud redet mit Kollegen unmittelbar an der Hütte. Tine geht einige Schritte zurück und unterschreibt ein Papier, das belegt, wann sie den Tatort betreten und wieder verlassen hat. Alles muss akribisch dokumentiert werden.

Sie lässt den Blick über den Fjord und das flache Land schweifen. Wolken jagen über den Himmel. In jedem Fall, denkt sie, werden sie und Knud noch einmal ein ernstes Wort mit Johann über »Heimdall« reden müssen. Insgeheim lässt sie der Gedanke nicht los, dass dieses Projekt tatsächlich etwas mit Viggas Verschwinden und Magnus' Tod zu tun haben könnte. Liv scheint das genauso zu sehen und will der Polizei beweisen, dass sie nicht gelogen hat. Sie will zudem unbedingt herausfinden, was an dem Abend in dem Haus in den Dünen wirklich geschehen ist und warum. Es liegt auf der Hand, dass sie mit Johann sprechen will, der engen Kontakt zu Vigga und Magnus hielt und auch mit Liv Kontakt hatte. Außerdem steht er mit »Heimdall« in Verbindung und hat in Bezug auf das Projekt nicht ganz die Wahrheit erzählt.

Tine sucht per Google auf ihrem Handy nach der Firma Tekksolv in Århus. Sie kopiert die Nummer und bittet die Kollegen im Präsidium, die Handynummer von Johann aus den Akten suchen und ihr zuzumailen. Nach wenigen Minuten geht eine Nachricht mit der Nummer ein. Tine wählt zuerst die von Tekksolv.

»Er ist leider nicht da«, erfährt Tine von der Sekretärin. »Er hat eben die Firma verlassen.«

»Darf ich erfahren, wohin er wollte?«, fragt Tine.

»Na ja, über Termine und private Angelegenheiten der Geschäftsführung kann ich leider keine Auskunft geben.«

»Ist es ein privater Termin?«

»Dazu darf ich nichts sagen, tut mir leid.«

»Ich muss ihn dringend sprechen. Noch einmal: Ich bin von der Kriminalpolizei, und es ist sehr wichtig.«

»Ja, das verstehe ich. Aber er ist nun einmal nicht da. Es gab wohl ein technisches Problem in seiner Wohnung. Ich nehme an, dass er bald wieder da sein wird. Soll er Sie zurückrufen?«

»Ja. Das wäre ausgezeichnet«, sagt Tine und nimmt sich vor, gleich die Handynummer von Johann zu wählen.

Sie beendet das Gespräch und blickt auf, als Knud zu ihr kommt, ebenfalls mit dem Handy am Ohr.

»Wir haben sie«, sagt er.

»Was? Wen?«

Knud beendet nun auch sein Gespräch.

»Liv«, sagt Knud. »Die Kollegen haben Frederiks Handy ausgelesen und die Nummer identifiziert, von der aus er angerufen wurde, ein Prepaid-Handy, das Liz genutzt haben muss.«

»Wird die denn angezeigt? War sie gespeichert?«

»Sie wird als unbekannte Nummer angezeigt. Aber trotzdem kann man natürlich herausfinden, ob …«

»Ich weiß, dass man das kann, Knud«, sagt Tine. »Und er hat sein Handy bereitwillig zur Verfügung gestellt?«

Knud zuckt mit den Schultern. »Offensichtlich. Sie haben die Nummer für eine Peilung benutzt. Einfach eine verdeckte Mail an die Nummer gesendet, die beim Empfänger aber nicht als Mail angezeigt wird. Das System ist nicht sehr genau, aber wir wissen zumindest, dass sie sich in Århus aufhalten muss.«

Shit, denkt Tine. Århus. Sie will tatsächlich mit Johann reden, der aber nicht in der Firma ist.

Tine gibt die Nummer, die sie kopiert hat, ins Telefon ein, um Johann auf dem Handy zu erreichen. Aber er geht nicht dran.

53.

Johanns Handy klingelt. Als er es aus der Sakkotasche ziehen will, schüttle ich den Kopf. Ich bewege mich mit ihm, die Schraubenzieherspitze weiterhin an seinem Hals.

»Gib mir das Telefon!«

»Liv …«

»Gib mir das Telefon!«

»Was willst du? Bist du verrückt? Nimm den Schraubenzieher weg!«

Ich nutze Johanns Zurückweichen, um ihn in Richtung des Fahrstuhls zu bewegen, und erhöhe den Druck auf seine Kehle.

»Das Handy«, wiederhole ich.

Endlich zieht er es aus der Tasche und reicht es mir. Ich nehme es mit der freien Hand an, sehe eine unbekannte Nummer auf dem Display. Eine Mobilnummer. Es könnte ein privater Anruf sein, ein dienstlicher, es könnte aber auch die Polizei sein. Ich stecke das Smartphone ein, das weiterhin klingelt.

»Was, zum Teufel, willst du!«, blafft Johann.

Wir sind am Fahrstuhl angekommen.

»Wir fahren hoch in deine Wohnung. Dort unterhalten wir uns. Über Heimdall und über Vigga und Magnus.«

»Ich weiß nicht, was du dir davon versprichst«, keucht Johann und weicht weiter zurück. Er stößt mit dem Rücken gegen die blank polierte Edelstahltür, die sich automatisch öffnet, ohne dass ein Anforderungsknopf gedrückt wurde. Offenbar haben wir den Kontakt einer Lichtschranke ausgelöst. Einen Moment später stehen wir in der Kabine.

»In deine Wohnung«, sage ich.

»Das führt doch zu nichts, Liv!«

»In deine Wohnung.«

Ich erhöhe wiederum den Druck auf Johanns Kehle. Die Haut beult sich ein. Johann tastet nach rechts und drückt den Knopf mit der zweithöchsten Nummer, worauf sich die Fahrstuhltür rumpelnd schließt.

Während sich die Fahrstuhlkabine in Bewegung setzt, fragt Johann: »Hast du in der Firma angerufen und behauptet, dass es einen Wasserschaden gibt?«

»Ja.«

»Du hast mich herlocken wollen?«

»Richtig.«

»Warum hast du mich nicht einfach angerufen, wenn du etwas wissen willst?«

Ich muss schmunzeln, aber gleichzeitig spüre ich, dass meine Hände zittern und mein Herz wie wild schlägt.

»Das sind keine Themen für ein Telefonat.«

»Du kannst den Schraubenzieher jetzt wegnehmen. Ich tue dir nichts.«

»Ich kann niemandem trauen.«

»Du bist auf der Flucht. Die Polizei wollte dich verhaften, weil du Magnus umgebracht hast, und …«

»Ich habe ihn nicht umgebracht.«

»Wer denn dann?«

»Vielleicht du.«

Johann lacht auf und hält die Hände hoch. »Oh. Nein. Nein, nein, nein. Das denkst du? Du denkst …«

»Ich weiß nicht, was ich denken soll.«

»Ich habe damit nichts zu tun. Magnus war mein Freund, verdammt – warum hast du es getan, Liv? Warum hast du ihn umgebracht?«

»Das war ich nicht.«

»Aber die Polizei hat gesagt …«

»Die Polizei geht von falschen Fakten aus.«

»Na, ich weiß ja nicht.«

»Siehst du, Johann«, sage ich, als der Fahrstuhl mit einem Ping-Geräusch unsere Ankunft im elften Stock verkündet, »dass das kein Thema für ein Telefonat ist?«

»Offensichtlich nicht.«

»Schon gar nicht, wenn es um Heimdall geht?«

»Ich weiß nicht, wovon du sprichst.«

Die Fahrstuhltür geht auf. »Raus«, sage ich. »In deine Wohnung. Und keine dummen Versuche, Johann – ich bin zu allem bereit.«

»Das hast du ja schon deutlich bewiesen«, sagt Johann und setzt sich in Bewegung.

Er geht an mir vorbei. Als er mir den Rücken zudreht, ziehe ich mit der freien Hand mein Handy aus der Hosentasche. Ich schalte die Sprachmemo-Funktion ein und drücke den roten Knopf für »Record«. Hoffentlich funktioniert es und wird eine brauchbare Aufnahme liefern. Ich schiebe es zurück in die Tasche und ziele weiterhin mit dem Schraubenzieher auf Johann, jetzt auf seine Nierengegend, während ich ihm zu seiner Wohnung folge. Erste Reihe in einem der dem Hafenbecken zugewandten Gebäudekomplexe. Oceanfront. Der Flur ist hell und weit. Links und rechts gibt es Fenster in den Dachschrägen. Einige sind dreieckig und sollen wohl den Eindruck von Eissplittern erwecken.

Das Licht geht automatisch an. Wie die Fassade des Gebäudes ist die weitläufige Wohnung weiß. Heller Holzfußboden wechselte sich mit schwarzen Kacheln in der Küchenzone ab. Die Einrichtung ist modern, ausgestattet mit sündhaft teuren Möbeln, als hätte ein Innenarchitekt sie entworfen. Im

Wohnzimmer öffnet sich ein Frontbalkon zur Ostsee hin. Die hohen Kräne des Containerhafens am anderen Ufer sind zu sehen. Rechts, wo sich die offene Küche und ein großer Esstisch befinden, gibt es einen weiteren Balkon, eine in das schräge Dach eingelassene Loggia.

Johann dreht sich zu mir, steht mit dem Rücken zur Glasfront. »Also. Was soll diese schlechte Komödie?«

»Es ist keine Komödie. Es ist ein blutiges Drama. Ich war tot.«

»Tot?«

»Magnus hat mich die Treppe hinabgestoßen. Ich wurde gefunden. Im Krankenwagen hatte ich ein Herzversagen und wurde wiederbelebt.«

»Von einem Herzversagen und angeblichen Treppenstößen weiß ich nichts.«

»Magnus hat man erstochen neben mir gefunden. Das Messer hatte ich in der Hand. Aber ich kann ihn nicht getötet haben, weil ich bewusstlos war.«

»Wer soll ihn denn sonst umgebracht haben?«

»Vielleicht hast du einen Vorschlag für mich?«

»Was auch immer du damit andeuten willst: Er war mein Freund. Natürlich habe ich ihm nichts getan. Ich war außerdem gar nicht vor Ort. Die Polizei hat mein Alibi überprüft.«

»Ich weiß.«

»Ich hätte keinen Grund, ihm etwas anzutun, denn …«

»Was ist Heimdall?«

»Warum spielt das eine Rolle?«

»Ich habe dich und Magnus immer wieder davon reden hören. Vigga hat in einem Tagebuch darüber geschrieben.«

»Ich weiß nichts von einem Tagebuch.«

»Das hast du auch der Polizei erzählt.«

»Ja.«

»Du weißt auch nichts davon, dass sie schwanger war.«

»Nein. Magnus hat nie darüber gesprochen. Sie auch nicht. Das scheint ein Hirngespinst zu sein, Liv.«

»Ist es nicht.«

Johann zuckt mit den Schultern. »Wenn du es sagst?«

»Heimdall«, wiederhole ich. »Ich habe Datenblätter und Schreiben vom Verteidigungsministerium gesehen.«

Johann kommentiert es nicht.

»Bei Magnus lagen außerdem zwei externe Festplatten auf dem Schreibtisch, die sind nun verschwunden. Hast du sie?«

Johann schweigt weiter.

»Hat Magnus sie dir gegeben?«

Johann sagt nichts.

»Du hast der Polizei gesagt, dass du nichts von Heimdall weißt. Und das ist gelogen. Die Polizei weiß das jetzt auch, Johann. Sie wissen nun, dass es Heimdall gibt, denn ich habe ihnen Datenblätter aus einer Akte zugespielt, um zu beweisen, dass ich nicht lüge.«

»Akte?«

»Aus Magnus' Schreibtisch.«

Ich löse den Rucksack von der Schulter, ohne Johann aus dem Blick zu lassen. Ich zurre ihn auf, greife hinein und spüre die dünne Mappe, ziehe sie heraus und schleudere sie Johann ins Gesicht. Die Briefe und Dokumente verteilen sich auf dem Boden. Ich stelle den Rucksack zu meinen Füßen ab.

Johann legt den Kopf schief, betrachtet die Blätter, schweigt nach wie vor.

»Es sind Tekksolv-Daten«, sage ich. »Und die Schreiben sind an Tekksolv adressiert. Du kannst mir nicht erzählen, dass du davon nichts weißt. Ich habe dich und Magnus über Heimdall reden hören – beim Pizzaessen und bei anderen Gelegenheiten. Also, was ist Heimdall?«

Johann seufzt. Er vergräbt die Hände in den Hosentaschen und schaut zum Fenster. Ich nutze die Gelegenheit und fasse mit der freien Hand in die Tasche meiner Jeans, ziehe das Handy etwas heraus, sodass das Mikrofon freiliegt.

»Ich sehe nach wie vor nicht«, sagt er, »in welchem Zusammenhang das Projekt mit dem Mord an Magnus stehen soll. Warum hast du es getan?«

»Ich habe es nicht getan.«

»Wollte er was von dir? Weil du ihre Sachen getragen hast und ihr euch ähnlich gesehen hast?«

»Nein.«

Johann wendet sich zu mir. »Jetzt trägst du wieder ihre Sachen. Das ist Viggas Jacke.«

»Ich hatte nichts anderes zur Hand.«

Johann deutet mit einem Nicken auf den Schraubenzieher, den ich weiter auf ihn richte. »Willst du mich auch töten?«

Nein, denke ich. Nein, ich werde es nicht können – selbst wenn ich müsste. Und vielleicht weiß Johann das, der mir körperlich überlegen ist.

Ich blicke auf das Werkzeug. Die flache Spitze. Ich sehe ein Messer in meiner Hand. Blutverschmiert. Die Beine, die sich von mir entfernen. Einen Körper. Die Bilder werden immer stärker. Es ist, als ob meine Erinnerung zurückkehrt – eine entsetzliche Erinnerung, die mir zu sagen scheint, dass ich in der Nacht, in der Magnus starb, doch nicht die ganze Zeit über bewusstlos war. Oder sind es Momentaufnahmen, die ich mir einbilde und die zu meiner Erinnerung werden? Weil mir jeder sagt, dass ich Magnus umgebracht habe? Dass an dem Messer meine Fingerabdrücke waren und ich es in der Hand hielt? Nein, ich bilde es mir nicht ein. Dazu ist das, was ich sehe, zu konturscharf. Klänge mischen sich dazu. Gerüche. Das Gefühl von Panik. Schmerz.

»Ich habe niemanden getötet«, wiederhole ich. »Und dir will ich nichts tun. Ich will nur wissen, was mit mir passiert.«

»Dabei kann ich dir nicht helfen.«

»Was ist Heimdall?«

»Auch dabei kann ich dir nicht helfen.«

»Ich habe Magnus' Laptop. Ich habe die Daten darauf gesehen.«

»Welches Laptop?«

Ich gehe in die Hocke, ohne Johann aus dem Blick zu lassen. Ich ziehe das Laptop aus dem Rucksack. Für einen kurzen Moment bin ich irritiert, denn meine Finger stoßen an einen weiteren Gegenstand, der kleiner als der Computer ist, aber ebenfalls rechteckig. Ich weiß nicht, was das sein sollte – aber im nächsten Moment bin ich wieder ganz bei Johann. Ich schiebe ihm das Laptop über den glatten Boden zu und stelle mich wieder hin.

Johann schaut zu Boden.

»Ein Laptop«, sagt er. »Und?«

»Ich sage es dir noch einmal. Die Polizei hat Kenntnis von Heimdall. Du und Magnus habt darüber geredet. Es gibt das Projekt. Du hast der Polizei gesagt, dass du nichts über Heimdall weißt. Sie wird wissen wollen, warum du gelogen hast.«

Johann betrachtet mich. Er beult die Wange mit der Zunge aus und scheint nachzudenken. Schließlich atmet er scharf ein. »Heimdall ist ein Regierungsprojekt. Es ist geheim. Tekksolv ist auf Sicherheitssysteme spezialisiert. Bei Heimdall geht es um die nationale Sicherheit.«

»Inwiefern?«

Wiederum scheint Johann das Für und Wider abzuwägen.

Ich sage: »Die Polizei wird es ebenfalls wissen wollen. Sie wird ermitteln, auch bei der Regierung. Was einmal geheim war, Johann, ist es jetzt nicht mehr.«

»Heimdall ist ein Ortungssystem für U-Boote«, sagt er.

Deswegen, denke ich, diese kryptischen Angaben über Megahertz und die topografischen Ansichten des Meeresbodens. Deswegen die Position mitten in der Ostsee vor der dänischen Küste.

Johann redet weiter: »Der Kalte Krieg ist wieder da, Liv. Seit Jahren tauchen immer wieder russische U-Boote in den skandinavischen Fjorden auf. Auch vor der dänischen Küste. Sie kommen und gehen, wie es ihnen beliebt. Das Verteidigungsministerium ist der Meinung, dass das nur deswegen passieren kann, weil die Russen unsere Ortungssysteme kennen und unterlaufen. Also ist es Zeit für ein neues System.«

»Heimdall?«

»Heimdall«, bestätigt Johann. Und ich bete, dass mein Handy alles aufnimmt. »Heimdall«, redet er weiter, »ist kein Exklusivprojekt von Tekksolv. Es arbeiten viele daran. Wir sind für die Sicherheitscodes zuständig. Wir sorgen dafür, dass Heimdall nicht geknackt werden kann. Tja.« Johann lacht schnaufend auf. Verächtlich.

»In ihrem Tagebuch hat Vigga davon geschrieben, dass Magnus etwas Schreckliches getan hat. Etwas, das ihn in ihrer Achtung sinken ließ. Hat das mit Heimdall zu tun?«

Johann mustert mich schweigend. Schließlich sagt er: »Er hatte Geldschwierigkeiten. Er hat Informationen über Heimdall verkauft. Vigga hat es herausgefunden, weil sie sich fragte, woher auf einmal das Geld kam.«

»An wen hat er die Informationen verkauft?«

»Kannst du dir das nicht denken?«

Doch, kann ich.

»Jedes andere Land der Welt«, erklärt Johann, »wäre an Heimdall-Sicherheitscodes interessiert. Um sie selbst zu nutzen oder um damit zu handeln.«

»Gott«, flüstere ich. »Vigga hat nie etwas von Geldsorgen erzählt. Ich hatte nie den Eindruck, dass er …«

»Tekksolv ist in den vergangenen zwei Jahren stark gewachsen«, erklärt Johann. »Wir haben Leute eingestellt, sind umgezogen, brauchten eine neue Ausstattung. Der Regierungsauftrag hat eine gewisse Bonität vorausgesetzt. Wir mussten das Stammkapital deutlich erhöhen, ohne Zahlungen zu erhalten, viele Auslagen vorfinanzieren – auch die für Heimdall. Ich hatte Sorgen, dass uns das massiv überfordern wird. Aber Magnus meinte immer: Wird schon, und er tat Geldquellen auf. Ich war zu beschäftigt, um zu kapieren, woher das Geld kam. Vielleicht wollte ich es auch nicht wissen.«

»Du sagst, Vigga hat es herausgefunden?«

»Sie hat es herausgefunden und mit mir darüber geredet. Sie wollte, dass ich Magnus dazu bewege, aufzuhören. Die andere Seite wollte immer mehr und mehr. Aus der Nummer gab es keinen Ausweg. Magnus hielt sich für clever – aber die waren cleverer.«

In dem Tagebuch hat Vigga davon gesprochen, dass sie jemanden zum Aufhören bewegen will. Aber sie hat nicht explizit von Magnus gesprochen. Ich frage mich, wie Johann mit Magnus noch so vertraut sein konnte, wo er doch wusste, was Magnus der Firma heimlich angetan hat. Johann und Magnus sind gleichwertige Geschäftsführer, soweit ich weiß.

»Steckst du auch mit drin?«

»Ist doch vollkommen egal«, sagt Johann – und damit ist mir klar: Ja, er steckt auch mit drin. Und zwar richtig. Er hat gelogen, als er nur von Magnus allein redete.

Ich schaue auf seine Schuhe, betrachte seine Beine. Sind das die Beine und die Schuhe, an die ich mich erinnere? Dann fällt mein Blick in den offenen Rucksack zwischen meinen Stiefeln. Ich sehe, woran ich eben mit den Fingerspitzen gestoßen bin. Es sieht aus wie ein Heft. Ein Büchlein. Ich verstehe nicht, wie das in den Rucksack gekommen sein soll. Er war leer, als ich das Laptop und die Akte hineinschob. Er war auch leer, als ich beides im Café und in der Fischerhütte aus dem Rucksack herausgenommen habe. Oder habe ich es einfach nicht bemerkt? Das Heft erinnert mich an ein Moleskine-Notizbuch. Es sieht aus wie … Aber das kann nicht sein.

»Du bist ein Mitwisser«, sage ich abwesend. »Du hättest Magnus anzeigen müssen.«

Johann lacht auf und schüttelt den Kopf. »Du bist naiv, Liv.«

»Hast du Magnus überreden können, aufzuhören?«

»Nein.«

»Weil du es gar nicht wolltest?«

Ich gehe in die Hocke und stecke die freie Hand in den Rucksack. Mein Herz stolpert, als ich sehe, dass es tatsächlich Viggas Tagebuch ist. Die Beschriftung, die Optik. Ich blättere darin. Viggas Schrift.

Ich höre Johanns Stimme. »Ziehst du jetzt die nächste Überraschung für mich aus deinem Rucksack? Wie viele hast du denn noch darin? Und am Ende ändert keine davon etwas an den Tatsachen, Liv.«

Doch, denke ich. Diese hier. Wie auch immer das Tagebuch in den Rucksack gekommen ist. Meine Gedanken rasen. Ich hatte den Rucksack mit in der Fischerhütte. Ich weiß verlässlich, dass ich das Tagebuch nirgends gefunden habe. Ich weiß außerdem verlässlich, dass ich den Rucksack erst auf meiner Flucht entdeckt habe. Das Tagebuch konnte nicht darin stecken. Hat Frederik es in der Fischerhütte hineingesteckt? Dann hätte er es vorher in den Händen halten müssen, hat er aber nicht. Mir fällt der Mann ein, der mich mitgenommen hat. Ole. Er hätte die Möglichkeit gehabt, etwas in den Rucksack zu stecken. Aber … Wie? Warum? Und: Der Mann war ein Fremder, was sollte er mit allem zu tun haben? Es sei denn, er war kein Fremder. Jedenfalls ist das Tagebuch wieder da.

Alles wird sich ändern.

»Wie auch immer«, sagt Johann, » du wirst mit keiner Information etwas anfangen können, weil ich niemals darüber geredet habe. Verstehst du? Du solltest die Polizei anrufen und dich stellen. Denn wenn sie dich hier suchen und finden sollten, macht das alles nur noch schlimmer für dich.«

»Die Polizei …«

»Ich glaube dir kein Wort davon, dass du Informationen über Heimdall an die Polizei gegeben hast. Das ist ein Bluff. Und die Polizei wird dir auch kein Wort glauben.«

»Ich war in der Fischerhütte am Fjord«, sage ich atemlos. »Dort habe ich Datenblätter aus der Akte platziert und die Polizei dorthin gelockt.«

Ich spüre, dass ein Ruck durch Johann geht. Er wird blass wie die Wand in seiner Wohnung.

Ich rede weiter: »Denn in der Fischerhütte ist noch viel mehr. Es gibt dort Isomatten und Kerzen. Dort ist ein Haken in einem Balken, der blank geputzt ist. Dort ist der Boden gewischt. Ich habe Blut gesehen, und ich bin mir sicher, dass die Polizei es analysieren und feststellen wird: Es ist Viggas Blut.«

»Ich weiß nicht, wovon du redest«, sagt Johann, aber seine Reaktion auf das Wort »Fischerhütte« sagt mir, dass er es ganz genau weiß. Er kennt die Hütte.

»Was für eine Fischerhütte soll das sein, du meine Güte?«

»Eine Hütte am Fjord. Man sieht sie von der Straße aus. Sie sieht genauso aus wie die Hütte, in der sich Vigga und ich als Kinder versteckt haben, um dort zu spielen. Ein Bild von dieser alten Hütte hängt in Viggas Schlafzimmer. Sie war ihr wichtig. Die Hütte am Fjord liegt auf dem Weg zum Haus von Magnus und Vigga. Man kommt unmittelbar daran vorbei. Du weißt genau, welche Hütte ich meine.«

»Ich weiß absolut nicht, was diese Hütte …«

»Und die Polizei wird in der Hütte Spuren von dem Mann finden, mit dem Vigga eine Affäre hatte. Mit dem hat sie sich in der Hütte getroffen. Regelmäßig. Warst du der Mann, Johann?«

»Unsinn!«

»Hattest du eine Affäre mit Vigga?«

»Quatsch!«

»In der Hütte habe ich auch einen Kassenbeleg über Schwangerschaftstests platziert, die Vigga gekauft hat.«

Johann zuckt, als hätte ich ihm einen Schlag in die Magengrube verpasst. Seine Gesichtsfarbe wird mit einem Schlag kalkweiß. Seine Augen sind groß.

»Schwangerschaftstests?«, fragt er heiser. Dann schreit er mich an: »Sie war, verflucht noch mal, nicht schwanger! Das redest du dir alles ein!«

Seine Mundwinkel zucken unkontrolliert, als er sich Speichel von den Lippen wischt. Seine Hand zittert. Er hat nichts davon gewusst, das ist eindeutig. Er hatte keine Ahnung davon, dass Vigga schwanger war.

Meine Stimme ist ein Zischen. »Sie hat die Tests gekauft, und die Polizei weiß es. Sie wird alles herausfinden. Vigga hat in ihrem Tagebuch …«

»Es gibt kein fucking Tagebuch!«

»… von ihrer Affäre geschrieben. Und dass sie schwanger ist. Es steht alles darin. Warst du der Mann, Johann? Hattest du eine Affäre mit ihr? Von wem war sie schwanger – von Magnus oder von dir?«

Johann ballt die Fäuste und starrt mich feindselig an.

Und dann nehme ich das Moleskine-Heft heraus und stelle mich wieder hin.

Viggas Tagebuch.

Ich schlage es auf, drehe es zu Johann. Johanns Adamsapfel hüpft. Er erkennt Viggas Handschrift. Das sehe ich ihm an. Er macht einen großen Schritt auf mich zu, will das Heft greifen. Ich reiße den Schraubenzieher hoch und weiche einen Schritt zurück.

»Was hast du getan, Johann? Was hast du Vigga angetan?«

»Woher weißt du, dass sie schwanger war?«, flüstert er.

»Wie gesagt: Es steht in ihrem Tagebuch. Ich habe in ihrer Jacke den Kaufbeleg über die Schwangerschaftstests gefunden. Sie war verzweifelt deswegen, aber auch glücklich. Vollkommen verwirrt. Sie wusste nicht ein noch aus. Normalerweise freut man sich doch – aber wenn man schwanger von seiner Affäre wird und nicht von seinem Mann, stürzt es einen ins Chaos. Oder wenn man von seinem Mann schwanger wird, den man aber verlassen will, und außerdem nicht weiß, wie die Affäre darauf reagieren wird.«

»Du lügst. Du hast vorher schon von einer Schwangerschaft gefaselt, und die Polizei hat mich danach gefragt, aber Magnus hat kein Wort …«

»Es steht alles in dem Heft. Die Polizei hat den Beleg über die Tests.«

Johann starrt mich an.

»Sie war schwanger. Von Magnus? Oder von dir? Johann?«

Johann fährt sich mit beiden Händen durchs Gesicht.

»Rede mit mir, verdammt noch mal!«

Johann wirkt wie eine Gummipuppe, aus der man die Luft herausgelassen hat. Er sackt förmlich in sich zusammen und scheint mit den Blicken etwas auf dem Boden zu suchen, das er nicht findet.

»Vigga und Magnus hatten keinen Sex mehr«, sagt er leise. »Sie hat es mir immer wieder erzählt. Monatelang nicht. Über ein Jahr.«

»Und dann hat sie sich bei dir geholt, was ihr fehlte?«

»Ich denke es, ja. Aber dann muss etwas zwischen beiden passiert sein. Ich weiß es nicht. Es hat sich etwas gewendet. Sie wollte zu ihm zurück – aber ... Auch Magnus hat mir erzählt, dass er wieder Hoffnung für die Ehe habe. Das geschah alles innerhalb von drei Tagen. In dieser kurzen Zeit kann sie unmöglich schwanger geworden sein und ...«

»Du warst der Mann«, höre ich mich flüstern. »Du hattest eine Affäre mit ihr.«

Johann starrt weiter auf den Boden, blinzelt und atmet schwer. »Ich weiß nicht genau«, sagt er mit brechender Stimme, »wie es passiert ist. Wir sind einfach so hineingerutscht. Es war nicht gezielt. Ich mochte Vigga schon immer. Fand sie sehr attraktiv. Nach meiner Meinung hatte Magnus jemanden wie sie nicht verdient. Oder behandelte sie nicht auf die Art und Weise, die Vigga verdiente. Sie war verzweifelt, suchte Rat bei mir, redete mit mir über Magnus und alles, was schieflief. Irgendwann ist es dann passiert. Ich ... Ich weiß nicht, ob sie wirklich etwas Tiefes für mich empfand oder ob sie sich mit mir nur trösten wollte. Bei mir jedenfalls ging es tief. Es war mir gleichgültig, ob ich nur ein Lückenfüller war. Ich hoffte, dass mehr daraus werden wird, und hatte zunehmend das Gefühl, dass das auch passieren könnte. Aber das war falsch. Wahrscheinlich war alles mein Fehler. Nein, nicht wahrscheinlich. Es war mein Fehler. Es war alles mein Fehler und meine Schuld.«

»Wie meinst du das?« Meine Stimme klingt wie ein Windhauch.

Johann blickt auf, leckt sich über die Lippen. Ich sehe, dass seine Augen nass sind.

Er sagt: »Ich hätte es niemals so weit kommen lassen dürfen zwischen Vigga und mir. Ich hätte es nie so weit kommen lassen dürfen, dass Magnus und ich in diesen Strudel um Heimdall geraten. Ich … Wir … Wir kommen da nicht raus.«

»Hast du deswegen die beiden Festplatten aus Magnus' Arbeitszimmer mitgenommen? Um weitere Daten zu verkaufen?«

Johann nickt. Er scheint bis ins Mark erschüttert zu sein. Gespielt ist sein Entsetzen nicht. Ich bete erneut, dass das Handy in meiner Hosentasche alles aufzeichnet, und spüre das Kreuz an der Halskette auf meiner Haut.

»Hast du mir den Mord an Magnus in die Schuhe geschoben?«, frage ich.

»Nein. Es war alles ganz anders, als du denkst, Liv.«

»Erzähl es mir!«, schreie ich ihn an. »Erzähl mir, verdammt noch mal, was passiert ist!«

Johann zittert. Er beugt sich etwas nach vorn, legt die Hände flach auf den Tisch, als ob er sich daran festhalten will.

»Magnus und ich haben Teile von Heimdall an eine andere Firma verkauft. Es war illegal. Es war schlimm. Aber es war enorm lukrativ. Diese Firma arbeitet mit anderen Ländern zusammen. Ich weiß nicht, mit welchen. Je weniger ich darüber weiß, umso besser. Vigga hat mitbekommen, was wir tun. Sie dachte zuerst, es wäre nur Magnus, und sie wollte ihn stoppen. Er ließ sich von ihr dazu überreden, auszusteigen. Aber es ging um die letzten wesentlichen Teile. Ich musste Magnus überzeugen, dass wir weitermachen. Ich … Es ist nicht richtig, dass nur er alleine Geldprobleme hatte. Ich hatte sie ebenfalls. Die Firma hatte sie – und Magnus und ich sind die Firma. Dann hat Magnus ihr erzählt, dass ich mit im Boot bin. Sie hat versucht, mir auszureden, weiterzumachen. Wir haben uns an der Fischerhütte getroffen.«

Die Hütte am Fjord. Ich wusste es.

»Es war ziemlich verrückt. Wir haben uns mehrfach heimlich dort getroffen. Es gefiel ihr, und sie fühlte sich dort sicher. An jenem Tag ging ich davon aus, dass wir dort wieder Sex haben würden, und brachte Champagner mit. Aber es ging ihr um etwas ganz anderes. Sie stellte mich wegen Heimdall zur Rede und wollte mich davon überzeugen, den Verkauf der letzten Daten, die sich auf Magnus' Festplatten befanden, zu stoppen. Ich war geschockt, dass sie darüber Bescheid wusste. Aber ich konnte es nicht aufhalten. Ich brauchte die letzte Charge und musste liefern, sonst ... Ich weiß nicht, was sonst. Man hätte fraglos ein Druckmittel gegen mich gefunden. Diese andere Firma ... Sie kämpft mit harten Bandagen und hat mir klargemacht, dass ein Aussteigen nicht infrage kommen wird. Ich hatte Angst, dass man mir etwas antun wird. Vigga gab sich damit nicht zufrieden. Sie hat gesagt, dass sie mich anzeigen wird, wenn ich es nicht stoppe. Sie würde auch in Kauf nehmen, dass ich in diesem Fall Magnus mit ans Messer liefere. Und dann hat sie noch gesagt, dass sie zur Polizei geht, wenn ich die restlichen Heimdall-Teile verkaufen werde. Sie wollte außerdem zu Magnus zurückkehren. Dann ... Dann ist mir eine Sicherung durchgebrannt.«

»Was«, flüstere ich, »ist passiert?«

»Vigga hat mich beschimpft, weil ich gesagt habe, dass ich mich von ihr nicht unter Druck setzen lassen werde. Sie hat gesagt, dass es ein schlimmer Fehler war, sich mit mir einzulassen, und dass ich sie und Magnus ins Verderben reißen würde, was sie nicht zulasse – und ich habe erwidert, dass ich nicht zulassen werde, dass sie mich ins Verderben reißt. Sie wollte gehen, aber ich hab sie festgehalten. Sie wehrte sich, schlug auf mich ein. Ich hab sie von mir gestoßen, und dann ist sie gegen einen Balken in der Fischerhütte geprallt, mit dem Hinterkopf dagegengestoßen. Ich … Ich sehe noch ihren Gesichtsausdruck. Sie sah überrascht aus, aber bewegte sich nicht mehr. Dann änderte sich etwas in ihren Augen. Sie wurden ganz matt. Blut strömte ihr aus der Nase. Da erst habe ich begriffen, dass sie mit dem Hinterkopf gegen einen Haken in dem Pfeiler geprallt ist, der sich in ihren Schädel gebohrt hatte. Er hielt sie wie eine Puppe im Stehen. Es war entsetzlich. Ein schrecklicher Unfall. Ich wollte ihr nichts tun, wirklich nicht.«

Mir wird schlecht.

Ich erinnere mich an alles, was ich in der Hütte gesehen habe. Den Haken. Den Holzboden. Die Schleifspuren. Und ich glaube Johann nicht. Ich glaube, dass er ihr etwas antun wollte, damit sie ihn nicht anzeigt. Vielleicht wollte er sie nicht töten, vielleicht doch. Aber ganz bestimmt wollte er sie nicht einfach so gehen lassen. Eben hat er gesagt, ihm sei eine Sicherung durchgebrannt. Vielleicht hat er sie gepackt und mit dem Kopf gegen den Pfeiler geschlagen und dabei den Haken nicht beachtet.

»Was …«, frage ich und spüre, wie mir Tränen die Wangen hinablaufen, meine Augen brennen,«… was hast du mit ihr gemacht?«

»Als ich gemerkt habe, dass sie tot ist, geriet ich in Panik. Ich hab sie von dem Haken genommen, ihren Körper auf eine der Isomatten gelegt, ihr die blutige Kleidung ausgezogen und unterwegs in einen Mülleimer gestopft. Ich habe ihr Auto zurück zum Haus gefahren. Davor habe ich mir Latexhandschuhe aus dem Verbandskasten in meinem Auto angezogen. Ich … Es war das Beste, was mir einfiel. Ich hatte keine Ahnung, was ich sonst mit dem Wagen tun sollte. Magnus war nicht da – ich wusste, dass er einen Termin hatte. Ich habe dann Viggas Türschlüssel benutzt, um mir die Festplatten zu holen, und bin dann zu Fuß zurück … Bin fast den ganzen Weg gejoggt. Ich hatte unglaubliche Angst, dass jemand ihre Leiche findet.«

»Du Scheißkerl«, zische ich.

»Die Leiche habe ich dann verschwinden lassen. Sie war … Es war nicht einfach, wirklich nicht. So ein toter Körper ist sehr schwer, und …. Ich hatte sie geliebt, wirklich.«

»Wo ist sie? Wo ist Vigga!«

Er redet einfach weiter. »Und das Schlimmste ist …« Johann sieht mich an. »Das Schlimmste ist: Wenn Vigga wirklich schwanger war, dann sicher nicht von Magnus. Sie hatten sehr lange keinen Sex mehr. Das haben sie mir beide erzählt, beide klagten darüber … Liv – sie war von mir schwanger. Es muss so sein. Ich … Ich wusste das nicht. Ich habe mein eigenes, ungeborenes Kind getötet. Ich … Du musst mir das Tagebuch geben. Ich muss es mit eigenen Augen lesen.«

»Niemals.«

Johann schlägt mit beiden Händen auf die Tischplatte. »Gib es mir!«

Er kommt auf mich zu. Ich reiße den Schraubenzieher hoch. Johann stoppt kurz vor mir. Ich klemme mir das Tagebuch unter den Arm und ziehe das Telefon aus meiner Hosentasche.

»Ich rufe jetzt die Polizei an«, zische ich.

»Liv!«

»Ich rufe jetzt die Polizei!«

Johanns Blick fällt auf das Telefon. Ich sehe ebenfalls hin. Die Aufnahme-App läuft. Ich stoppe sie mit einem Daumendruck. Johanns Blick wandert zu mir, zurück zum Telefon, dann wieder zu mir.

»Du hast unsere Unterhaltung aufgenommen?«

»Ja.« Ich strecke den Schraubenzieher weiter vor, weiche gleichzeitig zurück. »Dein ganzes Geständnis. Und jetzt rufe ich die Polizei an, und …«

Johann schreit auf. Sein Gesicht ist wutverzerrt. Er stürzt auf mich zu, packt die Hand mit dem Schraubenzieher. Er ist stark. Viel zu stark. Ich versuche, mich aus dem Griff zu winden. Aber ich habe keine Chance. Mir fällt ein, was ich in einem Selbstverteidigungskurs gelernt habe. Ich trage schwere Doc Martens, Johann feine Lederschuhe.

Mein Absatz trifft mit voller Wucht auf seine Fußspitze. Johann keucht. Sein Griff lockert sich, aber nicht genug. Ich trete ein zweites Mal zu. Jetzt lässt er los. Ich wirble herum. Der Schraubenzieher streift Johanns Wangenknochen. Er macht einen Schritt zurück, fasst sich ungläubig ins Gesicht. Seine Fingerspitzen sind rot. Ein blutiges Rinnsal läuft aus der Wunde. Ich will die Nummer der Polizei wählen. Aber im nächsten Moment greift er mich wieder an. Dieses Mal kickt er unter meine andere Hand. Mein Handgelenk scheint zu explodieren. Das Handy fällt mir aus der Hand und auf den Boden. Auch das Tagebuch liegt dort.

Ich hocke mich hin, um danach zu greifen, hebe den Schraubenzieher drohend an. Meine Finger umfassen das Telefon. Da trifft mich ein weiterer Tritt in die Seite, der jede Luft aus meinem Körper pumpt. Das Handy schlittert über den Boden und stößt gegen die Balkontür an der Loggia. Ich will einatmen. Aber es gelingt mir nicht. Mich erwischt noch ein Tritt, dieses Mal im Kreuz. Er wuchtet mich zu Boden. Ich falle flach auf den Bauch. Vor mir sehe ich das Telefon. Rechts neben mir liegt das Tagebuch. Ich muss mich entscheiden. Ich will das Handy. Die Polizei anrufen. Die Aufnahme mit Johanns Geständnis sichern. Ich strecke die Finger danach aus. Es ist etwa einen Meter entfernt. Ich krieche los, um es zu erreichen. Da spüre ich, wie ich im Nacken gepackt werde. Johann greift nach dem Kragen meiner Jacke.

Ich höre ihn sagen: »Du hast erst Vigga in die Fischerhütte gelockt. Du hast sie dort umgebracht, damit Magnus frei für dich ist. Du hast dich in ihr Ebenbild verwandelt. Aber er wollte dich nicht.«

Ein Ruck fährt durch meinen Körper. Ich werde über den Boden geschleift und strecke die Hand aus, versuche, das Handy zu erreichen. Meine Fingerspitzen berühren es – da prallt mein Kopf gegen die Glasscheibe, und ich sehe Sterne.

»Da hast du Magnus getötet«, höre ich Johann sagen. »Dann bist du vor der Polizei geflohen und wolltest auch mich umbringen, weil du vollkommen durchgedreht bist.«

Ich sehe immer noch Sterne, bekomme aber endlich das Handy zu fassen. Ich höre ein metallisches Geräusch. Ein Klacken. Dann spüre ich einen kalten Luftzug, als Johann die Balkontür aufschiebt.

Er sagt: »Ich musste mich zur Wehr setzen, als du mich mit dem Schraubenzieher angegriffen hast. Dabei geschah ein Unglück. Und alle wissen schließlich von deiner Höhenangst, richtig? Wie sie dich packt, wie schwindelig dir dann wird. Dann gibt es kein Halten mehr für dich. Wie hast du beim Pizzaessen noch erzählt, nachdem wir beim Leuchtturm waren? Es müsse besser Ruf der Tiefe heißen?«

Wieder geht einen Ruck durch meinen Körper. Und jetzt begreife ich, was Johann plant. Mir wird eiskalt, als er mich auf den Balkon zerrt und meinen Körper über den Boden schleift. Durch die klare, türkisblaue Scheibe der Balkonbrüstung sehe ich die weißen Dächer des Isbjerget und den Hafen. Ich spüre den Wind – und den Sog der Tiefe. Call of the void.

»Hilfe …«, wimmere ich. »Hilfe!«, schreie ich und umklammere das Telefon mit der Faust.

»Ein schrecklicher Unfall«, ächzt Johann. »Hörst du ihn? Hörst du den Ruf der Tiefe? Hör genau hin!«

Wie eine Puppe zerrt er mich hoch, presst mich mit dem Rücken gegen die Brüstung. Ich blicke in sein wutverzerrtes Gesicht. Das Blut läuft ihm bis zum Kinn hinab und tropft von dort auf sein Hemd.

Er packt mein Handgelenk und zischt: »Gib mir das Handy mit der Aufnahme.«

»Nein«, keuche ich.

Und dann löse ich meine Finger von dem Plastikgehäuse. Das Handy gleitet mir aus der Hand. Es fällt auf das schräge Metalldach des Gebäudeteils, das sicherlich sechs bis sieben Stockwerke abdeckt, und schlittert auf dem weiß lackierten Zinkblech nach unten, bis es im Knick zum Dach des sich anschließenden Gebäudes liegen bleibt.

Johann starrt an mir vorbei nach unten. Ich versuche, ihm wieder mit den Hacken auf die Schuhe oder gegen die Schienbeine zu treten, aber es gelingt mir nicht. Er hält mich am Handgelenk und am Hosenbund fest. Meine Füße schweben in der Luft. Die Docs knallen nur gegen das Sicherheitsglas am Balkon, dessen polierte Metallkante mir schmerzhaft gegen die Hüfte presst, weil Johann mich mit seinem Körper dagegenpresst. Ich rieche seinen Schweiß, seine Wut, höre seinen Atem und dann seinen wütenden Aufschrei.

Mein Körper wird mit einem Ruck angehoben. Die Brüstung wirkt wie ein Hebel. Den Rest erledigt die Schwerkraft.

Ich falle.

Mein Albtraum wird wahr.

Ich stürze.

Aber nur etwas über einen Meter, denn der Balkon ist in das schräge Zinkdach eingelassen. Dort schlage ich im nächsten Moment mit dem Rücken auf und rutsche die Schräge hinab, wie zuvor mein Handy. Ich werde schneller und schneller. Die Welt saust an mir vorbei.

Ich will mich mit den Händen festkrallen, aber das Zinkbleck schleift mir nur die Nägel ab. Mit den Schuhen kann ich mich nicht stoppen – sie zeigen nach oben, mein Kopf nach unten. Ich spüre, wie es unter meiner Jacke am Rücken heiß wird, was an der Reibung liegt. Ich probiere, ob ich mich drehen kann – und es gelingt mir tatsächlich, sodass meine Schuhe nun nach unten zeigen und ich wie auf einer Rutsche das Dach hinabsause – direkt an der Dachkante entlang, wo es zehn bis zwanzig Meter nach unten geht. Aber endlich kann ich meine Docs auf die glatte Fläche pressen. Sie wirken wie Bremsklötze, reduzieren mein Tempo.

Im nächsten Moment krache ich in den Knick zum nächsten Dach, spüre einen harten Schlag in den Beinen. Mein Körper wird durch die Wucht vorangeworfen. Ich schlage mit dem Oberkörper gegen die Schräge und komme zum Stillstand.

Ich höre einen zitternden Aufschrei aus meiner eigenen Kehle, spüre das kalte Zinkblech an der Wange und versuche dann, mich zu orientieren. Ich gehe vorsichtig in die Hocke und krieche wie zwischen zwei Pyramiden voran, denn ich sehe in dem etwa handbreiten Knick das Handy liegen.

Es liegt nur einen halben Meter von der Gebäudekante entfernt. Von dort aus dürften es noch drei Stockwerke bis zum Boden sein.

Ein Geräusch lenkt mich ab. Ich schaue nach links, das Dach hinauf – und sehe Johann. Er steigt über die Brüstung seiner Dachloggia, setzt sich auf das Zinkblech und rutscht herunter. Genau wie ich eben, allerdings kontrolliert. Er hat mich nicht umbringen können und hat das Handy mit seinem Geständnis nicht. Beides will er offensichtlich korrigieren.

Ich mache einen Satz voran, strecke mich, schlage mir das Knie an einer spitzen, scharfkantigen Schweißnaht auf, strecke die Finger aus, umfasse das Handy. Es sieht noch unversehrt aus. Ich stecke es mit zitternden Fingern in meine Innentasche. Dann fällt mein Blick über den Gebäuderand nach unten. Es war ein Fehler, nicht geradeaus zu schauen.

Der Abgrund will mich aufsaugen. Links und rechts unter mir sind Balkone, fast zum Greifen nah, aber doch so weit entfernt. Dazwischen ist nur Leere, nichts als Luft – und am Ende harter Betonboden, der meine Knochen splittern lassen wird, wenn ich dort aufschlage. Mir wird schwindelig. Mir wird schlecht.

Wie soll ich hier bloß wegkommen? Das andere Dach hinaufkriechen? Zu einer weiteren Loggia? Gegen die Fenster dort treten? Um Hilfe schreien?

Ich starre hinab, sehe nirgends eine Menschenseele. Die meisten Bewohner dürften noch auf der Arbeit sein. Dennoch hole ich tief Luft und will kreischen – als mich Johann mit vollem Schwung erwischt. Er kommt das Dach hinabgerutscht, die Schuhsohlen voran, und die treffen mich in der linken Körperflanke.

Im nächsten Moment ist er über mir, auf mir. Er ist überall. Er schiebt mich voran, wuchtet mich nach vorne. Ich kann nicht atmen, fasse nach links und rechts und strample. Mein Körper dreht sich um die eigene Achse, wird eingerollt. Aber es gibt nirgends Halt.

Meine Stiefel schlagen gegen das Zinkblech. Dann baumeln sie in der Luft.

Ich spüre den kalten Wind von der See. Dann gibt es einen Ruck – und ich rutsche über die Dachkante, falle einen Meter hinab. Mit den Händen finde ich Halt an der Ablaufkante des Daches, schreie auf – und baumle schließlich in der Luft. Der Puls hämmert durch meine Adern. Meine Augen sind weit aufgerissen. Ich sehe Johann über mir. Sein Blut tropft in mein Gesicht. Er beugt sich über die Dachkante zu mir.

Er zischt: »Das Handy …«

Ich will etwas antworten, kann aber nicht. Ich bewege den Kopf nach rechts, nach links. Es dürften sechs oder acht Meter bis zum Boden sein. Den Sturz würde ich womöglich überleben, aber wahrscheinlich für den Rest meines Lebens im Rollstuhl sitzen. Einer der Balkone ist ganz nah. Vielleicht zwei Meter unter mir und einen Meter nach rechts. Wenn ich mir etwas Schwung geben könnte und mich mit den Füßen von der Wand abdrücke, könnte ich es schaffen, ihn zu erreichen, draufspringen oder mich zumindest an der Brüstung festhalten. Es ist riskant, aber machbar. Doch dazu müsste ich meine Panik überwinden.

Johann packt mein linkes Handgelenk. Er versucht, meine Finger von der Ablaufkante zu lösen. Ich kämpfe dagegen an. Die Sohlen meiner Stiefel kratzen über die Fassade. Ich will schreien, aber spare mir die Luft.

»Johann«, keuche ich, »nicht!«

»Das Handy«, faucht er.

»Ich gebe es dir!«

»Wo ist es?«

»In meiner Jacke! Johann, bitte … Ich will nicht sterben!«

»Gib es mir!«

»Ich … Ich kann nicht!«

Johann reißt meine Finger hoch. Es fühlt sich fast an, als würden sie brechen. Ein weiterer Ruck geht durch meinen

Körper. Jetzt halte ich mich nur noch mit rechts fest. Das werde ich nicht lange aushalten.

»Jetzt hast du eine Hand frei«, sagt Johann.

Sein Gesicht schwebt wenige Zentimeter vor meinem. Sein Blut tropft. Ich spüre, wie er mit beiden Händen nach meinem rechten Handgelenk fasst – um mich einerseits zu halten, andererseits kann er jederzeit nun auch diese Hand vom Dach lösen. Dann werde ich abstürzen. Und ich bin mir sicher, dass er mich in jedem Fall abstürzen lassen wird, sobald er das Handy hat. Er wird sich irgendeine Geschichte ausdenken, wie es zu dieser Situation auf dem Dach kam – dass ich ihn angreifen wollte, dabei hinabstürzte, er mich retten wollte, aber es nicht gelang …

Ob ich ihm das Handy gebe oder nicht: Johann wird mich töten. Denn ich weiß zu viel. Ich kenne die Wahrheit. Aber ich muss mich jetzt entscheiden.

Ich fasse mit der nun freien Hand an meinen Oberkörper, taste nach der Jacke, nach der Innentasche. Meine Finger stoßen gegen die dünne Kette mit dem Kreuz. Es ist lang wie ein Zeigefinger und unten spitz. Wie ein Nagel. Mit der Querstrebe gleicht es fast einem kleinen Dolch.

Statt nach dem Handy fasse ich nach dem Anhänger. Packe ihn mit der Faust. Reiße ihn von der Kette ab. Ramme Johann das spitze Kreuz in die Wange.

Einmal. Zweimal. Dreimal.

Dann treffe ich seinen Hals und reiße das Kreuz nach unten und damit die Wunde auf. Johann schreit. Sein Blut spritzt über mich. Er lässt das Handgelenk los, um sich die Finger auf die Wunde zu pressen. Ich weiß nicht, ob ich seine Schlagader getroffen habe. Aber immerhin habe ich ihn aufgehalten.

Ich hebe die linke Hand, umfasse wieder die Traufe. Dann ziehe ich die Beine an, presse die Stiefelsohlen gegen die Fassade. Ich spüre einen Widerstand, einen Halt. Es muss der etwas hervorstehende Rahmen eines Fensters sein. Ein Fenster der Wohnung unter mir, zu der der Balkon gehört, den ich nun in den Blick nehme. Ich atme tief ein.

Es gibt nur einen Ausweg, denke ich. Er führt nicht nach oben, denn dort ist Johann. Außerdem habe ich nicht genug Kraft, mich hinaufzuziehen. Der einzige Ausweg führt nach unten. Dann nehme ich so viel seitlichen Schwung wie möglich, was nicht viel ist, drücke mich ab, löse die Hände von der Ablaufkante – und springe.

Nein.

Ich falle.

Ich falle dem Abgrund entgegen.

Gleichzeitig verdrehe ich den Oberkörper. Doch mir wird schlagartig klar, dass ich den Balkon nicht erreichen werde. Zwei Meter nach unten und einen Meter nach rechts. Eine Unendlichkeit weit entfernt. Ich werde nicht draufspringen können. Der Schwung reicht nicht aus.

Ich strecke die Arme, sause mit den Beinen an dem türkisen Glas vorbei. Bekomme die Brüstung zu fassen. Krache halb mit der Brust darauf, halb mit den Unterarmen. Der Stoß raubt mir den Atem. Es gibt einen Ruck. Meine Schultern fühlen sich an, als würden sie ausgekugelt. Im nächsten Moment begreife ich, dass ich Halt gefunden habe. Ich habe es fast geschafft. Aber ich werde mich niemals über den Balkon wuchten können.

»Hilfe!«, schreie ich. »Hilfe!«

Doch die Wohnung hinter den Fenstern ist verlassen. Ich reiße den Kopf hoch, starre nach oben. Ich sehe Johann, der sich den Hals hält. Er ist verletzt, aber offensichtlich nicht lebensgefährlich. Er steigt über die Dachkante. Er will mir folgen. Er wird auf mich draufspringen. Und dann …

Ich blicke nach unten. Am liebsten würde ich für den Rest meines Lebens an diesem Balkon hängen bleiben, am wunderschönen türkisfarbenen Glas, das mir Sicherheit gibt, das mein Leben gerettet hat. Aber ich kann nicht. Direkt unter mir ist ein zweiter Balkon. Er ist versetzt angebracht. Ich muss mich nur fallen lassen, nicht einmal zwei Meter von den Sohlen meiner Docs entfernt, und …

Und mit einem Wimmern lasse ich mich fallen.

Einen Wimpernschlag später komme ich auf dem Balkonboden auf. Das war halb so schlimm. Ich strecke mich aus der Hocke nach oben. Ich starre in die Wohnung hinter der Balkontür. Ich hämmere mit den Fäusten gegen das Glas. Aber nichts tut sich.

Ich höre Geräusche über mir. Ein Knallen. Ein Stöhnen. Johann baumelt an dem Balkongeländer. Dann lässt er sich fallen und kommt unmittelbar neben mir auf und richtet sich auf. Wie ein blutverschmierter Gladiator in einer drei Quadratmeter großen Arena, der zum finalen Schlag ausholt.

Zum Schlag gegen mich.

Ich weiche aus, schleudere mit der Hüfte gegen die gläserne Brüstung. Ich hebe das Bein, trete hart zu und erwische Johann zwischen den Beinen. Er knickt zusammen, als habe man einen Schalter umgelegt. Ich schaue nach unten. Ich schaue nach vorn. Wieder nach unten. Ich sehe keine Menschen, gar nichts, nur einen parkenden dunklen Wagen und drei Meter, die unter mir liegen. Und eine Rasenfläche. Drei Meter, denke ich. Wenn ich über den Balkon klettere, mich herabbaumeln lasse, verkürze ich den Abstand um einen halben Meter.

Ein Sprung aus dem ersten Stock auf weichen Rasen, denke ich. Mehr ist es nicht. Nur ein kleiner Schritt über die Brüstung, dann …

Johann brüllt wie ein waidwundes Tier und richtet sich auf. Bevor er zu mir stürzen kann, um mich zu packen, klettere ich über die Brüstung, halte mich am Rand fest und lasse mich fallen. Johanns Hände fassen nach meinen. Im letzten Moment kann ich sie lösen.

Und falle erneut.

Mit den Boots voran komme ich auf dem Rasen auf, stürze, aber rolle mich ab. Dann komme ich zum Liegen. Ich könnte den Boden küssen. Ich habe es geschafft. Ich habe meine Panik vor der Tiefe überwunden. Und ich lebe noch! Ich lebe.

Ich richte mich auf. Dann höre ich ein dumpfes Geräusch und ein Keuchen hinter mir.

Johann!

Er ist ebenfalls vom Balkon gesprungen. Selbstverständlich ist er das. Ich drehe mich um, um mich zu vergewissern – und im nächsten Moment schließen sich Johanns vom Blut klebrige Finger wie ein Schraubstock um meinen Hals. Er drückt so fest zu, als wolle er meine Kehle zerquetschen.

Sterne tanzen vor meinen Augen. Ich kann nicht atmen. Mein Kopf will platzen. Ich packe nach Johanns Händen, will ihm mit dem Kreuz in die Augen stechen. Meine Stiefel wollen auf seine Füße treten. Doch die Beine versagen mir den Dienst. Ich will Johanns Gesicht erreichen, um ihm die Fingernägel in die Augäpfel zu drücken. Doch er beugt den Kopf im Nacken zurück.

Er ist unerreichbar. Er fletscht die Zähne. Sein Gesicht ist eine Grimasse.

Dann schließt sich ein Unterarm um seinen Hals. Johanns Gesichtsausdruck ändert sich. Er wirkt überrascht.

Der Druck an meiner Kehle lässt etwas nach. Johann röchelt. Der Unterarm steckt in hellem Stoff. Er schließt sich fester um Johann, dessen Gesicht rot anläuft. Die Farbe der

Haut ist vom Blut kaum noch zu unterscheiden. Der Druck an meinem Hals lässt weiter nach. Endlich bekomme ich wieder Luft. Ich sehe eine Hand, die seitlich gegen Johanns Kinn fasst. Der Handballen presst sich dagegen. Johanns Kopf ruckt zwei-, dreimal heftig nach links. Dann höre ich ein hässliches Knacken.

Johanns Körper sackt in sich zusammen wie der einer Marionette, deren Fäden durchtrennt worden sind. Ich sauge die Luft ein. Pumpe sie in meine Lungen. Meine Atemwege brennen wie Feuer. Hinter Johanns fallendem Körper kommt ein anderer zum Vorschein. Ein Gesicht.

Ich erkenne es.

Und begreife mit einem Mal …

Ich will tausend Fragen hinausschleudern. Aber viel wichtiger ist es zu atmen.

Das Gesicht schaut nach links und rechts.

»Alles okay?«

Ich nicke.

»Der Mann ist vom Dach gestürzt, als er dich umbringen wollte. Er hat sich das Genick gebrochen. Er hat Magnus getötet und dabei auch das Tagebuch an sich genommen, weil sein Inhalt ihn sonst verraten hätte. Kapiert?«

Ich nicke bloß.

»Du hast es doch gefunden? Ist es oben? In seiner Wohnung?«

Ich nicke wieder. Versuche, in dem Gesicht zu lesen. In der Ferne hört man Sirenen. Viele Sirenen. Die Polizei.

»Hat er dir alles gestanden?«

»Aufgenommen …« Ich röchle. »Handy …« Ich tappe gegen meine Jacke – und bin erleichtert, als ich spüre, dass das Telefon noch da ist. »Habe alles aufgenommen …«

»Ich muss gehen.«

Das Gesicht verschwindet aus meinem Blickfeld. Die Person, zu der es gehört, läuft los und steigt in das schwarze Auto, den BMW, den ich eben vom Balkon aus gesehen hatte, startet den Motor und fährt rasch davon. Ich sehe ihm hinterher, starre dann auf die Leiche. Auf das blutverschmierte Kreuz in meiner Hand. Ich stecke es ein. Es hat mich wirklich beschützt. Aber ganz bestimmt anders, als sich Lotte jemals hätte träumen lassen.

54.

Der Wind streicht über den Ringkøbing-Fjord. Er zerzaust mir die Haare. Die Sonne steht noch nicht hoch am Himmel. Im Gegenlicht sieht das Wasser an einigen Stellen aus wie eine Fläche aus schwarzem Eis. An anderen ist es gleißend weiß. Alles in allem kommt mir der Fjord so vor wie ein gigantischer Spiegel.

Mir ist kalt, und ich ziehe den Schal etwas fester, greife in meine Jackentasche und nehme eine Schachtel Prince Denmark heraus. Über mir kreischen Möwen. Ich ziehe mit den Lippen eine Zigarette hervor und stecke sie an, inhaliere tief und stoße den Rauch aus, der sich rasch verflüchtigt. Ich sehe ihm hinterher.

Mein Blick streift über die endlos erscheinende Wasserfläche, das flache, ereignislose Land drum herum und findet schließlich wieder zurück zu der mit braunbeigem Gras und Moos bewachsenen Landzunge, die weit in den Fjord hineinragt. Ich stehe fast an deren Ende neben einer Bank, auf der man sicherlich wunderbar sitzen kann, Vögel beobachten, die Gedanken schweifen lassen oder im Sommer den Surfern auf dem Fjord zusehen.

Heute bietet sich hier ein anderes Bild.

In einiger Entfernung sehe ich die Fischerhütte am Ufer, die Bündel von Riedgras und die Rümpfe der umgedrehten Holzboote. Dazwischen stehen zwei Gummiboote mit »Politi«-Aufdrucken, und davor parken Fahrzeuge von der Polizei, zivile wie auch Streifenwagen und zwei Transporter, dazu einer von der Feuerwehr und ein Notarztwagen. Ein weiteres Boot befindet sich auf dem Wasser. Drei oder vier

Taucher sind im Einsatz, die etwas hinter sich herziehen. Von hier aus könnte man denken, es sei ein Filmset aufgebaut worden. Es ist aber keines.

Ich inhaliere noch einmal, tiefer, und stoße den Rauch nur sehr langsam aus, damit das Nikotin seine volle Wirkung in den Lungen entfaltet.

Ich kann den Blick nicht von den Tauchern abwenden, die am Ufer regelrecht damit kämpfen, etwas an Land zu ziehen, an dem orangerot leuchtende Schwimmer befestigt sind. Ich erkenne nicht, worum es sich handelt. Das brauche ich auch nicht, denn ich weiß es.

»Sie haben etwas gefunden«, sagt eine Stimme hinter mir.

Ich blicke über die Schulter nach hinten und sehe Tine Kjær, die näher kommt.

Sie trägt einen engen schwarzen Parka mit Fellkapuze, schwarze Jeans und schwarze Stiefel. Der richtige Aufzug für eine Beerdigung, denke ich. Wobei das, was hier passiert, wohl eher einer Exhumierung gleichkommt.

Ich nicke nur, antworte nicht, und dann steht Tine auch schon neben mir. Sie atmet schwer, zieht den Reißverschluss ihres Parkas zu und vergräbt die Hände in den Taschen.

»Natürlich«, sagt Tine, »muss die Identität erst festgestellt werden, aber …«

»… aber es gibt keinen Zweifel, oder?«

»Es handelt sich um eine Leiche, die seit einiger Zeit im Wasser liegt. Mehr weiß ich nicht.« Tine schüttelt den Kopf. »Aber: Nein. Eigentlich dürfte es keinen Zweifel geben. Ich habe zumindest keine.«

Vigga.

Johann hat ihre Leiche mit einem Abschleppseil zusammengebunden und an einem der Holzboote festgemacht. Damit hat er sie hinaus zum Fjord geschleppt, Steine in ihre

Taschen gesteckt und den Körper versenkt. Die Polizei hat in der Hütte und am Ufer entsprechende Spuren gefunden und dann den Fjord abgesucht. Jetzt wurde sie fündig.

»Wie geht es Ihnen?«, fragt Tine.

Ich zucke lediglich mit den Schultern. Ich nehme nach wie vor Schmerzmittel und mixe sie mit meinen Psycho-Pillen. Wenn ich zurück in Kopenhagen bin, werde ich die Therapie wiederaufnehmen. Das haben mir die Ärzte geraten, die mich in den vergangenen Tagen untersucht und begutachtet haben. Meine retrograde Amnesie ist verflogen. Das habe ich amtlich und höchstgutachterlich schwarz auf weiß quittiert bekommen. Ich kann mich inzwischen an Bruchstücke des Abends erinnern, an dem ich sterben sollte. Daran, dass ich wieder zu mir gekommen bin, Magnus' Leiche sah und in Panik das Messer aus seinem Körper zog, bevor mich ein Tritt am Hinterkopf traf und ich wieder bewusstlos wurde und im Dämmern den Täter sah, wie er das Haus verließ.

Es war Johann. Johann hat Magnus umgebracht, nachdem er ins Haus gekommen war und mich halb tot und Magnus mit dem Tagebuch in der Hand fand.

Über das, was in dem Buch stand, entbrannte ein fürchterlicher Streit zwischen den beiden – und Johann drehte durch, weil er aus dem Tagebuch erfahren musste, dass er mit Vigga auch sein ungeborenes Kind ermordet hat. Das ist die offizielle Version. Am Hergang besteht laut Polizei kein Zweifel, und immerhin wurde das Tagebuch in Johanns Wohnung gefunden, zudem die Heimdall-Festplatten. Er hat das alles mitgenommen und auf der Flucht die Haustür nicht richtig geschlossen, sodass Frederik mich finden konnte. Auf der Aufnahme von Johanns Geständnis hat er es zwar anders dargestellt. Er hat gesagt, das Tagebuch gebe es nicht und ihm sei jetzt erst klar geworden, dass Vigga sein Kind in sich trug, bevor er mich dann angriff. Aber das war gelogen.

Die Fakten sprechen eine eindeutige Sprache: das Tagebuch in Johanns Wohnung, die Festplatten, das Geständnis des Mordes an Vigga, auch wenn er ihn als Unfall darstellt, dass er mich auch töten wollte, dass es überall Spuren von ihm gab und er Motive hatte. An dem Messer, mit dem er Magnus umgebracht hat, fand man zwar seine Fingerabdrücke nicht mehr – aber, hat mir Tine erklärt, das sei wahrscheinlich darauf zurückzuführen, dass das Blut alles verschmiert habe, als ich das Messer aus Magnus herauszog. Tja, und befragen kann man ihn nicht mehr, da er sich beim Sturz aus dem dritten Stock das Genick gebrochen hat.

Die Polizei kann gut mit dieser Version der Geschichte leben. Auch damit, dass ich Viggas Tagebuch auf Johanns Küchentisch unter Zeitschriften liegend vorfand und ihm dann entgegengeschleudert habe.

Dass ich es aus meinem Rucksack zog, weiß niemand. Und es geht auch nicht eindeutig aus der Handy-Aufnahme hervor.

Zwar gibt es Ungereimtheiten auf der Aufnahme, und die Polizei hat mich intensiv dazu befragt, aber am Ende sind das nur unscharfe Kleinigkeiten gewesen, die sozusagen der Hitze des Gefechts geschuldet waren.

Knud und Tine haben keinen Zweifel daran gelassen, dass sie davon überzeugt sind, jetzt zu wissen, wie die Geschehnisse abgelaufen sind. Sie haben sich bei mir für alle falschen Verdächtigungen entschuldigt – so wie ich mich von Herzen bei der Krankenschwester entschuldigt habe, die ich im Klinikum k. o. geschlagen habe. Sie trug nur eine ziemlich dicke Beule davon und hat von einer Anzeige gegen mich abgesehen und am Ende unseres Gesprächs gesagt, dass sie an meiner Stelle wohl ähnlich gehandelt hätte. Tine und Knud haben außerdem zugegeben, dass ohne meine Flucht die Wahrheit wohl kaum ans Licht gekommen wäre. Mit sehr großer Wahrscheinlichkeit wäre ich wohl wegen Totschlags ins Gefängnis gewandert. Und nun, da Viggas Leiche gefunden wurde und mit Johanns Geständnis, dem versuchten Mord an mir und meiner Aussage über den Mord an Magnus, schließt sich für die Polizei der Kreis.

Für mich schließt er sich ebenfalls, wenn auch nicht ganz. Etwas ist noch offen wie diese Kreise aus Metall, die Zauberer verwenden, wenn sie sie vor den Augen aller ineinanderflechten. Es macht klick – und die zwei Ringe sind plötzlich verbunden. Sie sehen komplett glatt und lückenlos aus. Jeder weiß natürlich, dass es eine feine, versteckte Naht geben muss. Aber man denkt extra nicht daran, weil die Illusion, es gäbe sie nicht, so viel perfekter ist, als sich eingestehen zu müssen, dass man einem Trick aufgesessen ist.

Auch mein Kreis hat eine solche Naht, die niemand sieht. Aber ich weiß, dass sie da ist. Ob ich damit leben kann oder irgendwann den Clou an der Sache erklären werde, wird die Zeit zeigen. Eines allerdings wird die Zeit nicht ändern können: dass Vigga und ich uns nie ausgesprochen haben. Dass unsere Sturheit, vor allem meine, uns im Wege stand. Und, ja, wenn ich darüber nachdenke, wären viele Dinge vielleicht gar nicht erst geschehen, wenn es anders gewesen wäre. Dann hätte sie sich mir vielleicht anvertraut. Oder ich hätte vorher mit Ratschlägen eingreifen können. Es ist verrückt, aber: Vielleicht wäre sie noch am Leben. Und ich muss damit klarkommen, dass es anders ist.

Frederik ist wieder in Kopenhagen und hat versprochen, mich privat sowie bei laufenden Projekten so gut wie möglich zu unterstützen, bis ich wieder auf dem Damm bin. Ich denke, er erhofft sich immer noch, dass wir erneut zusammenkommen werden. Doch ich glaube, die Kluft zwischen uns ist noch größer geworden, als sie vorher schon war. Frederik war immer schon ein netter Kerl, und er ist noch sehr viel netter zu mir geworden und hat mir außerdem das Leben gerettet und sich vor der Polizei vor mich gestellt. Er hat viel riskiert.

Und ich, ich habe zu tief in den Abgrund geschaut und der Abgrund in mich zurück. Ich fürchte, es gibt nur einen Weg zurück an die Oberfläche. Ich muss erst bis nach ganz unten hinabtauchen, um mich vom festen Boden wieder abzustoßen. Wie sagt man? Bevor es besser werden kann, wird es immer erst noch schlimmer.

»Wir werden uns vielleicht noch ein- oder zweimal unterhalten müssen, Liv«, sagt Tine.

Ich nicke und trete die Zigarette aus. »Wann immer Sie wollen«, sage ich. »Ich muss jetzt gehen.«

Tine nickt ebenfalls und sieht mir hinterher. Sie steht noch da, als ich den Wagen zurücksetze und in Richtung Küste aufbreche.

55.

Der große Parkplatz am Strand ist fast leer. Der Wind treibt eine leere Verpackung über den Beton und verteilt den feinen Sand in bizarren Mustern auf dem Grau. Die Bäckerei auf der rechten Seite ist geöffnet. Ich bestelle mir dort einen Coffee to go, der viel zu heiß ist, als dass man ihn sofort trinken könnte. Beim Rausgehen ziehe ich den Plastikdeckel ab, damit der Wind ihn etwas kühlt.

Ich gehe über die riesige Fläche, auf der im Sommer zahllose Autos von Touristen stehen werden, sich die Stille mit dem Kreischen von Kindern füllen wird und der Fahrradständer, den ich nun passiere, bis auf den letzten Platz besetzt ist. Ich gehe über den Weg durch die Dünen, der mit Holzbohlen bedeckt ist. Dann öffnet sich der Strand vor mir. Er ist so gut wie leer.

Das Meer ist unruhig. Im Sonnenlicht und unter dem klaren Himmel sieht es grün und türkis aus. Die Farben der See ändern sich ständig. Ich verlasse den Weg und gehe ans Ufer. Zuerst ist der Sand weich und pudrig. Er wird immer fester, verläuft in merkwürdigen Mustern, die die Flut hinterlassen hat, und ist schließlich hart wie Beton an der Wasserkante, die von schmutzig weißem Meerschaum umsäumt ist. Ich muss an Crema denken und trinke endlich einen Schluck. Der Kaffee ist immer noch sehr warm.

Neben mir steht ein Mann. Der Schaum trifft die Spitzen seiner Schuhe, aber es scheint ihn nicht zu interessieren. Er trägt eine Softshell-Jacke und blinzelt in die Sonne. Seine Haare sind grau, fast weiß, der Bart ebenfalls. Eine Weile stehen wir nebeneinander und sagen kein Wort. Ich trinke meinen Kaffee, ziehe dann mit der freien Hand die Schachtel Zigaretten hervor, nehme eine heraus und stecke sie mir an, was nicht ganz so einfach ist im Wind und mit einem Becher in der Hand.

Der Mann beobachtet mich. Schweigt. Er will mir das erste Wort überlassen.

»Wolltest du mich umbringen?«, frage ich endlich.

Der Mann schüttelt den Kopf.

»Nein. Niemals.«

»Und dich selbst?«

Er nickt. »Als es vorbei war, wurde mir klar, was ich getan habe. Es war, als ob man aus einem Albtraum aufwacht. Ich wollte alles rückgängig machen. Aber das ging nicht. Da sah ich dich oben an der Treppe stehen. Du bist zu ihr gegangen, an mir vorbei. Mir wurde bewusst, was ich auch dir angetan habe. Da wollte ich Schluss machen.«

»In meinem Zimmer.«

»Ja. Ich wollte mich dort von dir verabschieden. Ich war nicht in der Lage dazu, dich noch einmal anzusehen.«

»Du hast nicht Schluss gemacht.«

»Ich konnte es nicht. Ich konnte dich nicht alleine lassen.«

»Das hast du aber.«

»Der Gedanke an dich hat mich leben lassen. Ich wollte mich einige Male in meiner Zelle umbringen. Aber ich wusste, dass du da draußen bist. Ich konnte es nicht.«

»Es hätte für mich keine Rolle gespielt, ob du tot bist oder noch lebst.«

»Ich weiß. Aber ich konnte dich nicht allein auf der Welt lassen. Ich musste wissen, was aus dir geworden ist und ob es dir gut geht.«

»Jetzt weißt du es.«

»Jetzt weiß ich es.«

Ich ziehe an der Zigarette, inhaliere tief. »Warum hast du sie umgebracht?«

»Wir haben gestritten. Ich bin durchgedreht. Ich wollte sie und dich nicht verlieren. Aber sie hat mir die Entscheidung abgenommen. Ich hatte jede Macht über mein Leben verloren. Alles lag bei ihr. Wir schrien uns an. Ich war voller Wut. Dann schlug ich sie. Sie schlug zurück. Ich schlug härter. Sie wehrte sich. Die Schwelle war überschritten. Mir wurde klar, dass jetzt alles noch schlimmer wird. Dann verlor ich die Kontrolle. Es war, als ob ein Dämon von mir Macht ergriff.«

»Es ist einfach, es auf unbekannte, dunkle Mächte zu schieben.«

»Ich kann es nicht anders erklären. Es war, als ob die Bremsleitungen am Auto platzen.«

»Auch das ist zu einfach.«

»Ich bin zeitlebens ein gewalttätiger Mensch gewesen. In meiner Kindheit und Jugend habe ich viele andere verprügelt. Gewalt war für mich immer ein Weg, Probleme zu lösen, Liv. Es gab Vorstrafen. Im Gefängnis habe ich mit Therapeuten zahllose Gespräche über mich geführt. Warum ich so bin. Man kann sicher viele Dinge erklären, aber es gibt immer diesen Schalter in mir. Wenn jemand ihn drückt, werde ich ein anderer Mensch. Ich wäre normalerweise nach fünfzehn Jahren wieder draußen gewesen. Es gab Gründe, warum das nicht geschah. Vorfälle. Das Gefängnis ist ein brutaler Ort. Und ich … Ich bin wohl ein brutaler Mensch.«

Das wusste ich alles nicht. Zumindest nichts von den Vorfällen, die er andeutet. Ich kann mir vorstellen, worauf er anspielt. Schlägereien. Schwere Körperverletzungen. Ich höre das Echo, das Knacken von Johanns Genick. Man bricht es einem anderen nicht einfach so. Man muss wissen, wie es geht.

»Im Gefängnis haben sie mir beigebracht, mich zu kontrollieren, was nicht sofort gelang. War nicht leicht mit mir. Bis dahin war deine Mutter die Einzige, die wusste, dass es diesen Schalter gab. Sie hat gut auf ihn geachtet, ich ebenfalls. Aber am Ende half das alles nichts. Ich hatte ihn nicht mehr unter Kontrolle, als wir stritten und es klick in mir machte.«

»Du willst sie dafür verantwortlich machen, diesen Schalter umgelegt zu haben?«

»Nein. Sie konnte nichts dafür. Es liegt alles an mir.«

»Ich werde dir niemals vergeben.«

»Das erwarte ich nicht.«

»Was erwartest du dann?«

Er blickt aufs Meer, vergräbt die Hände in den Taschen. »Ich erwarte nichts. Es steht mir nicht zu. Ich kann immer noch nicht ermessen, was ich getan habe. Ich habe keine Erklärung dafür und keine Entschuldigung. Das Einzige, was ich tun kann, ist hier sein und dir anbieten, dir Antworten auf alle deine Fragen zu geben. Ich kann nicht anders. Ich bin dein Vater.«

Ich lache spöttisch auf. Er ignoriert es.

»Wenn du mich zum Teufel jagen willst«, sagt er, »jag mich zum Teufel.«

Ich ziehe erneut an der Zigarette. »Wie hast du mich gefunden?«

»Nachdem ich aus dem Gefängnis kam, habe ich mich auf die Suche gemacht. Aus dem Gefängnis heraus konnte ich nicht viel erreichen – auch nicht, als ich draußen war. Ich bekam nirgends Informationen. Also habe ich jemanden angeheuert, der sich damit auskennt.«

Ich muss husten. »Du hast einen Privatdetektiv auf mich angesetzt?«

Er nickt. »Ein früherer Polizist. Er hat keine Fragen gestellt, aber ich denke, er wusste, wer ich bin.«

»Und dann?«

»Dann habe ich dich beobachtet. Ich war froh zu sehen, dass trotz allem etwas aus dir geworden ist. Eine hübsche junge Frau mit einem ordentlichen Beruf. Und dieser Frederik scheint ein guter Kerl zu sein.«

Ich muss wieder spöttelnd auflachen. Er ignoriert es erneut.

»Du hast mich gestalkt.«

»So nennt man das wohl, ja.« Er zieht die Schultern an, atmetet die frische Luft ein. »Ich bin dir gefolgt, als du ans Meer fuhrst. Ich hatte den Plan, dich hier an der Küste anzusprechen. In aller Ruhe, dachte ich. Dann erst habe ich begriffen, was hier los war. Ich habe in der Zeitung gelesen, dass eine Frau verschwunden war. Ich wusste, dass sie deine Freundin war. Ich hatte die Befürchtung, dass du dich in Gefahr begeben würdest.«

»Wieso?«

»Ich habe mich in der Gegend umgehört, was man über das Verschwinden der Frau denkt. Ich habe mich über Vigga und Magnus und diesen Johann erkundigt, über ihre Firma. Ich habe meinen Detektiv angerufen und um weitere Informationen gebeten, um mir ein Bild zu verschaffen. Ich habe angenommen, dass Magnus seine Frau ermordet hat. Ich dachte, um eine Versicherungssumme zu kassieren. Oder aus einem Affekt heraus. Ich … Ich weiß, wie das ist.«

Ich schweige, trinke den Kaffeebecher leer und ziehe an der Zigarette, bis sie heiß in meinen Fingern glüht.

Er redet weiter. »Ich habe das Haus beobachtet. Ich habe dich beobachtet. Ich bin durch die Dünen gewandert, habe mit einem Fernglas in die Fenster geschaut. Ich bin euch gefolgt, als ihr beim Leuchtturm wart. Dann kam dieser Abend.

Ich war in den Dünen, schaute ins Fenster. Ich habe die Schreie bis nach draußen gehört, als du und Magnus euch gestritten habt. Ihr habt miteinander gerungen. Es schien um ein Buch zu gehen. Du bist die Treppe hinabgestürzt. Das konnte ich sehen. Ich war außer mir. Ich wollte einschreiten, konnte aber nicht. Ich wollte anonym die Polizei verständigen, traute mich aber nicht, weil man Anrufe zurückverfolgen kann. Eine Weile habe ich also nichts getan und wurde fast verrückt. Dann konnte ich nicht mehr und bin zum Haus, habe zig Male geklingelt und gegen die Tür gehämmert, bis Magnus endlich geöffnet hat. Er war ebenfalls außer sich. Ich habe dich am Boden liegen sehen, bewusstlos.«

Ich trete die Zigarette aus und zünde mir mit zitternden Fingern sofort die nächste an.

Er fährt fort. »Magnus wollte wissen, wer ich bin und was ich will, und mich abwimmeln. Ich habe ihn zur Seite gestoßen und bin zu dir gelaufen. Alles hat mich an damals erinnert. Die Küche, die Treppe, deine Mutter am Boden. Du hast am Kopf geblutet. Aber dir schien es gut zu gehen. Ich habe im Gefängnis mehrere Erste-Hilfe-Kurse gemacht, habe deinen Puls gefühlt, deine Pupillen angesehen. Du warst nur bewusstlos. Ich wollte deine Blutung stoppen. Magnus hat die ganze Zeit rumgeschrien, ich habe zurückgeschrien, dass ich ihm das Genick breche, falls du stirbst. Er zog dann ein Messer aus dem Küchenblock und bedrohte mich damit. Ich solle verschwinden. Er wollte die Polizei anrufen. Das konnte ich nicht zulassen. Ich wäre wieder ins Gefängnis gewandert. Einbruch und so was. Bedrohung.«

»Und dann«, frage ich im Ausatmen, »hat es klick gemacht?«

»Ich habe rotgesehen und bin auf Magnus losgegangen. Ich wollte ihn zwingen, den Mord an seiner Frau zuzugeben und dass er nun auch dich umbringen wollte. Er hat mich mit einem Schnitt verletzt. Ich habe ihm das Messer aus der Hand genommen und ihn zwingen wollen, den Mord an Vigga zuzugeben, aber er hat geschworen, dass er es nicht war. Er wollte mir das Messer aus der Hand reißen, gelangte dann an ein weiteres aus dem Messerblock. Da habe ich zugestochen. Wieder und wieder. Er ging zu Boden. War tot. Besser er als du, dachte ich. Ich wusste nicht, was ich tun soll. Ich hab das Buch in die Hand genommen, um zu begreifen, was es war. Die Haustür stand noch offen. Ich sah Lichter und hörte ein sich näherndes Auto. Außerdem schienst du wieder zu dir zu kommen. Durch die Haustür konnte ich nicht fliehen. Also bin ich ins Wohnzimmer gelaufen.«

Die Beine des Mannes, der wegläuft. Meine Hand an dem Messer, das in Magnus steckt.

»Dann kam Frederik. Er hat dich gesehen, war außer sich und rief die Polizei an. Er war zu aufgeregt, um mich zu bemerken. Ich habe das Haus durch die Terrassentür verlassen und tauchte ab.«

»Du hast Magnus ermordet«, sage ich. »Und mich wollten sie für den Mord verhaften.«

»Ich richte überall nur Unglück an.«

»Offensichtlich.«

»Ich habe angenommen, dass sie dich in das nächstgelegene Krankenhaus bringen. Dort habe ich mich einen Tag später erkundigt und hatte Gewissheit. Ich ging auf die Station, sah, dass deine Tür bewacht wird. Da erst wurde mir klar, dass die Polizei annehmen könnte, dass du Magnus umgebracht hast. Ich habe überlegt, was ich tun soll – und dann den Entschluss gefasst, mich zu stellen. Aber dann bist du geflohen. Ich sah dich in Schwesternkleidung nachts auf der Straße.«

Der alte Mann, als Lotte mir half …

»Ich wollte eingreifen, dir helfen, aber eine Passantin kam mir zuvor. Ich wartete im Auto. Du hast das Haus wieder verlassen und ein Fahrrad gestohlen. Ich bin dir hinterhergefahren, wollte dich mitnehmen. Aber dann dachte ich, es wäre besser, das nicht zu tun. Also bin ich dir weiter gefolgt. Ich wusste nicht, was du vorhast. Ich ahnte es nur. In der Bäckerei sah ich dann, dass du dein Äußeres verändert hast. Du hast entschlossen gewirkt. Wie eine Frau mit einem Plan. Mir wurde klar, dass du klären willst, was hinter dem Verschwinden deiner Freundin steckt. Ich wollte dich ansprechen, aber entschied, dass der Moment nicht passend war. Du hast dich dann mit Frederik an der Fischerhütte getroffen und bist an der Bushaltestelle gestanden. Das war sehr leichtsinnig. Deswegen habe ich angehalten und dir angeboten, dich mitzunehmen. Als du dann sagtest, dass dein Ziel in Århus liegt, war mir klar, dass du zu Johann wolltest.«

»Du hast mir Viggas Tagebuch in den Rucksack gesteckt, als wir die kurze Pause machten, nicht?«

»Ja. Ich habe in dem Tagebuch gelesen. Ich hatte gesehen, dass du mit Magnus um das Buch gestritten hast. Nachdem du geflohen warst, hast du das ganze Haus durchsucht. Ich dachte: vielleicht nach dem Tagebuch. Mir war klar, dass es wichtig für dich ist.«

»Dir musste auch klar sein, dass du dich damit verrätst.«

Er zuckt mit den Schultern. »Ich habe am Isbjerget im Wagen gewartet. Konnte ja schlecht mit in die Wohnung rein. Konnte dich auch kaum von deinem Vorhaben abhalten, obwohl ich kurz davor war. Schließlich hielt ich es nicht mehr aus im Auto und wollte wenigstens hoch vor die Wohnungstür und lauschen. Dann sah ich dich auf dem Dach und auf den Balkonen. Und bin eingeschritten.«

»Man hätte dich sehen können.«

»Ich weiß. Aber er wollte dich umbringen.«

»Du hast Johann das Genick gebrochen.«

»Besser er als du.«

»Das hast du schon einmal gesagt.«

»Ja.«

»Du hast zwei Menschen umgebracht!«

»Um dich zu retten.«

Ich schweige. Er schweigt. Schaut aufs Meer hinaus.

»Du hast es in der Hand«, sagt er nach einer Weile. »Du kannst es der Polizei erzählen. Ich werde jedes deiner Worte bestätigen.«

»Die Polizei geht davon aus, dass Johann Magnus ermordet hat und sich beim Sturz vom Isbjerget das Genick gebrochen hat. Wie du gesagt hast.«

»Du musst mich nicht schützen.«

»Ich schütze dich nicht.«

»Doch, tust du. Aber du kannst es jederzeit aufgeben und die Wahrheit erzählen. Du solltest nicht meinetwegen lügen. Ich will nicht, dass du damit lebst.«

Ich trete die Zigarette aus. »Ich tue es nicht deinetwegen«, sage ich. »Ich tue es meinetwegen. Und weil ich vielleicht noch mehr Antworten von dir brauche. Um zu verstehen, wer ich bin und warum ich so bin.«

»Du kannst mich jederzeit im Gefängnis besuchen, und wir reden.«

»Ich weiß.«

Wieder schweigen wir. »Am Ende«, sagt er dann, »wirst du das Richtige tun.«

»Ich bin mir nicht sicher.«

»Doch. Wirst du. Denn ich bin der, der immer die falschen Entscheidungen trifft. Ich werde dich jetzt allein lassen und nicht wieder in deinem Leben auftauchen, Liv.«

Er zieht eine Karte aus der Tasche. Darauf steht eine Telefonnummer.

»Wenn du dich entscheidest, der Polizei die Wahrheit zu erzählen, sag es mir, und ich stelle mich. Wenn du Fragen hast, ruf mich an. Unter der Nummer kannst du mich jederzeit erreichen.«

»Wohin gehst du?«

»Das weiß ich noch nicht. Aber ich bin immer da. Irgendwo.«

Ich betrachte ihn von der Seite. Er blickt mich an. Ich habe seine Augen und diesen Zug um den Mund.

»Okay«, sage ich dann.

Ich drehe mich um und gehe zurück zum Parkplatz, lasse ihn dort stehen. Bevor ich die Dünen passiere, werfe ich einen Blick zurück und sehe, dass er sich noch keinen Zentimeter bewegt hat. Dann verschwindet er aus meinem Blickfeld. Ich berühre das Kreuz an der Kette, die ich immer noch trage. Ich habe sie reparieren lassen. Lotte hatte ich versprochen, dass ich ihr den Anhänger zurückgeben werde, wenn ich ihn nicht mehr brauche. Und ich glaube, ich brauche ihn jetzt nicht mehr. Außerdem schulde ich ihr noch Geld.

Ich setze den Wagen zurück und sehe im Rückspiegel den geparkten BMW verschwinden, als ich auf die Küstenstraße fahre, auf der mir ein Leichenwagen entgegenkommt. Er ist schwarz wie das Wasser vom Fjord. Schwarz wie der Abgrund in mir. Festen Boden spüre ich noch nicht unter meinen Schuhen. Aber ich habe das Gefühl, dass ich ihn mit den Zehenspitzen erreichen könnte. Das reicht noch längst nicht aus, um fest zu stehen.

Doch es ist besser als nichts.

Unheimliche Vogelschwärme
und eine Frau,
die die falschen Fragen stellt

SVEN KOCH

KALTE SONNE

PSYCHOTHRILLER

Sort Sol, die schwarze Sonne, verwandelt den stürmischen Herbst in Dänemark in eine unheimliche Kulisse: Während gigantische Vogelschwärme auf Jütland den Himmel verdunkeln und Bilder von Überschwemmungen die Nachrichten dominieren, sieht Maja im Fernsehen etwas, das unmöglich ist: Der Mann, der im Hintergrund durchs Bild läuft, ist Erik, ihr verstorbener Ehemann! Nur wurde Eriks Leiche vor fünf Jahren aus dem Meer gezogen und mittels DNA-Abgleich eindeutig identifiziert.
Maja beginnt, die gemeinsame Vergangenheit auf den Kopf zu stellen. Was sie findet, beschwört ein Unwetter herauf, ebenso dunkel und unheimlich wie die Zeit der schwarzen Sonne.

»›Kalte Sonne‹ ist wahnsinnig spannend.« *WDR 2*

»Thrill-Time der atemberaubend-genialsten Sorte!«
www.literaturmarkt.info

KNAUR

Diese Krimis haben Seeluft im Gepäck –
raffinierte Mördersuche
an Deutschlands schönsten Stränden!

SVEN KOCHS DÜNENREIHE
IM KNAUR TASCHENBUCH:

DÜNENGRAB
DÜNENTOD
DÜNENKILLER
DÜNENFEUER
DÜNENFLUCH
DÜNENBLUT

»Besser als jede Droge. Femke Folkmer und Tjark Wolf sind das beste Ermittlerduo der deutschen Krimiszene.«
Literaturmarkt.info

KNAUR